Chiara Francini

IL CIELO STELLATO FA LE FUSA

Romanzo

Rizzoli

Pubblicato per

Rizzoli

da Mondadori Libri S.p.A.

ISBN 978-88-17-14866-5

Prima edizione: dicembre 2020

A p. 5 *Felice chi è diverso* tratta da Sandro Penna "Poesie, prose e diari", Mondadori 2017
A p. 108 *Gatto che giochi per via* di Fernando Pessoa
A p. 201 *Sono stanca di raccontare* tratto da "Non sempre ricordano"
di Patrizia Vicinelli, Le Lettere 2009.
A p. 299 un brano tratto da *Scritto sul corpo* di Jeanette Winterson
A p. 325 *La mia bella patria* tratta da "Tutte le opere" di Rocco Scotellaro, Mondadori 2019

Impaginazione:
Corpo4 Team

Finito di stampare nel mese di novembre 2020
presso Grafica Veneta, Trebaseleghe (Padova)
Printed in Italy

A tutti i diversi. A tutti noi.

«Felice chi è diverso
essendo egli diverso.
Ma guai a chi è diverso
essendo egli comune.»
Sandro Penna

Il cielo stellato fa le fusa

«Amor può troppo più che né voi né io possiamo.»

Giovanni Boccaccio, *Decameron*,
Tancredi e Ghismunda, IV giornata, novella I

Incipit
Hic porcos coctos ambulare
(Qui passeggiano i porci belli e cotti)

Villa Peyron al Bosco di Fontelucente ha un nome che pare scritto da Petrarca. O da Biancaneve.

È maggio e siamo nella culla del Rinascimento, a dondolare con grazia la sua figliola prediletta, Firenze.

La villa, avvolta da ampio e odoroso parco, coi suoi giardini che sono terrazze, le scalinate, le fonti d'acqua e luce, se ne sta a Fiesole, la nobildonna più alta e ambita della città tutta.

«Si tritano finemente, con questa bella mezzaluna, aglio, prezzemolo e lesso, possibilmente magro, ma va bene anche un pezzettino avanzato de' giorno prima, come questo.» Lauretta ciabattando va verso il frigo, lo apre e ne tira fuori un piatto con sopra del manzo «che, forse, ti dirò, è anche meglio, lo fa più saporoso, lo ripeteva sempre la mi'nonna Adele quando eravamo piccini. Si sala, si pepa, si aggiungono le ova sbattute, UN ovo a porzione!» e lo dice mentre tira su l'indice, annuvolandosi come se lo brontolasse, ma rabbonendosi un secondo dopo. «E poi, in una padella ampia, si coce tutto come una normale frittata.»

Nella cucina di Villa Peyron Lauretta sbenediziona e, parlando da sola, prepara per gli ospiti che a breve arriveranno un piccolo e gustoso benvenuto, il "Cielo stellato", un piatto di fulgida origine contadina, tipico di Campi Bisenzio. Come lei.

Questo paese alle porte di Firenze venne citato coi suoi abitanti, in *Maledetti toscani*, da Curzio Malaparte che così ne ragionava: «Eccoli là, ritti sul ponte, i miei cari campigiani. Guardateli in faccia: i toscani veri, per riconoscerli, basta guardarli. Hanno tutti la pelle arrossata, le ciglia e i capelli bruciacchiati, come se tornassero ora ora da un gran viaggio in inferno».

Sembra quasi conoscesse la Lauretta. Cinquantacinque anni, portati bene se fossero settanta, un ciuffo bianco in mezzo ai ricci neri, che così preciso neanche un parrucchiere dal pennello estroso.

Piccola, tonda e senza una particolare predilezione nel sottolineare un punto vita che, di fatto, non c'è. Lesta e agile, ai piedi calza solo ciabatte che non perde mai: non le si staccherebbero nemmeno facendo la ruota. Credo qualcosa di arcano vi risieda dentro.

La Lauretta era stata bidella della scuola media Felice Matteucci, nell'ora della ricreazione prodiga con tutti di schiacciata, che a volte regalava.

A volte.

Nella parte destra della bocca, dal primo premolare in poi, le mancano tutti i denti. Essi avevano resistito fino ai canini, poi, una moria. Se sorridesse poco non si noterebbe quell'inconveniente, ma la Lauretta non è mai stata donna da mezze misure. Indossa, sempre, un "incrociatino" ovvero un grembiule che le lascia scoperte le braccia. Ne ha diverse tipologie: uno da battaglia, uno a modino e uno per le grandi occasioni. Il gioco di incroci sul petto le dà la possibilità, insieme a due poppe capienti, di infilarci cenci di varie misure, da estrarre e usare alla bisogna.

È sposata con Nando, l'idraulico del paese che a Campi Bisenzio è detto il "trombaio". Non solo lui, li chiamano tutti così. Lauretta ama sottolineare, delicatissima, quando le domandano della professione del consorte: «Fa il trombaio, ma ormai solo di nome e non di fatto!» condendo il tutto con un'ariosa risata.

Il figliolo Enrico, in onore di Berlinguer – di cui tiene una foto nel portafoglio che pesa quanto una confezione di pelati – cerca di ricalcare le orme del padre nella professione. Ma la Lauretta vorrebbe lo facesse anche nella vita sentimentale, trovandosi, a trentacinque anni ormai sonati, una bella sposina, come aveva fatto i' su' babbo con lei.

Fare accasare il figliolo è la sua ossessione. Insieme,

invero, a una reticenza indomita per lo spreco, che dava agio a una maestria nel riadoperare gli avanzi che accarezzava l'arte.

Aveva lasciato l'attività da bidella, non senza qualche patema, per fare la governante a Villa Peyron, mansione affidatale perché Nando, nella magione per dei lavori di tubi, aveva carpito che la vecchia responsabile era venuta a mancare due ore prima, peraltro, in circostanze misteriose. Giocando d'anticipo, aveva proposto la Lauretta, snocciolando a mente le sopraffine doti organizzative e i gran posti in cui lei aveva prestato i suoi servigi, che erano sempre stati, dai signori, tanto apprezzati.

Si sa, il tempismo nell'editoria, ma soprattutto quando c'è da comandare, è vita.

Così la Lauretta, con tutta una serie di incrociatini nuovi, da tre anni ciabatta per la Villa.

Mai da governante, sempre da regina.

Ed è qui, in questa magione, avvinta da un bosco incantato, che s'ha da svolgere il convegno che come tema ha il sublime connubio tra Cibo e Cultura: le sole mani capaci di nutrirci davvero e a cui, tutti, dobbiamo la vita. Il titolo del prelibato simposio è: «*Hic porcos coctos ambulare*» (Qui passeggiano i porci belli e cotti), citazione dal *Satyricon* di Petronio, l'*arbiter elegantiae*, colui che dall'alto vide il mondo che dipinse, e ce lo raccontò, mostrandocene varietà, bellezza, frittelle, orrore, virtù, ceci, testicoli, anelli, rognoni, pisciate, oche e piselli. Lui, che nella famosa «Cena di Trimalcione», suprema testimonianza di ciò che la civiltà è, ci fece tutti commensali e ci sfamò alla tavola del creato.

Il convegno accoglie studiosi, intellettuali e chiunque abbia interesse per l'argomento Cibo e Cultura, e, soprattutto, paghi la quota d'iscrizione, dotata di un piccolo rinforzo, poiché l'incontro prevede un pernottamento e la realizzazione di alcune ricette, magari antiche, magari particolari, comunque inerenti al tema, e la loro relativa fruizione. Insomma, si parla ma se magna pure.

Il sottotitolo dell'incontro è «Come un uovo: la rinascita vien mangiando», perché il cibo, si sa, è simbolo di nascita e di resurrezione, di un creato chiuso nella perfezione del proprio guscio. Precisamente come un uovo.

La scelta del loco è filologica e non poteva che ricadere su Villa Peyron. Essa è circondata da una natura magica, il bosco ceduo, che ha una caratteristica incantata: in seguito alla ceduazione, quando cioè viene tagliato, lui sopravvive. Il ceppo rimasto si rinnova, generando nuovi fusti, grazie alla presenza di gemme che si attivano proprio dopo un impatto traumatico.

Il bosco di Villa Peyron, di fatto, non è capace di morire.

Io la trovo una cosa talmente poetica.

Eccoli, eccolo! Un piccolo ma variopinto gruppetto che pare una pozzanghera di acquerelli si è raccolto come un bouquet assetato proprio di fronte allo specchio d'acqua incorniciato di verde, ovvero il delizioso laghetto della seconda terrazza della Villa. Se lo vedeste. Non desterebbe meraviglia scorgervi una ninfa o una principessa con perle al posto dei capelli.

Tutto qui è incastonato in una selva dalla quale, a monte della villa, emerge la fonte cinquecentesca di Fontelucente, che per caduta, con la sua acqua, disseta il lago e le tante fontane che, danzanti, ornano le terrazze del giardino all'italiana.

Adesso, vi starete domandando a chi appartenga la voce che tante cose vi racconta. Chi io sia. Mi chiamo Rollone il Vichingo, ma in Villa, dove dimoro, tutti mi appellano col nome di Rolando Rosa. Appartengo alla razza perfetta, quella felina. Sono un gatto, maschio, dal pelo fulvo, le orecchie enormi e ho zampe paffute del medesimo colore del naso. Rosa salmone. Da qui il "Rosa" che m'accompagna.

Il nome Rollone alla Lauretta non è mai garbato, troppo bizzarro. Rolando, invece, era quello del suo amato babbo, proprietario del primo alimentari del paese. Un uomo rosso fuoco. Tutto. Dentro e fuori. Da qui Rolando Rosa.

Io vedo e so. Molto più di ciò che dico. Sempre.

Amo la mia residenza. Le attività che prediligo svolgervi sono quelle del "corridoiare", ovvero sdraiarmi negli ampi corridoi della villa, svaccandomi sui marmi, e dell'"enormare", dell'ingrandirmi cioè, senza che ne abbia consapevolezza. Nonostante io sia solo di dieci mesi, cresco in maniera incredibile ogni giorno che passa. Mio padre, Ingmar, difatti, è un maine coon. La mia mamma, Giudit-

ta, non è gatta di razza, ma non ha mai avuto bisogno di pedigree, perché, come dice sempre lei: «Chi ha i cavalli in stalla può andare a piedi». Il babbo venne in vacanza a Villa Peyron con una famiglia di ricchi svedesi e si innamorò di lei. Perdutamente.

Ed è, tutt'intorno a questo discendere mozzafiato su Firenze che Villa Peyron prende forma, ed è qui che i partecipanti rimarranno per un fine settimana intero. Come da programma.

Eccoli! Ci sono tutti.

«Ma cosa vu ci fate costì? Avvicinatevi!» dice la Lauretta al gruppetto che bighellona. «Ahhh… non hanno resistito al profumo del grasso in padella» ride sotto ai baffi, una locuzione, in questo caso più che goliardica, assolutamente rispondente alla realtà.

«Venite!» urla, con piglio militare e, tutti, come pulcini con la mamma chioccia, la seguono zitti e ubbidienti.

Insieme per la prima volta nella cucina di questa residenza incantevole. È qui che va dato il benvenuto.

Lauretta se li guarda uno a uno come fosse un croupier al tavolo verde. Solo che lei invece di carte da gioco distribuisce cucchiai.

«Assaggiate il Cielo stellato» dice tagliando spicchi come fosse la ricreazione. «Ecco, vi do dei fazzolettini così potete mangiare questa prelibatezza anche con le mani.»

Un ragazzo pieno di capelli mori e dagli occhi lustri si avvicina dinoccolato e lento: «Me ne potete dare un altro pezzo?».

«Potete?» la Lauretta strabuzza gli occhi. «Sarò anche bella grossa, ma sono una sola!»

«No, scusate assai, sono napoletano, alle persone anziane si usa dare del voi.»

«Ascolta bellino, per me tu po' essere anche triestino, ma anziana lo dici alla tu' nonna. E questo Cielo stellato» aggiunge sbattendogliene in mano una fetta sostanziosa sopra un tovagliolo ricamato «te lo do lo stesso, ma solo perché son d'animo misericordioso.»

«Maro', figur'e mmerda» esce al ragazzo mentre, per la vergogna, è diventato piccino come un mignolo sudato. Ma Lauretta un secondo dopo, scoppiando in una risata e tirandogli uno scappellotto, lo rinfranca: «Se c'è una cosa che non sono, è permalosa, si scherza! Come tu ti chiami napoletano?».

«Mario, signora» risponde lui con un filino di voce pestata.

Mario ha le mani piccole, la pancia grossa e uno spiccato senso del ritmo. Ha fondato il club del libro all'università L'Orientale, dove è membro onorario del comitato del Centro Studi Cibo e Alimentazione. Vorrebbe fare il fotografo. Ma lavora al demanio. Nella sua vita ha avuto un solo grande amore nei primi anni del Duemila. Da allora molte passioni e svariati peccati di gola lo hanno reso un maschio dall'ironia sagace e dall'animo solitario. Uno di quegli irrequieti che inseguono sempre qualcosa. Ma, insegui e insegui, alla fine, ti dimentichi dove hai puntato.

«Perché Cielo stellato?» chiede una ragazza dalla pelle

d'ambra, alta, coi ricci lievi come la sua sottana a pieghe con sopra dei papaveri scarlatti da cui si intravedono parecchie camminate. O palestre. O montagne. O insomma. Lei l'estate non la teme.

«Kant diceva che du' cose riempiono l'animo di ammirazione e venerazione sempre nuova e crescente: il cielo stellato sopra di me e la legge morale dentro di me» le risponde Lauretta, ormai usa a impastare filosofi, motti di popolo e moccoli, con la stessa dimestichezza con cui piglia a pizzichi il sale.

«Ah!» fa lei, ridendo con la bocca piena. Le trine del tovagliolo dietro cui si nasconde la fanno sembrare una nobildonna con veletta. Poi, porgendole la mano affusolata e cortese, aggiunge: «Non ho ben capito, comunque sono Angela, americana».

Si spalanca la porta della cucina come nella scena di una commedia musicale americana anni Cinquanta: «Benvenuti allo squisito Convegno in cui si mescoleranno incontri, tavole rotonde e degustazioni. Proprio come se voi foste gli ingredienti di una ricetta segreta». Una ragazza entra, simulando un rondò veneziano. Pare Mary Poppins, con due taglie di reggipetto in più. La relatrice. «Buongiorno! Sono Clara e vi accompagnerò, spero non come un Caronte, ma più come una Beatrice, in questo fine settimana fatto di gustosa bellezza, da assaporare con occhi, bocca e cerebro!»

Quasi tutti le sorridono e la salutano, educati.

Osserva, in disparte, eppure talmente bello da farsi notare a quel modo ancora di più, lui. «Gustav!» dice solamente, come fosse ad un'adunata militare. Chiaramente nordico. Svedese.

La sua valigia gli assomiglia: tanto silenziosa che sembra olio, quando scivola sui marmi di Villa Peyron. Dentro, maglioncini di cashmere leggero ripiegati in buste trasparenti gridano freddo e ossessione. Svezia e ordine: un binomio che funziona quasi sempre.

Una ragazza piena di lentiggini canticchia sottovoce. Indossa dei pantaloni a zampa d'elefante e una canottierina in lana dai colori della Giamaica: pare uscita or ora da un'estate dell'amore. È seduta praticamente sopra i fornelli. Per fortuna spenti. Teutonica. «Io sono Marlene. Tedesca» dice, alzando la mano e interrompendo il chiacchiericcio, mentre mastica, parrebbe una gomma, ma chissà, e si passa l'indice sotto al naso da destra a sinistra due o tre volte.

Tutti la guardano. «No. Non volevo dire altro. Solo questo» spiega continuando a ruminare e rivelando, subito, uno spiccato senso pratico.

Due ragazzi, diversi, ma con una spossatezza simile, stanno in piedi. E non parlano.

Clara, col tono della zia zitella, li incalza: «Mancate solo voi. Oddio mi sembra di essere a scuola, come vi chiamate?».

«Vincent» risponde uno dei due, con una voce impastata da serate al vino rosso, fumo e poesie di Prévert lette col sottofondo di Boris Vian.

Francese. Come il bidet. Un'aria stufa ma radiosa, simile a quella di un gatto. Bello quindi. Naso aquilino, da corvo, moro e con un ego napoleonico. E già stanco. Da prima di essere concepito.

L'altro, coi pugni nelle tasche che pare voglia sfondare per sprofondare giù, se ne sta appoggiato al muro con una camicia di lino bianca e l'attaccatura dei capelli alta, in senso buono, come quella di James Dean. Ha lo sguardo che è un ticchettio muto.

«Mi chiamo Albert. Sono di Genova», e lo dice con quel disagio che macchierebbe, nell'arco di dieci chilometri, anche la più tenace delle serenità.

«Scusate...» un tintinnio da renna di Natale fa voltare tutti. «E io? Sono Mara e vengo dalla Bolotana, in provincia di Nuoro» esclama dando particolare rilievo alla "u". «Dalla Sardegna vengo. Entroterra. Mi piace molto cucinare e anche leggere. Piacere.»

Mara è sarda, coi capelli neri come la terra bruciata. Ha un amore sbagliato nel petto e un grosso problema col fisco. È venuta a Villa Peyron perché il tema del convegno è la rinascita. E la sua vita è incasinata come uno di quei cassetti che pensi sempre un giorno metterai a posto. E poi non lo fai mai.

Ma questa non è tutta la verità. Forse.

«Vado a prendere le chiavi per le vostre stanze così vi sistemate» dice Lauretta. E scompare dietro una porta, assieme al mal di schiena che da sempre le fa compagnia.

Clara, Angela, Marlene, Vincent, Mario, Albert e Mara iniziano a stringersi mani, a dirsi imbarazzanti frasi fatte per rompere il ghiaccio. Gustav no. Gustav resta a braccia incrociate. Col cucchiaio nascosto nei gomiti.

Quando Lauretta torna, non porta solo le chiavi della zona notte, ma anche quella notizia che, sì, era nell'aria, ma che "no, non può essere".

«Signori miei, magari qualcuno se lo poteva anche aspettare! Allora sei!»

In città e in tutto il Paese è scoppiata un'altra volta. Non ci sono soluzioni alternative: bisogna barricarsi.

«Ah, stavolta sei?» chiede Mara, senza angoscia.

«*Genau!*» aggiunge Marlene, con sintesi teutonica, sempre biascicando.

«Sì! Sei giorni, sprangati chiusi, senza mettere il naso fuori» continua Lauretta. «Meno male che ci s'ha le provviste per un bastimento perché questo, insomma, doveva essere anche un corso di cucina!»

«Lo sapevo» commenta Gustav, senza spettinarsi. «Il solito caos di voi sudeuropei.»

«Veramente mi pare sia una cosa che riguarda tutto il mondo!» controbatte Mara. «E poi, io sento proprio di essere nel posto giusto!»

Una piccola mano pelosa si staglia come la paletta in una votazione di un concorso di miss. È Mario. «Nessun fumatore?»

«A me, senza considerare il fastidio della reclusione inaspettata, sembra davvero riduttivo chiamare questo nostro convegno "corso di cucina". Il fuoco è stato scoperto nel Paleolitico Inferiore, signori. È finito il tempo in cui si mangiava solo per bisogno fisiologico. Siamo venuti qui per una necessità culturale. Almeno IO! Adesso pare diventata una scampagnata» dice Angela, elettrica e vibrante di ideologia.

«*Pff*...» sbuffa Vincent, prima gonfiando e poi svuotando le gote con nonchalance.

Tipico. Anche i gatti francesi fanno lo stesso. Sospirare con convinzione è essenziale per padroneggiare il loro stile: «Pff...». La pausa è importante. Lo sbuffo può essere inserito in qualsiasi frase per esprimere frustrazione, noia, intesa. Qualunque cosa vogliate, in realtà.

Corrugate la fronte e alzate le sopracciglia.

L'ideale è fare tutte queste cose contemporaneamente.

«Allora» Clara e il suo cerchietto perbene prendono la parola, «visto che sono la relatrice del Convegno e, ahimè, la più grande, e anche orgogliosamente fiorentina, impossibile per me non rassembrare questa vicissitudine al *Decamerone*, il capolavoro del Boccaccio! No? Siamo in una splendida villa, fuori Firenze, costretti sì, ma anche con un discreto agio! Potremmo decidere, il che sarebbe in linea con il corso che andremo a svolgere, di metterci a raccontare delle novelle, di diventare oratrici e oratori provetti! Sarebbe un esperimento letterario e umano così interessante. Ecco! Ci sono due cose però» procede ormai spedita nel suo ragionamento «che differiscono con sostanza dall'opera di Boccaccio. *Decamerone* significa letteralmente "di dieci giorni", perché in quell'opera le novelle vengono raccontate da dieci persone, in dieci giornate. A noi, invece, la sorte, ne ha donate sei, cogliendoci in otto. Come ovviare a quelle che forse non sono manchevolezze, ma solo stimoli per affinare ancor di più le nostre menti, la nostra fantasia, il nostro eloquio e il piacere della pancia? Che poi, senza peccare di presunzione, in più di Giovanni, abbiamo una gran varietà di nazionalità. Il nodo da sciogliere è il numero degli oratori. Siamo solo otto!»

La ciabatta di Lauretta, appesantita da due bottiglie di Chianti classico, annate 2005/2007 da una parte, e da un vassoio di crostini salsiccia e stracchino dall'altra, si ferma davanti alla tavola piena di trine. Poggiatovi sopra ogni cosa, alza gli occhi indomita, come il tenente del sommergibile americano che, durante la Seconda Guerra Mondiale, nella traversata dell'Atlantico, sconfisse i temibilissimi U–Boot nazisti, e chiosa: «Via, mi pare chiaro mi debba immolare. Ecco qui la vostra nona oratrice! Non sarò una studiosa, ma il cervello ce l'ho fino quanto la lingua».

E qui, cari miei, accade l'impensabile.

«Be'» aggiunge Clara, che ha sempre del sano rispetto nei confronti della Lauretta, «mi pare un'idea ottima oltre che sensata quella che tu faccia parte della ciurma orante. Ma saremmo comunque in nove. Ne manca sempre uno!»

«Scusate ragazzi, però a me pare chiarissimo!» sonaglia Mara, con le pietre di Luna appese al collo.

E mentre passo dalla pulizia della zona perianale a quella delle unghie, a un tratto, quella sarda, guardandomi negli occhi e indicandomi, termina così il suo discorso: «Lui sarà il decimo!».

Un silenzio sazio avvolge l'aria.

«Il gatto?» chiede Mario, appiccicando il mento al petto. «Tu nun stai buon' ca capa» aggiunge rivolto a Mara. E a tutti, sbottando buffamente: «Chest nun sta buon' ca capa. Je cu chesta sei juorne int'a 'sta casa nun ce stong, eh? Portiamola fuori prima che sia troppo tardi!».

«Straordinario!» sentenzia Marlene, non si capisce bene in riferimento a cosa, e sempre ruminando.

«Quale sarebbe il protocollo per far parlare il gatto?» si informa Gustav fiscale.

«Ma ascoltarlo!» risponde stupita Mara, facendo tintinnare i suoi orpelli gitani.

Clara, allora, come un bocciolo delicato, comincia a parlare prima con le mani bianche e poi con gli occhi di cristallo: «Potrebbe essere un escamotage o comunque un esperimento di grande potenza, effettivamente, quello di regalare la nostra voce al gatto! Racconteremo anche una novella con i suoi occhi. Quelli di Rolando, Rolando Rosa! Anzi no, la scriveremo, con carta e penna, all'antica! Ognuno di noi, la mattina del sesto e ultimo giorno, farà nove copie della propria storia *da gatto*, una per ogni partecipante, poi, prima di partire, le metterà in un apposito recipiente in modo che ognuno potrà prendere le altrui novelle, che leggerà solo quando sarà fuori di qui, come fossero dei ricordi o dei portafortuna, che ne dite?».

In questo momento, nonostante sia abituato da una vita a girare nudo, mi sento veramente scoperto. Tutti mi guardano. Alcuni con stupore. Altri con invidia. Altri ancora con timore. Le donne, si sa, con empatia, e Mara, Clara e Angela mi hanno già sollevato e baciato più e più volte le spugne rosa e morbide, sotto le zampe.

L'ho sempre saputo: sono nato per essere protagonista. Non a caso il mio nome – il mio vero nome – è Rollone il Vichingo.

Io sono Hrôlfr, condottiero normanno, conte dei Normanni, conte di Rouen, capostipite della Casa di Normandia.

«Secondo i miei calcoli, in sei giorni dovremmo raccontare tre novelle a testa, di cui una, quindi, con i baffi del gatto» calcola Gustav matematico.

«Esatto!» conferma Clara eccitata. «Allora manca soltanto da trovare il tema delle novelle di ogni giornata. Abbiamo dunque dieci oratori e sei giorni!» battendo le mani.

«*Il Decamerone* letteralmente significa "di dieci giorni"» fa Vincent, «il nostro, di sei giorni, quindi sarà un... *Sexemeron*.»

«Vulesse 'o cielo!» scappa a Mario.

«Mi pare ottimo» commenta Marlene facendo una bolla enorme, scoppiandola col dito e fugando così ogni dubbio: gomma da masticare.

Clara, pura come la neve dell'Alaska, urlicchia: «Ma è

proprio così! Giusto! Il nostro sarà il *Sexemeron*! Perché *sei* in latino si dice *sex*!».

«In inglese suona un po' più ardito» la interrompe Angela, sorridendo.

«Vulesse 'o cielo!» ancora Mario.

Che spavento comunque. Chi se lo sarebbe mai aspettato? Forse era nell'aria. Proprio nell'aria in effetti. I miei baffi se n'erano accorti. Lo sapevano. Prima di tutti. Una clausura involontaria, un perimetro stretto stretto, anche se straordinario. E Villa Peyron ora diviene tana dove tutti ingannano... il tempo, sia chiaro.

Perché il piacevole nello spiacevole diventa sublime. Fermi. Di gesso! Nessuno può andare.

Cosa ne sarà dei nostri sventurati, alla ventura?

PRIMA GIORNATA

ovvero «Arrivederci e grazie»

«Quindi quale tema scegliamo per la prima giornata, che poi sarebbe questa?» chiede contenta Clara.

Mario, come se non avesse ascoltato nulla, si alza salutando: «Arrivederci e grazie!» e fa per andare.

«Bellissimo!» grida la relatrice estasiata.

«Io mi vado a coricare» continua Mario.

Clara, ormai rapita solo dal suo ragionamento e senza sentire più nulla, prosegue sognante: «Se c'è una cosa che senza dubbio avete *voi di giù* è il senso del teatro. Che scelta sopraffina». E poi, alzando un palmo in aria come a pulire a scatti una finestra invisibile: «Ar–ri–ve–der–ci e gra–zie! Ecco il tema della nostra prima giornata! Grazie Mario!».

Guardateli. Tutti seduti in cerchio come durante la merenda alle elementari. Alcuni, a mio avviso, non aspettavano altro che avere un motivo per lamentarsi, ma anche per essere ascoltati o ricevere la parola di qualcuno. Molti, a naso di gatto, sono ben più felici di ciò che vogliono far sembrare. E si sa, un naso di gatto è un naso che non mente.

Ad esempio, quell'Albert, con la sua camicia lontana e quella stempiatura che non lo fa vecchio ma solo complicato... non ha mai parlato... Ah caro mio, se io avessi più confidenza e qualche chilo in meno – perché Lauretta, si sa, è abbondante nelle porzioni come nella risata –, ti impomaterei con una leccata e la cosa ti garberebbe. E parecchio. Proprio tu, con quell'espressione da odiatore di professione, che odia soprattutto se stesso.

Che poi riflettevo: l'amore e l'amicizia vanno e vengono, il solo sentimento davvero durevole è l'odio. Pensateci. Se qualcuno ti odia non sei mai solo. Questo fa intravedere una positività nell'odio su cui nessuno riflette mai. Che concetto memorabile. È mio.

Albert scommetto sarà il primo a novellare. Caro. Con tutte quelle carte ingiallite che ti tieni in casa e dentro, piene di impronte di pollici e culi di bicchieri. E in sottofondo, naturalmente, Piero Ciampi...: «Il dolce non lo mangi mai / Ma qualche volta ti rifai».

L'amore è tutto qui.

Allora si parte. Mi sdraio all'ombra. Oggi non ho fatto nulla. E ancora non ho finito.

Arrivederci e grazie.

Sulla prima terrazza, che abbraccia stretta stretta la villa, statue divine, ornate di orchidee, profumano di agrumi. Lì stanno. Davanti all'infinito.

«Vorrei raccontarne una io.»

Il cupo e ombroso Albert prende la parola come una sciabola, sbocciato, come un adolescente brutto che non ha mantenuto la promessa.

«Tu?» fa Mara, che non gli siede vicino, ma nel punto più lontano possibile che il girotondo delle seggiole permetta. «Per primo? I flussi energetici parlavano chiaro e non facevano il tuo nome.»

Albert inizia come chi passa col rosso.

PRIMA GIORNATA
ovvero «Arrivederci e grazie»

ADELINA

Oratore: Albert

«Ma fate mica il giornal?»

Questo chiederebbe, senza ombra di dubbio, un qualsiasi abitante di Albenga ultracinquantenne, a un quesito postogli da uno sconosciuto. E intenderebbe dire: «Non pretenderai di estorcermi qualcosa da divulgare, mettere sui giornali, da far sapere ai più? E *a me* che me ne viene?».

Le domande non danno il companatico. Soprattutto se fatte in pubblico.

Tantomeno le risposte.

Specialmente ad Albenga.

«Non è diffidenza, è usanza» direbbe Delia, la prostituta interpretata da Franca Valeri in *Parigi o cara*, mentre conta un mazzo di banconote.

«Albenga, chi non c'ha da fare non ci venga» recita il detto.

È questa la città che continua a dare i natali ai carciofi con le spine e agli asparagi violetti.

E che, nel 1930, li consegnò ad Adelina. Seconda moglie di Piero, vedovo di Ines, sorella gemella di mia nonna Delfina.

Adelina era ricca di famiglia, figlia del proprietario della Centrale del latte che veniva distribuito in tutta la provincia di Savona. C'avevano fatto i miliardi.

Il padre possedeva anche dei palazzi in centro. Il famoso centro storico, «Molto culturale, la cosa più bella della città!» come direbbe ogni ingauno (si chiamano così gli abitanti di Albenga).

Adelina era unica figlia ed erede sola.

Ad Albenga argomento più caro della ricchezza non è mai esistito.

È *la* dote suprema, la miglior qualità con cui una donna possa nascere.

E Adelina nacque dotata.

Alta e secca secca. Aveva i capelli tagliati a carré color argento e la mattina andava a farsi la messa in piega. Un'espressione che, peraltro, trovo assai modesta, soprattutto per lei.

Tutti i giorni, e dico tutti i giorni, si recava dal parrucchiere. Aveva una pelle bianchissima. Spendeva molto. Aveva solo un poco di rughe che le cingevano gli occhi, come tutte le donne magre, perché si sa, il grasso rassoda.

Vestiva con grande eleganza e possedeva gioielli straordinari. E fumava. Adorava fumare.

Mia nonna diceva che Adelina era sempre "in parure":

se ad esempio indossava un vestito verde, allora tutti gli accessori erano in coordinato, cappotto, scarpe, cappello e ovviamente le gemme.

Adelina pare che tutti i giorni a pranzo mangiasse del filetto scelto e a cena solo caffellatte.

Si racconta non fosse mai stata toccata da un uomo in senso carnale.

Si era sposata giovane. Aveva dato retta al padre. Il primo marito, Cristoforo, era di estrazione contadina, ricco ma rude, forse troppo: si narra l'avesse così spaventata la prima notte di nozze che lei, chiusasi in bagno, non gli aveva aperto mai più. Perlomeno le gambe. Mia nonna diceva sempre che in casa c'erano due camere da letto separate, per lei e il marito.

Adelina era credente, non poteva divorziare. Allora aveva chiesto l'annullamento del matrimonio alla Sacra Rota.

E l'aveva ottenuto.

Questo aveva significato che un medico, affinché il motivo dello scioglimento del voto benedetto fosse incontrovertibile, l'avesse dovuta visitare. Per forza. E così, erano stati fugati anche i dubbi di tutti, e Albenga aveva ottenuto rassicurazione certa sulla condizione che accomunava la Madonna ad Adelina.

Ella amava circondarsi di cose belle: vestiti, diademi e macchine. Comprava automobili di lusso che guidava lei stessa, una sua passione.

D'inverno portava pellicce molto vaporose dalle quali spuntavano gambe secche come quelle dei fenicotteri. Indossava spesso pantaloni morbidi e preziose bluse. Aveva piedi lunghi e snelli che infilava in scarpe di vernice col mezzo tacco. La borsetta era posizionata ad altezza gomito, le mani giunte e sempre intinte nei guanti.

Mia nonna diceva che anche da ragazza era stata di una gioventù stonata, quasi polverosa, che non era facile ricordare un qualsiasi particolare gradevole della sua persona, che Adelina non aveva mai destato in alcuno un interessamento fisico e non aveva pronunziato una sola parola che avesse travolto chicchessia.

Io, invece, la ricordo molto educata, separata direi. Ma quando passava, dietro sé lasciava un manto di profumo, una traccia inconfondibile, che sapeva di tabacco bruciato, legno, forse vaniglia. Avvolgente. Emanava un grande calore. Non aveva mai rivelato di che fragranza si trattasse.

Adelina era un chiasmo vivente.

D'estate usciva solo dopo le 17 per andarsi a sedere, con le amiche, nel dehors del bar Mina. Passavano i pomeriggi a giocare a carte e spettegolare. Mia nonna le odiava. «Stavano tutto il giorno e ordinavano un solo caffè. E molta acqua. I ricchi liguri» diceva.

Fu lì che apparve Piero, un bell'uomo, distinto e benestante. Era stato il marito di Ines, la gemella di mia nonna Delfina, e una volta vedovo, in tarda età, aveva deciso di risposarsi.

Venne corteggiato da tre donne, le "amiche del bar", appunto: Simonetta Brio, Simonetta Magia e Adelina. Tutte mature, zitelle e naturalmente ricchissime.

Simonetta Brio era di estrazione rurale, troppo grezza per Piero.

Simonetta Magia era, col suo metro e trenta, bassa. Davvero troppo.

Adelina, invece, era perfetta: alta, elegante e «ricca come il mare», diceva mia nonna.

«Piero l'aveva sposata solo per interesse. Per i soldi. Lui gestiva una balera, e non stava affatto male, ma era avido e spilorcio e solo per questo se l'era presa nonostante le malelingue sussurrassero a gran voce che ormai, data l'età avanzata, Adelina, di sicuro, non poteva più "ricevere uomini", essendo ancora vergine. Piero cercava solo compagnia e ricchezza.» Anche questo ripeteva sempre mia nonna. Che poi, ditemi voi, se non sono gli unici beni che possano rendere un'unione sacra.

La cerimonia si era svolta in chiesa: vedovo lui, immacolata lei, essendo stato annullato il suo primo matrimonio. Tutto, quindi, poteva essere benedetto e il vincolo, unto dal Signore.

Adelina indossava un tailleur pantalone rosa cipria e arancio e in mano stringeva un piccolo mazzo di fiori di carta color magenta su cui aveva spruzzato il suo profumo. «Così fuori luogo» commentavano ad Albenga, «come lei.» Se ne era parlato per settimane.

Mia nonna diceva che Piero aveva minacciato di diseredare Giuditta, una delle figlie, se non avesse accettato Adelina, e allora lei, una volta capita l'entità della dote, aveva accolto la matrigna con intonso amore.

Diceva che Adelina in casa non apriva mai le finestre per non fare entrare la luce. Stava sempre al buio. Diceva per via della pelle. Diceva che Adelina non sapeva cucinare nemmeno un uovo. Comprava tutto già pronto da Piccinini, una gastronomia famosa per essere molto cara. Diceva che anche Adelina e Piero, dormivano in stanze separate, ma che a lui non interessava un bel nulla, perché tanto contava solo i soldi.

Sono stati sposati molti anni.

Adelina, ormai anziana, si era ammalata di Alzheimer. Quasi nessuno la poteva avvicinare, soprattutto le sue tre badanti. Non voleva essere toccata. Ma aveva mantenuto un profumo e una pacatezza inusitate.

Dopo le cinque prendeva il tè con le Simonette, le "amiche del bar", in un dehors preparatole in camera, e col marito passeggiava ogni pomeriggio in salotto, come fosse il lungomare.

Morì a ottant'anni. In casa. Prima di Piero. E lui ereditò tutto. «C'aveva visto bene» diceva mia nonna.

Adelina morì vergine.

Con un testamento redatto ad arte aveva distribuito i suoi beni tra il marito e i parenti, destinando anche un appartamento a testa alle di lui figlie, Mafalda e Giuditta. Quest'ultima aveva chiamato la sua primogenita Adele.

Al funerale, in chiesa, secondo sua precisa volontà, venne spruzzato in grandi quantità il suo profumo, di cui finalmente si conobbe il nome.

Tabac Blond. Una fragranza creata nel 1919 da Monsieur

Daltroff e Félicie Wampouille, sua socia e musa ispiratrice, di cui si dice fosse segretamente innamorato ma che non sfiorò mai. Quel profumo, nato negli anni immediatamente successivi alla Prima guerra mondiale, era stato ai tempi rivoluzione pura, vessillo della spregiudicata volontà delle donne di spogliarsi delle costrizioni sociali, asfissianti come corsetti stringati, di ottocentesco retaggio, emblema della loro voglia di correre, finalmente, sciolte, verso rinascita e vita. In quell'epoca nacquero le *Garçonnes*, signore dall'allure androgina, che si erano appropriate di una gran fetta di respiro che, fino ad allora, alle femmine non era stato mai concesso.

Chiara, un'altra nipote di Adelina, ricordava che la zia quando la vedeva un poco malinconica le sistemava, con una carezza, gli indumenti all'altezza delle spalle e le diceva: «Quando sei triste, metti due gocce del tuo profumo, un po' di cipria, esci e sorridi».

Nella sua camera vennero trovate svariate camicie da notte bianche con piccoli nastri di merletto da allacciare sotto al collo in un fiocco. E moltissimi libri. Sul comodino, accanto al letto, non una Bibbia, ma l'Enciclopedia Treccani, vecchia, ma curatissima. Se la teneva vicina.

Sulla prima pagina, una dedica: «Perché non ti senta mai impreparata nei confronti della vita».

Piero pianse al funerale, scomposto, con singhiozzi rumorosi e sfasciati, perché le emozioni, quando sono autentiche, non conoscono educazione e non trovano nemmeno un ripostiglio in cui nascondersi.

La camera, il letto e la Treccani di Adelina divennero i suoi e anche le camicie da notte. La sera, quando andava a dormire, ne appoggiava una sul cuscino, vicino al suo respiro, per via di quel profumo che, chiusi gli occhi, lo abbracciava ancora.

Adelina si sposò due volte e non venne toccata mai, se non dalle sue mani.

L'amore per lei fu bianco come la sua pelle e grande, come la sua ricchezza, entrambi *grandi* come il mare.

Fu inetta sì, una parola che deriva dal latino, *inepta*, la cui etimologia è composta da *in* «non» e *apta*, «adatta». Non adatta. Come lei. Non lo era stata e non si sentì mai tale. Non fece ciò che all'epoca si doveva, ciò che la gente e la società si aspettavano da lei.

Amò e visse a modo suo.

«Una donna» diceva alla nipote «a volte è come una tartaruga: se cade sulla schiena e non riesce a girarsi, chiunque potrà far di lei ciò che vuole.»

Adelina per tutta la vita si era capovolta da sola e, con la casa sulla schiena, se n'era andata, lenta, per la sua strada.

Intoccata sempre, sola mai.

Si fu fedele, ubbidì al suo cuore, perché se la vita è troppo lontana dall'ascolto di sé, forse, è perché, troppo spesso, è diventata semplice rumore.

Visse con garbo e fermezza, amata, profumata e spregiudicata, identica a quella fragranza con cui era stata tanto in intimità, il *Tabac Blond*, che come lei aveva infranto le regole di una femminilità soffocata tra i fiori, che, invece, voleva scandalosamente odorare di *jus fumé*, di tabacco, vaniglia e di legno, fragranze concepite e concesse solo agli uomini, e che, in realtà, perfettamente disegnavano l'essenza di una donna risorta dalle ceneri della Prima Guerra Mondiale. E dalle proprie.

Allora e sempre.

Come una Fenice. Come Adelina.

◇◇◇◇◇◇◇◇◇◇◇◇◇◇◇◇

Mara, tira fuori un fazzoletto di stoffa dal reggiseno e, tamponandosi come una maga le lacrime, senza toccarsi la faccia, singhiozza: «Che donna incredibile, Adelina. A me toccherà la stessa sorte, ma la scelta non sarà mia, e non la prenderò così bene!».

Anche le altre ragazze sono tutte umide. E con il mento ballerino. Tranne Marlene.

Clara non proferisce parola e fa solo "sì" con la testa. E lagrima.

Vincent le mette una mano sulla spalla. «Gesù Cristo è lo stesso ieri, oggi e sempre» le dice per consolarla. Clara allora sbotta come l'allarme di un motorino rubato e Lauretta, ciabatta veloce, arriva subito con un bicchiere di Chianti e un pezzo di schiacciata col salame: «Prendetene e mangiatene tutti!».

«Amen» annuisce Mario.

Questi umani. Come sono umani. Basta loro così poco: due parole e del vino. E si bagnano. Si toccano. Detesto la promiscuità dei sentimenti. Chi sarà il prossimo?

Ingoiando una gozzata sostanziosa di Chianti la governante della magione prende la parola: «Ora ragiona la Lauretta, che sarei io medesima. Ho diritto anch'io no? Non sono un'intellettuale, m'ha s'è detto che son la nona e ora è arrivato il mio turno. Tra l'altro mi pare che questa cosa che ho da dire la caschi a fagiolo. "Arrivederci e grazie" è il tema, ovvero chi tramite saggezza ed esperienza capisce e chiude i' cerchio? Ovvia. Questa storia la porto come insegnamento dal lontano 2004, quando ero una bella ragazza, ruspante, ma anche parecchio appetibile. Non ridete, che sotto questo grembiule c'è il mare. Ve la racconto e la rinarro con considerazioni "mia" sennò 'un si capisce.»

PRIMA GIORNATA
ovvero «Arrivederci e grazie»

LA SAVIA DELLA PRIMA FILA

Oratrice: Lauretta

Mi trovavo a Firenze a un concerto in Santo Stefano al Ponte, sito nei pressi del Ponte Vecchio. L'evento era gratuito. Le cose gratis m'hanno sempre intrigato molto e non per i motivi che pensate, ma semplicemente perché chi si dà senza prezzo fa di tutto per risultare d'avere un valore. *Sacrarium* si intitolava il concerto e, come si capisce dal nome latino, erano cose di Chiesa, musiche, brani più o meno sacri reinterpretati.

Mi sono seduta – ero andata anche a farmi la permanente, perché mi garba essere a posto in certi casi – e accanto a me c'era una signora, che ritengo fosse sulla sessantina, bionda, tipo la Jessica *Fletccer*, coi capelli più lunghi però, come la Nicoletta Orsomando. L'era vestita con una giacca classica, beige, modello *Chanelle*, o almeno così mi piace ricordare. Non erano abiti costosi, i suoi, probabilmente, ma erano abiti appropriati: camicetta rosa, gonna, tinte pastello, il tutto indicava una signora come tante, normale avresti detto... Se ci penso, ora, devo dire assomigliasse parecchio a Shelley Winters quando interpretò la saponificatrice di Correggio, la qual cosa, forse, mi avrebbe potuto mettere in allerta, ma all'epoca non avevo ancora visto il film e dunque ignorai.

Mi attaccò bottone, e fin lì capita, stavamo aspettando l'inizio del concerto. Lei era sola, io pure. Nella voce era vagamente frenetica, ma non mi disse nulla di preoccupante, al principio. Parlammo della bellezza della chiesa, della sua architettura insolita, di come si stesse bene lì, un po' a frescheggiare, e poi, d'un tratto, commentò: «Qui fanno spesso concerti gratuiti, per cui ci son venuta volentieri. Anche se non fosse stato gratis ci sarei venuta lo stesso. Lo faccio sempre. Me ne sono ascoltati di bellissimi, all'aperto, nelle chiese, concerti classici, lirici, a me piace molto la musica di un certo spessore. Con mio marito andavamo spesso al Maggio, al Maggio Musicale, poi son rimasta vedova. Sa, per eventi come questo riservano sempre dei posti a sedere nella prima fila per il sindaco, gli assessori o personalità importanti.

«Ma mi ci siedo io.

«Tanto sono ignoranti, a loro non interessa la musica di livello, vengono per far presenza, imbellettati, a volte molte sedie rimangono vuote. A loro non interessa. Non mi sembra giusto. E allora mi ci metto io».

Prima che potessi aprire bocca e intervenire sulla cosa, approfondì: «Sì, a volte, viene un inserviente e prova a dirmi qualcosa tipo: "Mi scusi signora, questo posto è riservato", ma a quel punto io urlo: "CHE COSA VOLETE?! LASCIATEMI STARE! ANDATE VIA, VIAAAA!".».

Io sbiadii tutta, perché aveva gridato veramente come un'invasata quella frase.

«Sicché» continuò lei «questi si spaventano, e mi lasciano stare.» E poi, dopo una piccola pausa durante la quale gli occhi le erano diventati grossi come madreperle, proseguì calma: «Mi temono, capisce? Hanno paura faccia la pazza e disturbi il concerto, sicché mi lasciano in pace. Mi sono goduta tanti di quei concerti in questo modo, anche a pagamento, che non sa, signora mia».

Ora, nessuna perizia mi ha mai rinfrancato che questa donna, di cui non seppi mai neanche il nome, fosse realmente pazza. Ma in fondo chi se ne importa. Il limite o il baratro, a volte, è molto lieve. E spesso non c'è. Ognuno è folle a modo proprio. Spesso segretamente folle.

Io preferisco l'apertamente pazza. Come la signora della prima fila che a ragione si prendeva quello che, senza di lei, sarebbe rimasto vuoto e diaccio. E se è vero che a volte una donna è costretta a fare la stronza, a volte fare la stronza è la sola cosa che resta a una donna, perché come dice Kathy Bates nel ruolo di Dolores Claiborne nell'*Ultima eclissi*: «Spesso fare la pazza è l'unica cosa che ci resta. L'unica cosa che ci salva in un mondo di assurdità».

E da quel giorno, io, ai concerti, solo in prima fila.

◇◇◇◇◇◇◇◇◇◇◇◇◇◇◇◇◇

Tutti annuiscono muti, partecipi e riflettenti sulla verità della novella della Lauretta. Tranne una.

«Adesso tocca a me.»

Angela si alza dal panchetto come una molla, bollente come un marshmallow scaldato sul fuoco, finalmente pronto.

«Scriverò un romanzo, e questa che vi sto per raccontare è la storia che voglio. Dentro c'è tutto. Potrei anche tacere per il resto dei giorni. E dire: "Arrivederci e grazie!"».

Mi acciambello, si va nelle Americhe. La vedo lunga. Questa ne vale due di novelle. Ed è quasi l'imbrunire.

Ma, guardatela, tutta morettina, bellina e ricciolina, Angela. Ma... «Timeo Danaos et dona ferentes».

PRIMA GIORNATA
ovvero «Arrivederci e grazie»

BISOU BOM BOM

Oratrice: Angela

A New York vivo vicinissimo a Jim. E non lo dico perché le nostre case si guardano da una parte all'altra della strada. Ma perché, quando le apriamo insieme, le nostre porte si baciano. E, lasciate così, spalancate, si abbracciano come coppia antica la domenica mattina nel letto. Tanto, in silenzio e al sole.

Abitiamo sullo stesso pianerottolo.

Non esiste persona che sia fonte d'ispirazione più grande di Jim. Per me.

È fascinoso e più bello ora di quanto lo fosse da giovane. O forse a ogni età ha toccato l'apice raggiungibile dello splendore. A trent'anni era il più bel trentenne, a quaranta… e così via.

La prima volta che lo vidi, o meglio ne sentii la voce, era mattina e mi invitò a bere un Pimm's a casa sua. Non sapevo neanche cosa mi stesse proponendo e pensai a una droga da santone saggio, qualcosa di magico.

Io stavo svuotando gli scatoloni del trasloco, ero di spalle, e lui, dopo aver parlato, aveva semplicemente lasciato la porta aperta.

Le prime impressioni sono sempre quelle che contano. Non mi ero sbagliata. Sul magico, intendo.

Abitiamo all'angolo tra Bleecker Street e West 10th Street a New York, che a giugno dà il suo meglio.

Davanti al nostro portoncino antico color latte c'è un grosso albero con le radici che vogliono uscire dal pavimento. Jim ogni volta che le guarda fa il tifo per loro.

È un insegnante di teatro. Scrive di poesia, è esperto di età vittoriana ed è un ottimo ballerino di tip tap.

Ha quasi settant'anni e ha sempre amato le parole e la libertà. Ci pensa ogni volta che arriva il caldo, e il corpo inizia a spogliarsi.

Di estati ne ha passate almeno cinquanta nel Greenwich Village. Della sua vita, partorita prima, ricorda ogni cosa: il Maryland sì, Rhode Island sì. Ma, a tutti, dice di aver dato la prima vera poppata d'aria quando si è affacciato, a vent'anni, dalla metro di Christopher Street.

È nato a Salisbury, Maryland, al 666 di Light Street. Una strada che nasce dalla più grande e pregna Newton Street, dal nome benaugurante, di chi, per primo, dimostrò come la luce bianca fosse, in realtà, composta dalla somma di sette colori.

Jim, però, di luce, laggiù, non ne ha vista mai. Tranne in camera sua, quando leggeva al chiarore di un accendino, bruciacchiandosi le dita.

La città di Salisbury, a metà degli anni Cinquanta, quando Jim la mise a fuoco per la prima volta, era un lavandino in cui stavano a mollo cristiani evangelici e, forse, la stirpe più antica degli Stati Uniti d'America: quella dei *white trash*. "Monnezza bianca", letteralmente.

La sua famiglia ne era una blasonata discendente.

«Il Maryland è il Sud.» L'aveva imparato ancora prima di capire che i *saltines*, i salatini spappolati nel latte con cui sua madre Kitty lo imboccava, facevano vomitare. E a due anni gli era bastata la prima cucchiaiata.

«Il Maryland non è Sud come l'Alabama, ma non è abbastanza Nord da salvarsi. È come il fratello di mezzo, schiacciato tra la merda del primo e quella del terzo. Un meticcio, poverino» così mi aveva detto al secondo sorso dello squisito Pimm's, che, poi, avevo scoperto essere una bevanda rossa a base di gin, chinino e un mix di erbe. Buonissima invero, ma, credo, sconosciuta alla maggior parte degli americani, o almeno a me. Jim, invece, sembrava godere solo nel vederne i mille riflessi rossicci zuppi, nella sua coppa.

La colonia del Maryland era nata nel 1632 quando il re Carlo I d'Inghilterra aveva accolto la richiesta del primo barone Baltimore di crearla.

Il nome latino è *Terra Mariae*, che significa "Terra di Maria". Gli venne dato *non* in onore della Vergine, ma della regina Enrichetta Maria di Borbone, moglie del re inglese.

«Peccato, perché nel Maryland c'è sempre stato più bisogno di vergini che di Marie» aveva aggiunto Jim, facendo tintinnare sornione il ghiaccio, la strisciolina di cetriolo, lo spicchio di mela verde, la scorzetta di limone tagliata in sottile spirale e le ciliegine al Maraschino che decoravano il capo del bicchiere.

I suoi genitori, come la maggior parte dei vicini e dei vicini dei vicini, discendevano da quella massa di rifiuti bianchi che la Gran Bretagna aveva evacuato dai suoi bassifondi, traghettato sull'Atlantico e trasportato nelle terre desolate del Nuovo Mondo, perché le scavassero, concimassero, rendessero fertili, e poi su esse si sdraiassero prematuramente per fare un punto di erba più verde.

«Poetico, no?» mi aveva domandato con gli occhi blu.

«Arrivati in America, invece» aveva continuato Jim, «i loro culi stolti erano stati fatti poggiare sulla terra peggiore, perché il meglio era stato già preso dai proprietari di schiavi. All'inizio provarono a sopravvivere su quelle paludi inadatte all'agricoltura, come, in fondo, loro lo erano alla vita. Divennero *sandhillers*, *pineys*, *squatters*, *crackers*, *clay eater*. Così li chiamavano. Mangiatori di argilla. Campavano di ghiaia tritata mescolata alla farina del pane, si diceva. Erano identici alla terra su cui pascolavano: pietrosi e senza speranza. Un popolo di miserabili, accovacciati su mucchi di paglia sporca, dagli occhi grandi e arruffati, le guance infossate, i capelli crespi e le mani vizze e scheletriche come grinfie di uccelli morti. I bambini sprecavano la bellezza dei loro lineamenti aggrappandosi alla miseria, rannicchiati insieme non per un caldo d'amore, ma gelidi come in una fossa comune. Erano stati generati schiavi di colore disgraziati sì, ma anche bianchi poveri e abietti, costretti a vivere da ladri, vagabondi, schifati dalla "corretta" società color latte. La miseria li aveva allevati immorali, incestuosi, senza codici sociali e senza denti. A metà Ottocento, poi, la Guerra di Secessione li aveva definitivamente battezzati come la razza nota, ridicola e spaventosa che, ancora oggi, profondissime radici ha nell'America tutta. Che sono anche le mie.»

Era come se Jim volesse continuamente sottolineare, più che altro a se stesso, una verità che non smetteva mai di pulsargli dentro, come la vena sulla tempia quando un'emozione ti analfabetizza.

«Vedi, questa spazzatura bianca non incarnava solo la parte più immonda della società, ma rappresentava, soprattutto, nella maniera più sfacciata, l'ostacolo all'evoluzione di ciò che doveva essere un vero americano. Lo sconvolgimento del sistema di classe "naturale", di cui questi miserabili erano l'emblema, risultava imperdonabile: non si comportavano semplicemente da "negri", ma la loro esistenza indegna rovinava l'implicita concezione di cosa significasse essere bianco: superiore a tutti, a qualsiasi razza esistente. *Homo genus without the sapiens.* Questo erano: un vicolo cieco nel darwinismo, un'infinita fila verso la rupe Tarpea. Un guano che da tre secoli si strascica indolente, verso il patibolo, costretto ad abitare le nicchie più basse della società: vittima e carnefice allo stesso tempo. La Storia aveva fatto marcire questi rifiuti bianchi in terre frigide e senza umori, li aveva resi inabili di riempirsi d'aria pulita, di crescere al sole, e così questi "negri sbiaditi" si erano perpetrati partorendo creature deformi, figlie di incesti, nutrite di carcasse. Questo è ciò da cui discendo, questi i miei antenati e quelli di gran parte della carne che mi circondava a Salisbury e che, ancora oggi, frigge in tanta America.»

Io stavo con le gambe incrociate. Avevo delle bacchette cinesi che mi reggevano i ricci e una di queste, come per un colpo di teatro, era caduta nello stesso momento in lui aveva finito di parlare, e i suoi occhi, così blu, mi tenevano.

«Ti chiederai come sia possibile che io, invece di indossare una canotta unta mentre guardo il wrestling in tv, mi trovi qui, blasé, a parlarti, con una gamba accavallata, un Pimm's in una mano e dei pistacchi salati di Bronte nell'altra?!... Ma "Cosa diavolo potrebbe essere più lussuoso di un divano, un libro e una tazza di caffè?" diceva Trollope! "Solo il Pimm's al posto del caffè" gli risponderei io! Il divano c'è, e il libro lo interpreto io che ti parlo soffiando sopra le pagine della mia vita!»

Jim era l'uomo più affascinante che i miei occhi avessero mai visto.

E poi aveva riattaccato.

«Salisbury è sempre stata uno dei posti più merdosi degli Stati Uniti, con un clima tropicale, appiccicoso e volgare come solo il caldo sa essere. Ed è scissa, spezzata, rotta, senza averne motivo. L'acqua del fiume Wicomico, i binari ferroviari e le strutture industriali – la natura e l'uomo, quindi – separano da sempre case ed esseri umani, isolando fisicamente i bianchi dalle comunità nere, costringendo quest'ultime, così, a risultare socialmente, economicamente e politicamente impotenti. Mio padre faceva il marinaio, ma io lo ricordo soltanto con delle inesauribili birre Millercoors in mano, seduto sulla poppa della veranda, con la bandiera americana sudicia e strappata che gli penzolava in faccia. Sembrava un fazzoletto pieno di moccolo incrostato. O uno di quegli straccetti che i bambini colorano di tutto ciò che producono da ogni orifizio.

«Era patriottico esattamente come era un buon padre di famiglia. Aveva un'aria consumata e gialla. Indossava, anche d'inverno, delle canotte bianco sporco, "*wifebeater*", le chiamava, (letteralmente "picchia moglie"). Le ho rivalutate solo quando le ho viste su Marlon Brando, in *Un tram che si chiama desiderio*.» Aveva riso nel dirlo, carezzandosi la barba, Jim.

«Mio padre aveva pochi denti. Li perse quasi tutti quando dovemmo spostarci più vicino al fiume, accanto alla zona nera, praticamente dentro. Quelle intorno alla Route 13 erano le aree della miseria, e lo erano state anche prima che la strada venisse completata, nel 1930, quando vi sorgevano Cuba e Georgetown, ghetti persino a quell'epoca. I resti di questi quartieri distrutti, i bambini bianchi li hanno sempre chiamati "*brown town*", città marrone.

«La storia della segregazione residenziale di Salisbury scorre lungo il fiume Wicomico. I neri stavano là, sull'umido. Dove nessuno voleva abitare, su terre basse che erano il loro stigma sociale. In cima, sui terreni alti e meno amari c'erano i bianchi; ma gli inferi erano per tutti. Incredibile. Non era una guerra tra ricchi, ma una lotta di poveri, e nessuno lo capiva.

«Tony, mio padre, masticava continuamente tabacco e sputava anche quando era a tavola, dimenticandosi di avere in bocca il cibo. Se tale si poteva definire. Non so come abbia fatto a sopravvivere.

«Io mi rifiutavo di mangiare dentro i vecchi contenitori di alimenti usati come piatti già a cinque anni, anche se quello che mi veniva servito erano panini alla maionese o pasta al sugo di ketchup e margarina mischiati e scaldati in forno. Mia madre Kitty, la pasionaria, sbatteva gli spaghetti sulla credenza per vedere se erano cotti. Diceva che gli italiani facevano così. Mi sembravano vermi sacrificali. Cercavo di non guardarla mentre li stordiva.

«Kitty era un'evangelica, un coacervo di fittissime contraddizioni e la cosa davvero sbalorditiva è che erano tutte sbagliate. Credeva di avere un rapporto personale con Dio. La ricerca della perfezione doveva passare per una condotta irreprensibile e una fede massiccia. No alle droghe, no all'alcol, no alla pena di morte, no al gioco d'azzardo, "Un peccato che si nutre dell'avidità umana e che invita le persone a confidare nei beni, anziché in Dio", no agli invertiti, agli omossessuali, abomini del creato. No. Comunque, no.

«Io non so in quale casa credesse di abitare, in quale famiglia, con quale marito e in quale mondo. Ripeteva le stesse cose, come un mangianastri stanco, coi suoi capelli bianchi e l'espressione da cane stupido. Credo non abbia mai guardato negli occhi nessuno, nemmeno una volta. Neanche me.

«Io ero un ragazzetto magro e brufoloso, parlavo pochissimo e nessuno mi si avvicinava mai, né bianco né nero. Ero una razza a parte, io. E preferivo così.

«Ogni pomeriggio penzolavo le mie gambe secche in un'insenatura del fiume, il Johnson's Pond, circondata da un vasto terreno boscoso che tappava la bocca ai rumori della strada a est, e a quelli dei quartieri a sud. I bianchi nuotavano su un lato, nell'area pubblica locale, mentre i neri dall'altro.

«Io ero un ragazzino pallido, sempre dalla parte sbagliata. Se mai ce ne fosse stata una giusta. Quel punto però mi piaceva tantissimo. Ancora ora oggi rimane il mio posto del cuore. Forse perché un giorno di maggio, accanto a me, si sedette Rudy. Rodolfo Esposito. Era a suo agio. Questo il ricordo più forte che ho di lui. Aveva uno stecchino in bocca, che poi capii essere il bastoncino di un lecca lecca finito che si frullava da una parte all'altra.

«"Ciao, sono Rodolfo!" disse in italiano, e mi porse la mano, ma vedendo che non rispondevo, se l'andò a cercare scombussolandomi tutto il braccio in su e in giù. Io non avevo ancora detto una parola. E così iniziò lui, naturalmente. Con un accento mai sentito. Un po' come sto facendo io con te Angela, a parte per l'accento!»

«Rudy era nato a Portici» aveva ripreso Jim, «che solo molte parole dopo seppi essere un quartiere di Napoli, in Italia. A sedici anni era stato il fidanzato della sfortunata Anita, conosciuta a una festa in casa, a Torre del Greco. La madre di lei aveva preparato una pastiera e aveva invitato tutti gli ospiti a ballare. Rudy era l'unico. Il disco che suonava era *In ginocchio da te* di Morandi. E in effetti Rudy, a quell'età, aveva già avuto a che fare con un discreto numero di genuflessioni, per ragioni però profondamente diverse da quelle di Gianni. Non atti di fede, ma di dolore, semmai.

«"Ammiravo la messa in piega dei capelli di Anita e i bracciali che aveva ai polsi" mi raccontava Rudy. "E lei se ne compiaceva: era una persona tanto gentile. Che ne poteva sapere, poverina. Quasi quasi non lo sapevo manco io. No, non è vero. Io lo sapevo, ma speravo. E Anita, non vide nulla fino a che, un pomeriggio, mentre passeggiavamo sottobraccio lungo il porto del Granatello di Portici, una folla colorata di certi giovanotti coi fazzoletti annodati alla gola e le camicie strette strette in vita, mi aveva salutato calorosamente: 'Uè uè, Rudy!'. Anita non era una ragazza stupida, ma era bruttina. Forse capì ma non voleva mollare l'osso. Che poi... più che osso, guarda quanta carne!" aveva detto Rudy scoprendosi la pancia e tirandocisi un pizzicotto mentre rideva, e colpendomi così, senza sfiorarmi, col pugno più forte che il mio naso avesse mai ricevuto. E dire che ne avevo raccolti svariati fin da bambino da Tony, ed ero sempre stato un buon incassatore. Non si accorse di nulla, per fortuna, e continuò a raccontare: "Anita voleva accasarsi col gentile, delicato, Rudy, 'la cara Rudy' capisci?, pur di porre fine all'agonia della permanenza in casa con sua madre, un arcigno donnone coi baffi di ferro. Insomma, quel pomeriggio, una aggrappata all'altra avanzando, il

Golfo vide arrivare due vittime splendenti dei bigotti anni Sessanta, in un assolato e vigoroso Sud Italia. Io, dopo i coloriti saluti dei giovinotti, feci spallucce, e Anita si mise a parlarmi di matrimonio.

«"In chiesa, un anno e mezzo dopo, durante la cerimonia nuziale, mi salì in gola un conato di vomito misto a uno scoppiettio di riso. Allora feci un respiro lungo quanto una confessione, guardai don Mimì e, senza rispondergli né sì né no, mi voltai e andai via. Anita rimase lì, con la gonna nei pugni, vicina al mare. Guardava la mia schiena allontanarsi e io ormai fuori dalla chiesa, superati i femminielli, alzai un braccio per salutarla, senza girarmi. 'Nu bacion' bellezza' mi gridò uno di quelli, pensando mi rivolgessi a lui. Anita non disse nulla e rimase lì fino a sera.

«"Il giorno stesso decisi di partire per l'America. In nave. Mi imbarcai come un disgraziato sulla *Michelangelo*. Il periodo di emigrazione verso le Americhe volgeva ormai al termine ma io, come sempre, ero controcorrente. Arrivai a New York senza neanche la valigia di cartone. Avevo una sporta, tenuta insieme con lo spago che mi tagliava le spalle. Mi dissero che il Maryland sarebbe stato più adatto a uno come me. Non capivo bene l'inglese e mi fidai."

«Io, povero, ero come in trance e, a quel punto, mi venne da dire solo: "Fatti maschii, parole femine". L'unica cosa che sapevo dire in italiano. Rudy mi guardò. "Il Maryland" balbettai io "è l'unico Stato americano con un motto in italiano. Significa: le azioni sono virili, maschie, e le parole sono gentili, femmine." Allora lui si voltò, mi fissò per un po' e poi disse: "Ho capito perché mi hanno mandato qui. Sono nel posto giusto. Ho tutto del Maryland".

«Era il 1968. E Rudy mi sedeva accanto, al Johnson's Pond. Mi sembrava la cosa più stupefacente del mondo che esistesse qualcuno che se la fosse passata peggio di me, qualcuno che dall'Italia, da Portici, avesse attraversato l'oceano, per finire in questa tinozza marcia di Salisbury, e che, quel giorno di maggio, fosse lì, coi piedi penzoloni sull'acqua, così incredibilmente splendido.

«"*Bisou bom bom*" aveva poi detto tutto d'un tratto. Si era alzato e se ne era andato. Io non avevo capito nulla. Ero incollato alle sue spalle giaguare che si allontanavano da me. Bucandomi gli occhi.

«"Come si chiamava il tuo orsacchiotto preferito quando eri bambino?" aveva detto voltandosi velocissimo. "Che... che domanda è?" mi era uscito piano. "Dai, dimmelo!" "Titti" mi venne spontaneo. "Ok." E ridendo, col bastoncino in bocca, era sparito.

«Ogni pomeriggio per un mese di fila misi tutto a penzoloni, gambe, speranze e cuore. Rudy arrivava così come scompariva. Era precisissimo in quello, ma ora, le mie giornate, finalmente, avevano un senso e un sapore. A Rudy piaceva tanto stare lì a pescare. Diceva che gli ricordava Napoli. "Mio padre faceva il pescatore. Gli unici momenti in cui riuscivo a essere il figlio che desiderava era quando stavamo zitti, l'uno accanto all'altro, a prender spigole. Ero bravo. Ne acchiappavo di grosse. Mi sorrise una volta...

era fiero" e stringendo la canna da pesca Rudy guardava il fiume, con gli occhi sull'acqua e nell'acqua.

«Poi, un giorno, mi disse: "Trascinare per me significa prendere qualcosa di negativo e renderlo positivo. Se da piccolo mi fosse stato permesso di giocare con le bambole non mi sarebbe successo niente di male. Vestirsi come una persona diversa ti fa innamorare di più di te stesso. Una piccola vacanza da chi sei ti fa apprezzare quello che sei".

«Poi aggiunse che, a volte, diventava *Titti.*

«Io, all'inizio, non capii bene. Non lo avevo mai visto trasformato, in abiti femminili cioè, e neanche riuscivo a immaginarlo, però lui disse che aveva scelto il nome da dare all'altra parte di sé in mio onore: Titti, come il mio primo orsacchiotto. Voleva chiamarsi come qualcosa di sano, che era stato amato da una persona bella. Che ero io. Non capivo neanche che significasse davvero tutto ciò, ma nella sua bocca, io, Jim, ero cosa buona e giusta.

«Ce ne andammo via insieme tre mesi dopo. Via. Non lo avevo visto tante volte, non quelle che pensi ti debbano servire per decidere di cambiare vita, se, davvero, esiste un numero perfetto. Che poi, alla fine, anche i numeri son fatti di parole.

«Io ero un ragazzo che viveva in un posto che non mi vedeva e che, quando lo faceva, mi considerava pericoloso, corrotto e quindi corruttibile. E così, accettai la sfida: raccolsi il guanto che m'aveva cucito Rudy, lo infilai, mi sistemai i capelli e insieme – lui per l'ennesima e io per la prima volta – andammo. Senza voltarci mai.

«I miei non dissero una parola. Credo sia stato per loro un sollievo. Forse non se ne accorsero neanche. O, almeno, per un bel po'.

«Io e Rudy ci ritrovammo su una panchina di Christopher Park a New York. Fu la nostra prima seconda volta. Lui viaggiava con una valigia leggera, io coi miei pantaloni avana e una camicia a maniche corte: mi ero portato dietro solo parecchi brufoli, l'accendino con cui leggevo la sera nella mia camera, il mio romanzo preferito, *Hans Brinker, or the Silver Skates* (cioè *Pattini d'argento*) di Mary Mapes Dodge, e Titti. A un certo punto Rudy si era tolto le scarpe, aveva appoggiato i piedi gonfi sulle mie ginocchia e mi aveva detto col suo solito inglese sconclusionato e meraviglioso: "Fai ciò che puoi". Io non lo avevo mai sfiorato. Lo toccai per la prima volta, lì. Sulla panchina. Iniziai a massaggiargli gli alluci come fosse la cosa più giusta in quel momento.

«Fu quello il primo dono di un amore pazzo e travolgente. A Little Italy, nella penombra delle tapparelle sgarrupate della camera da letto di una sua prozia, in cui, solitamente, dormivamo in sei, fu la nostra prima volta. E mentre Rudy si rivestiva, dandomi le spalle, gli chiesi: "Cos'hai scritto sul culo?". "Accenditi, sintonizzati, abbandonati" mi rispose. "È il motto di Timothy Leary, padre degli effetti psichedelici, fondatore della Lega per la Ricerca Spirituale. Sai... lui usa l'LSD come un atto di fede" e me lo raccontò come se stesse parlando di un cugino di primo grado. "L'anno scorso sono stato per un mese in California e mi sono unito ai Diggers, giovani dell'ambiente underground che hanno clamorosamente fondato a Haight-Ashbury, la Summer of Love, una comune pacifica e anarchica, il cui scopo è celebrare una nuova alba spirituale" aggiunse. Ero travolto da tutto ciò che mi diceva. Rudy era affamato di vita e io lo ero d'amore. Per lui.

«La sera stessa mi portò in un monolocale di Perry Street. Tirò fuori dalla valigia una moka, due libri e un 45 giri: *Napoli milionaria!* di Eduardo De Filippo, *Totem e tabù* di Sigmund Freud e *Guapparia* cantata da Nunzio Gallo.

«"Trasloco fatto" confermò. "Siamo a casa. Ha da passa' 'a nuttata." E poi aggiunse: "*Bisou Bom Bom*". Spense la luce e si svegliò due giorni dopo.

«Non ero mai stato così felice. Le giornate passavano tra schizzi di emozioni e curve di morbida quiete. Io facevo il cameriere da Nino's e compravo tanti libri usati. Li sceglievo a seconda delle dediche che trovavo scritte sopra. Il mio gusto letterario si è formato così: seguivo le dediche come Pollicino le briciole di pane. "I ricordi sono fatti apposta per essere confusi. Alessandro N." Iniziai da questa, era di un italiano sopra un'edizione assai bella di *Martin Eden* di London. Mi sembrò una benedizione. Ho sempre trovato questo metodo romantico. Oltre che impeccabile.

«Rudy lavorava in un bar e tornava tardi, o, meglio, prestissimo, la mattina all'alba. Io mi svegliavo e gli preparavo la colazione: caffellatte, pane molto abbrustolito, burro e marmellata d'arance amare. Accompagnavo tutto con un mazzolino di fiori, ogni giorno diverso e, mentre mangiava, gli spiegavo il significato e il perché una volta ci fossero le margherite, un'altra le rose, un'altra ancora i girasoli. Io amavo i tulipani, così compìti e trattenuti, Rudy i papaveri. Rossi, farinosi e selvaggi.

«Eravamo venuti a New York perché era il luogo dove artisti, hippy, poeti, musicisti jazz, avevano scelto di vivere. Ma era il 1969. Nessuno ti dava un lavoro se eri omosessuale. Era illegale. Illegale. Si era licenziati se scoperti. Per questo il Greenwich Village era importante. Potevamo mostrare ciò che eravamo in questo piccolo quartiere, ma nel resto del mondo no, no, no. Gli "atti omosessuali" pubblici e privati erano vietati in tutti gli Stati tranne che nell'Illinois e la polizia aveva un paniere pieno di reati da poterci affibbiare, tra cui una deliziosa legge del 1845 secondo cui il travestimento era illegale.

«Sai, Angela, per quale crimine fu condannata Giovanna d'Arco?» mi domandò senza desiderare risposta. «Né per eresia né per tradimento. Venne arsa sul rogo perché, nel 1431, indossava abiti da uomo. Povera pulzella.

«Capisci, non potevamo vivere respirando *per davvero* l'aria, non ci si poteva amare su una panchina. Per questo adoravo i fiori. La nostra casa era un giardino segreto, il nostro Eden. Fuori dovevamo avere una vita a compartimenti, nasconderci. Ero scisso, spezzato, come quando ero bambino. Ancora una volta ero spazzatura. Ma arcobaleno questa volta, non più solo bianca.

«C'erano addirittura dei "film educativi" che mettevano in allerta i cittadini dal pericolo gay. I titoli erano incredibili: *Boys Beware!*, *Perversion for Profit* e il più stupefacente *The*

Homosexuals di Mike Wallace, in cui si diceva che "l'omosessualità era una malattia mentale che aveva raggiunto proporzioni epidemiche".»

Jim allora aveva sgranato gli occhi tanto da sembrare un panda e si era messo in bocca un pistacchio con la classe di una étoile.

«Io avevo il mio piccolo mondo antico, i miei libri, il mio lavoretto e avevo Rudy. Vivevamo secondo i nostri riti… avevamo le nostre abitudini che sono la mano calda che consola quando ti fa male la pancia.

«Ogni lunedì, per esempio, prima di dormire leggevamo il manifesto della Mattachine Society, un gruppo segreto nato a Los Angeles nel 1951, un'organizzazione straordinaria, "omofila". Era la nostra fiaba, il nostro "C'era una volta".

«Sai, Angela, vivere alla fine degli anni Sessanta non era facile, ma nel decennio precedente lo era stato ancora meno: si pensava che i gay avessero handicap fisici e psicologici. Il nostro movimento di liberazione, partito nel 1969, spesso viene descritto come la più grande espressione della New Left, (la Nuova Sinistra), ma non è vero: c'era già stata la Mattachine Society.

«L'origine del nome è suggestiva e fa riferimento a una setta medievale di giullari che aveva l'abitudine di mettere alla berlina la società dell'epoca con spettacoli en travesti. La loro eredità, poi, è stata raccolta nel 1979, nell'ambito della lotta all'HIV, dalle Sorelle della Perpetua Indulgenza, un gruppo di adorabili e scanzonati travestiti che – cito dal loro manifesto – "vogliono restituire gioia alla vita e dispensare una sana indulgenza ai fratelli e alle sorelle peccatrici, là dove il pregiudizio morale e fondamentalista religioso, l'omofobia e i tabù sociali hanno portato morte, tristezza, vergogna e clandestinità".

«La Mattachine Society funzionava come gruppo di privato supporto e organizzazione attivista. Là erano invitati esperti e venivano condotte ricerche a livello psicologico, fisiologico, antropologico e sociologico perché illuminassero e incoraggiassero la tolleranza verso gli omosessuali. La tolleranza. Sì.

«Il Manifesto della Mattachine Society è emozionante e straziante al tempo stesso, io lo so a memoria... quante volte l'abbiamo letto io e Rudy, iniziava così: "Sebbene sia mia convinzione che l'omosessualità, nella nostra società, non sia una virtù ma piuttosto un handicap, credo di poter vivere una vita ben orientata e socialmente produttiva. Vivrò e lavorerò e io stesso diventerò una persona migliore al fine di aiutare una società divenuta illuminata ad accettare il mio popolo, la mia gente come cittadini intelligenti e preziosi". Che tenerezza. E che rabbia.»

Jim aveva smesso di bere e per un po' era rimasto a fissare il vaso di tulipani sul suo piccolo balconcino.

«I tulipani hanno qualcosa di umano. Soprattutto quando, mossi dal vento, sembrano tante piccole teste che annuiscono» aveva detto. E, mentre lo faceva, io mi sentivo la ragazza più fortunata del mondo.

Poi, a un tratto: «Esse. Ti. O. Enne. Le lettere al neon

rosso ancora mi fissano dalla vetrina rettangolare. E. Doppia Vu. A. Elle. Elle. Stonewall.

«Quella sera del '69. Io c'ero.

«A fine anni Sessanta, il sotterraneo, disgraziato e molestato mondo gay di New York si concentrava allo Stonewall: conoscevo bene quel bar. Era di proprietà della mafia, che ne possedeva anche i jukebox, i distributori di sigarette e il liquore annacquato. Era l'unico che permettesse agli uomini di ballare con altri uomini e, come tale, era soggetto a frequentissime incursioni della polizia.

«C'era un sistema di corruzione consolidato. Non solo lì, in quel bar, ma ovunque si servisse da bere a lesbiche e gay, c'era un legame col crimine organizzato: i poliziotti venivano pagati dalla mafia. Fino a metà degli anni Sessanta la State Liquor Authority (l'ente preposto per i permessi e il controllo degli alcolici negli States) proibiva la vendita di alcol agli omosessuali e la polizia attuava il cosiddetto *entrapment*: adescavano i gay per poi arrestarli.

«Nell'estate di quell'anno a New York c'era un sindaco repubblicano, tale John Lindsay, che, nell'ambito di una dura campagna di rielezione, voleva dare dimostrazione di forza. Lo Stonewall era il luogo ideale: operava senza licenza per i liquori, aveva legami col crimine organizzato ed era pieno di uomini che si sollazzavano allegramente. Ma chi lo frequentava era abituato alle retate. Chi si sarebbe lamentato di una repressione contro i gay? Nessuno, nemmeno noi. I giovani che venivano arrestati, di solito, si lasciavano trascinare via nelle volanti della polizia, miseramente e docilmente.

«Erano le dieci e mezza di un caldo sabato sera di giugno. Io ero uscito dalla metro e tornavo a casa con un mazzo di mimose in mano. Avevo imboccato Christopher Street e poi, svoltando, avevo visto una macchina della polizia davanti allo Stonewall. All'improvviso si era aperta la porta del bar e ne era uscito un poliziotto con una donna nera dall'aspetto mascolino che lui aveva pigiato nell'auto. In strada, ad assistere alla scena, quaranta persone. La porta della volante si era spalancata e la donna era scappata.

«Le persone poco dopo erano già diventate ottanta. Una squadra di cinque poliziotti si era barricata all'interno del bar, in attesa di rinforzi. Grida, tifo, traffico bloccato. La gente esultava, io sventolavo le mie mimose in aria.

«Ore undici e mezza: la polizia, capitanata da Seymour Pine, giunta sul posto aveva ricevuto l'ordine di disperdere la folla e far credere che quello fosse un raid contro borseggiatori e prostitute. Non era così. Volevano coprire i poliziotti corrotti.

«Quel giorno, in quel momento, qualcosa si spezzò. E, ricordo, lo sentii in modo chiarissimo. Non ci lasciammo trascinare docilmente questa volta. Eravamo arrabbiati. Restammo "come torre ferma, che non crolla già mai la cima per soffiar di venti". Eravamo duemila. Battagliammo contro più di quattrocento poliziotti. Venne inviata la Tactical Patrol Force, la squadra anti-sommossa nata per contrastare i dimostranti contro la Guerra del Vietnam. Erano militari addestrati per combattere i rivoltosi, ma non lo erano per fronteggiare quelle creature straordinarie che coi loro polpacci scolpiti resistevano sui tacchi come nessuno aveva mai fatto prima. Vennero per disperdere la folla e invece ci appiccicarono ancor di più, ci fusero, ci resero una cosa sola. Persero. Perché vincemmo noi.

«All'improvviso, guardai gli altri uomini che erano lì in strada, accanto a me, davanti allo Stonewall, e per la prima volta vidi degli esseri umani. Vidi quelle persone nella loro interezza. A tutti, quella notte, successe lo stesso, tutti avemmo la stessa sensazione. Era la Liberazione. Volevamo essere indivisibili, non con una vita privata e sessuale da una parte e una pubblica dall'altra. Volevamo essere visti, non evitati.

«Quello che accadde, da molti, viene definito "sommossa". Mentono. O si sbagliano: quel 28 giugno del 1969 fu la svolta. Le sommosse sono proteste che sfuggono di mano, che si fanno caos e trasformano le folle in bestie cieche che violentano e distruggono a caso. Una rivolta è una ribellione contro l'oppressione e nel cuore ha già una sanzione morale implicita, in grembo porta un giudizio di valore positivo. Una rivolta è un atto di resistenza. Lo fu quella del Ghetto di Varsavia del 1944 contro i nazisti, lo fu quella dei Dakota Sioux nel 1862, i nativi americani che lottarono contro chi li privava della loro terra e quindi toglieva loro la vita. Non ci furono strategie né leader, allo Stonewall. Fu una ribellione contro l'omofobia interiorizzata. Non ho mai incontrato una persona lesbica o gay che non abbia quel disprezzo di sé, quella vergogna dentro: perché questo è ciò che la cultura ci conficca a spregio. E l'impatto sulla psiche è lo stesso di chi cade in fondo a un pozzo.

«Quella sera ha cambiato il modo in cui eravamo percepiti. Reagimmo. C'era stato il '68, e nella sua "estate dell'amore" molti si erano opposti e avevano combattuto: per i diritti delle persone di colore (il *black power*), contro il razzismo dopo l'omicidio di Martin Luther King Jr., contro la guerra in Vietnam, e tutto ciò era stato fatto con un crescente e sacrosanto senso di indignazione e una forte interconnessione.

«Ora toccava a noi. Volevamo una rivoluzione che ci includesse in un momento in cui non eravamo compresi in nessun'altra. Quel bar per me è, ancora oggi, simbolo di oppressione per il suo legame col crimine organizzato. Non ci entro e me ne sto sulla panchina fuori, ma quella strada... ah... Quello che è successo su quell'asfalto, su quei marciapiedi, quello ha portato il cambiamento ovunque. Lo Stonewall ha segnato l'inizio del movimento per i diritti dei gay non solo negli Stati Uniti, ma in tutto il mondo.

«Abbiamo cambiato la Storia! Sì! Ne eravamo consapevoli? No!

«I moti durarono tre giorni. Ricordo quando la polizia non riuscì a disperdere la folla e a un tratto si trovò di fronte una fila di drag queen che resistevano cantando:

We are the Stonewall girls
We wear our hair in curls
We wear no underwear
We show our pubic hair

We wear our dungarees
Above our nelly knees!

Siam le ragazze dello Stonewall
quelle dai capelli ricci
quelle che girano senza mutande
e col boschetto in bella vista
Le ragazze in salopette
sopra i nostri ginocchi favolosi!

«Pochi giorni prima era morta anche Judy Garland, anima amata e icona gay indiscussa. Alcuni dissero che la rivolta avvenne perché nella comunità in molti erano ancora sotto shock per il lutto e non si controllarono. Ovviamente, questa è una versione romantica e non vera, anche se io, fra tutto quello che era successo e Judy, piansi per quattro giorni filati. E le mimose appassite le misi su un altarino vicino a un paio di scarpette rosse. Di Titti.

«La vita, dopo quel giugno del '69, la portavo avanti *per mano*. Ero felice, Rudy era generoso, anche se permaloso quanto imprevedibile. Io volevo leggere e stare con lui, lui voleva leggere, stare con me. E non solo.

«"Chi ti ama non ti mette in difficoltà, Jim. Non ficcarmi in una situazione scomoda. Io non lo farei mai con te. Il disagio mi sta malissimo addosso. Mi vengono le crisi di nervi. Mi mortifica" mi disse quella volta che lo trovai a letto con un contadino olandese. "Non posso essere fedele, ma posso essere onesto" aggiunse. Io provai a fargli un discorso sul mio bisogno di monogamia, ma erano gli anni Settanta, tutto sembrava fantastico e tutto era possibile. Specialmente qui, al Greenwich Village, paniere di attori, artisti, di profumi e di balocchi.

«Poi un giorno: "Dammi un attimo caro" e mi fece sedere. Preparò un caffè con la sua moka. Poi mi prese la mano e disse tutto d'un fiato: "Ora: vogliamo stare al mondo, e cercare di prenderci finalmente ciò che ci spetta, oppure darci al ramino in una casa col portico e il camino acceso, talmente arrabbiati da non riconoscerci neanche più?" concluse, ingollando il culo freddo del caffè. Sapevo che Rudy aveva ragione. Era proprio così: eravamo giovani e vivevamo in un tempo eccitante e incredibile. E io non potevo farci nulla. Potevo solo sbattere il mio animo romantico come un polpo su uno scoglio.

«Per questo l'avevo amato, dal primo istante, più di chiunque altro. Perché Rudy mi aveva sempre spiegato come stavano le cose.

«Mi lasciò. Dopo dieci anni di amore profondo e sconclusionato. Partì su una barchetta di carta. Me la lasciò sul comodino accanto a dei papaveri rossi, con un messaggio: "Torno in Italia, Jim. *Bisou Bom Bom*".

«Io sentii un *crack* allo sterno trovando spiegazione fisica a un'espressione letterale bizzarra: "Mi hai spezzato il cuore". Da allora non ho più voluto ascoltare *Manhattan* di Richard Rodgers e Lorenz Hart, né tantomeno *Guapparia*.

«Rodolfo aveva finito così il nostro primo e ultimo incontro con: "*Bisou Bom Bom*". Quel *Bisou Bom Bom* che era sempre stato la sigla d'apertura o chiusura di una nottata proibita o la chiosa con cui congedava chiunque quando si era rotto le palle, anche di un grande amore. Conoscevo poco il francese e mi sono sempre chiesto se il *Bom Bom* del *Bisou* fosse un appellativo che riguardava lui o fosse il frutto di una naturale propensione all'allitterazione in cui Rodolfo aveva, in verità, sempre spiccato. Che poi, a pensarci bene, Rudy non era mai stato in Francia. Almeno che io sapessi.»

Jim si era soffermato di nuovo sui suoi tulipani. E poi di botto, come stregato, mi aveva detto guardandomi con la tempesta tra le ciglia: «Mi ha scritto ieri. Sì. Lui. Saranno passati quanti? Quarant'anni? Non guardarmi con quella bocca spalancata, Angela. Ed è qui, proprio qui, dove l'ultima volta ci siamo visti e lasciati, che vuole rivedermi: nel Village. "Alle dodici allo Stonewall" mi ha scritto. "Devo dirti una cosa. *Bisou Bom Bom*".

«A Herbert non ho detto nulla. Ti ho detto che sono sposato, Angela? Come mai adesso Rudy è a New York? E perché mi ha chiesto di incontrarlo? Cosa dovrà dirmi? Dopo tutti questi anni senza parlarsi... Rodolfo è in città, capisci, Angela? Ti spiace se mi cambio?»

E senza aspettare risposta mi aveva lasciata senza fiato ed era uscito dalla stanza. Era rientrato in salotto dopo mezz'ora.

Fleurs du bien.

Jim aveva messo la sua camicia hawaiana preferita – adesso lo so – a cui aveva anche dato un nome, *Fleurs du bien*: ogni volta che la indossava, diceva, qualcosa gli andava bene. Il nome era tale perché, ovviamente, era tanto infiorata che quasi profumava. Non avrebbe potuto fare altrimenti: no alla t-shirt nera esistenzialista e neanche alla *gorra* andalusa in cotone.

«"Alle dodici allo Stonewall" mi ha scritto Rodolfo. "Devo dirti una cosa. *Bisou Bom Bom.*" Ah ma te lo avevo già detto.»

Alle 11,50 io e Jim stavamo fingendo di camminare.

«Io non so perché ti abbia trascinata fino a qua» si era poi domandato, parlando a sé.

Arrivati, aveva preferito mi sedessi io sulla panchina. Lui era rimasto in piedi.

«Sono le dodici e un quarto, sono qui davanti allo Stonewall e Rodolfo è in ritardo.»

Jim aveva provato a telefonargli.

«Herbert di sicuro sarà già dal turco sotto casa» mi aveva sussurrato sentendosi in colpa per quello che aveva nel petto. Ancor prima di commettere un passo falso.

«Ho più di sessant'anni, Angela, capisci, e Rodolfo non risponde. Senza una spiegazione. Mio marito Herbert è uno scienziato, sai? Ha la barba bianca e gli occhi decisamente piccoli, e mi starà già aspettando per pranzare sulla panchina davanti a un ristorante turco da asporto. Proprio di fronte casa nostra, su Waverly Place.

L'appuntamento è per l'una, ma Herbert sarà già lì dalle dodici. Non ha una gamba e teme sempre di arrivare in ritardo. Peraltro, non gli piace per nulla aspettare.

«Ti ho detto che sono sposato?»

Le lettere al neon rosso ci fissavano dalla vetrina rettangolare. Stonewall.

Le 12,50.

«Rodolfo non è arrivato. È ora di andare» aveva detto Jim tra il disperato e il sollevato. Stregato. Si era messo a correre verso il piccolo ristorante turco in Waverly Place e io dietro, come una borraccia riccia.

«Eccoti qua! Sei sudato!» gli aveva detto Herbert quando l'aveva visto arrivare.

«So che non ti piace aspettare» aveva risposto Jim. «Lei è Angela, la nostra nuova dirimpettaia. Ti amo!» Herbert gli aveva fatto una carezza sulla gota e si era infilato un felafel in bocca, e poi ce ne aveva messi in mano due per uno.

«Non vorrei mai metterti in una situazione scomoda, Herbert» aveva pensato Jim ad alta voce, facendomi bloccare il cuore.

«Cosa?» aveva chiesto Herbert tutto concentrato sulla sua prelibatezza ottomana. «Sei serio? Sono un uomo senza una gamba!»

«Lascia stare, oggi mi sento un po' scombussolato» aveva farfugliato Jim.

Trillo.

Messaggio.

«Adesso mangia» lo aveva rimproverato Herbert.

Jim aveva adagiato con cura il telefono sulla panchina. E dopo un minuto lungo quarant'anni, ci aveva posato sopra gli occhi.

«*Bisou Bom Bom.*»

«I'm wild again, beguiled again
A simpering, whimpering child again
Bewitched, bothered and bewildered – am I.»
"Sono selvaggia di nuovo, ingannata di nuovo
Una Smorfiosa e piagnucolosa bambina di nuovo
Stregata, seccata e sconcertata – io sono."

Richard Rodgers, Lorenz Hart,
Bewitched, Bothered and Bewildered, 1956

In ricordo di Mart Crowley:
Michael: *What's so fucking funny?*
Harold: *Life. Life's a goddamn laugh riot.*
Michael: Cosa c'è di così divertente?
Harold: La vita. La vita è una dannata risata.

Mart Crowley,
The Boys in the Band, 1970

◇◇◇◇◇◇◇◇◇◇◇◇◇◇◇◇◇

«Lunga. E straordinaria» esordisce Marlene, con i denti neri di Chianti e ancora la gomma in bocca.

«Ma le cose lunghe, *Frau* Marlene, spesso sono le più belle» continua Mario.

Gustav non parla, ma la guarda come tutti dovrebbero essere guardati almeno una volta nella vita.

«*Bisou Bom Bom* in francese non vuole dire nulla» chiosa Albert, «o sbaglio?» aggiunge rivolgendosi a Vincent.

Mara, commossa ma sempre perfettamente truccata, ribatte: «Ma nella lingua universale e accogliente dell'amore, sì!».

Clara: «Grazie, Angela. Grazie, Jim. Io sono seriamente provata dalla meraviglia delle storie che mi avete regalato. Mi sento tutta scossa. E voi?».

«Angela, credo che tu debba scriverlo questo romanzo» le dice Vincent, alzandosi e toccandole i capelli.

«Io invece credo nelle stelle» irrompe Mara, cercando di recuperare la scena.

La sera mi piace. Ma la notte di più.
Arrivederci e grazie.

SECONDA GIORNATA

ovvero «Spregi, sortilegi e dispetti d'amore»

Un'immensa pianta di glicine si inchina sulla prima terrazza di giardini della Villa, simmetrica alle altre che corrono tutte, vogliose, a Firenze.

Il lunghissimo tavolo della sala da pranzo è un banchetto di petroniana memoria. Un putiferio rosso di fragole e ciliegie, meloni e albicocche, servito in copponi di coccio, accanto al pane fragrante, semplice, con i semi, e integrale. Ma sempre sciapo. E poi, naturalmente, c'è quello dei Santi, con le noci, l'uvetta e senza burro. Ma con lo strutto! A Villa Peyron, a tavola, non esistono stagioni.

«Signora Lauretta, molto buono questo pane» dice Gustav, mentre ne stacca un pezzo e come un piccolo lord se lo mette in bocca, senza intaccare neanche con una briciola la camicia di squisita fattura napoletana.

«Eh, ci credo... l'è i' pane de' Morti!» risponde Lauretta.

«Pure!» esclama Mario, sputandoselo in una mano. «Chill già o fatt' è bell', qua già la situazione è disastrosa» aggiunge mentre calza delle infradito brasiliane di gomma color lavanda.

«Ohi, nini! Nun fare tanto l'uggioso. Come vu siete superstiziosi voi meridionali. L'è un pane che si fa pe' i morti, ma lo mangiano i vivi e gli garba anche parecchio» risponde Lauretta.

Le uova, freschissime, ancora chioccano: strapazzate e sode. Come Mara. Scesa a colazione strizzata in un abito da sera.

Ci sono ancora il bacon e i würstel caldi. Marlene già se li sente in bocca.

I cornetti lustri ridono insieme al sole e le torte, tutte, sono preparate in casa.

La caffettiera è italiana. «Per carità» brontola Lauretta. «Su questo 'un transigo, eh! Io il caffè lo fo solo con la moka. Per me quello americano l'è acqua sudicia! Se tu lo vuoi, tu lo va' a bere in America! Lo dice il nome stesso!»

«Paté d'olive?» le chiede Vincent, mentre si accinge a rovesciare una cucchiaiata color fango nel piatto.

«No! L'è la salsa dei famosi crostini neri! Fatti coi fegatini di pollo e una punta di milza» ribatte Lauretta che continua a imbandire il tavolo.

«Che orrore» dice piano Vincent.

«*Non essere delicato e biondo*. Che tanto in corpo c'è buio!» sentenzia Lauretta, senza neanche voltarsi.

«E Angela dov'è? » domanda un po' a tutti ancora il francese.

«Starà dormendo!» risponde Mara, che a stento riesce a

respirare nel suo corpetto di stecche di balena ancora boccheggianti. È un po' infastidita da quella curiosità gallica. «Gli americani, si sa, sono così!» insiste.

«Ma così come?» chiede Mario.

«Mmm... americani!»

Proprio in quell'istante, Angela arriva, molleggiando, a tavola, tutta irrorata di sudore, con il laptop sotto il braccio e un secchio per lavare a terra trasparente che chiama bicchiere. «Posso avere del caffè?» chiede porgendolo. «Sono sveglia dalle sei. Ho letto tutta la rassegna stampa americana e anche un testo di Marcuse. Poi ho fatto jogging. E adesso sto svenendo.»

Lauretta, senza neanche girarsi, dice: «Quel secchio che tu chiami bicchiere tu lo puoi riempire d'acqua per darci il cencio in terra».

In quel momento Clara, con un tempo perfetto, entra nella sala con l'entusiasmo di Maria in *Tutti insieme appassionatamente* e la falcata di Ann Reinking in *All That Jazz*. Ha il vestito tutto bianco, i tacchi color ciliegia lucidi, la coda alta e una cinta dello stesso colore delle mutande. Ma questo lo sa solo lei.

E io.

«Allora» inizia, «dopo questo bel brunch...»

Ma viene subito stroncata dalla Lauretta: «No, no, no... quale brunch. Questa si chiama colazione col rinforzo!».

«Va be'» riprende Clara, «dopo questa bella colazione

col rinforzino, io fremo, palpito, sudo, non vedo l'ora di ascoltarvi. A me sembra già che ci conosciamo da una vita. No?»

«Devo dire che a me no» sentenzia Marlene la rossa, con le efelidi in faccia e un senso di negazione che si porta dietro da chissà dove.

«Potremmo parlare d'amore!» propone Clara come una maestra orgogliosa.

«Cos'è? Un dispetto?» dice Mara sottovoce tra sé e sé, mentre cerca con un dito di vanificare l'asfissia procuratale da una stecca del busto fuori posto conficcatasi tra le costole.

«Ah! Un dispetto d'amore, certo! Che bella idea!» esplode Clara.

«Va bene» replica Mara, sollevata, dopo essersi liberata, e sentendosi chiamata in causa. «Parlerò io che di sortilegi, profumi dispetti e balocchi me ne intendo.»

Le leggende ci vogliono capaci di magie, di molte vite e di maledizioni. Gatti mitologici, veggenti e terapeutici.

Io invece ho solo molto sonno. Mica come Mara. A quella ragazza qualcosa è andato storto. Si capisce dal suo abito. Più sbagliato del sale nel caffè.

Adesso basta, però. Vorrei ascoltarla.

SECONDA GIORNATA
ovvero «Spregi, sortilegi e dispetti d'amore»

REGINE, PERLE E ACETO

Oratrice: Mara

Una lontana leggenda intreccia il mito dell'eterna giovinezza al profumo.

Il Medioevo era impiagato da epidemie e pesti e si cercava di sanare, e allontanare il contagio coprendo ogni cosa con erbe odorose e aromatici unguenti. Nei camini delle abitazioni, si bruciavano alloro e rosmarino e si vestivano i pavimenti di incensi.

La regina Isabella d'Ungheria nel 1370 aveva settantadue anni e soffriva di terribili dolori reumatici e di un temperamento malinconico. Un giorno si presentò al suo cospetto un alchimista, che recava con sé una pozione magica, creata, disse, appositamente per lei: era un'acqua distillata al rosmarino e lavanda che, assicurò, le avrebbe restituito bellezza e l'avrebbe guarita da tutti i mali. Sebbene scettica, Isabella iniziò a nutrire il proprio corpo con quell'acqua profumata, accompagnando il rituale con accorate preghiere. Dopo poco la sua salute non soltanto migliorò, ma, cosa ben più sorprendente, il volto e le membra riacquisirono giovinezza e beltà.

Il suo fascino raggiunse tale eccelsa meraviglia che il granduca di Lituania, Carlo Alberto, assai più giovincello di lei, la chiese in sposa.

La notizia del potere della miracolosa fragranza si diffuse nei bisbigli di corte e ogni dama iniziò a farne uso. L'Acqua della regina d'Ungheria venne usata per secoli per curare le affezioni cutanee e donare bellezza al volto.

Ecco cosa scrisse la regina stessa, forse la prima influencer della storia:

«Io, donna Isabella, regina d'Ungheria, di anni settantadue, inferma nelle membra e affetta da gotta, ho adoperato per un anno intero la presente ricetta donatami da un eremita mai da me conosciuto prima, la quale produsse su di me un così salutare effetto che sono guarita e ho riacquistato le forze, sino al punto da sembrare bella a qualcuno. Il re di Polonia mi voleva sposare, ma io rifiutai per amore di Gesù Cristo. Ho creduto che la ricetta mi fosse stata donata da un angelo. Prendete l'acqua distillata, quattro volte trenta once (1 oncia = 28,35 grammi), venti once di fiori di rosmarino, ponete tutto in un vaso ben chiuso per lo spazio di cinquanta ore: poi distillate con un alambicco a bagnomaria. Prendete una volta alla settimana una dramma (1 dramma = 3,545 grammi) di questa pozione con qualche altro liquore o bevanda o anche con carne. Lavate il viso ogni mattina e stropicciate con esso le membra malate. Questo rimedio rinnova le forze, solleva lo spirito, pulisce le midolla, dà nuova lena, restituisce la vista e la conserva per lungo tempo; è eccellente per lo stomaco e il petto».

Era un olio essenziale di rosmarino e lavanda. Nel 1300 non c'erano farmaci e tutto faceva pro. Lo si produce ancora. Io ne ho sempre una boccetta con me. Non si sa mai. Peraltro, ancora *baghiana* sono. "Zitella", in italiano.

Ma, ora, voglio in bellezza passare da una regina a un'altra, dall'Ungheria all'Egitto, per poter ben spiegare il mio ragionamento e portarlo a compimento.

Cleopatra regina, femmina e genio era di stirpe tolemaica, i cui appartenenti, si sa, da sempre son stati avvezzi a sposarsi e ammazzarsi tra loro come nulla fosse. Per secoli.

Cleopatra stessa aveva trucidato svariati parenti a momenti alterni, ed era stata, difatti, costretta a scappare per non essere assassinata da qualcuno della famiglia.

La leggenda narra che di ritorno dall'esilio, si fosse presentata al palazzo imperiale da Cesare, che era in "visita" in Egitto, avvolta e nascosta in un pregiatissimo tappeto, per non essere massacrata dal parentado.

AH! La Storia avvinta da shakespeariano Egitto!

Cleopatra, dopo la morte di Cesare, di cui, ovviamente, fu amante, con l'avvento al potere di Marco Antonio venne da questi accusata di aver inviato rinforzi ai suoi nemici a Roma, e di aver aiutato Cassio, suo acerrimo avversario, durante la guerra ai cesaricidi.

Marco Antonio le scrisse copiose lettere convocandola a corte al fine di ricevere spiegazioni. Ma, si suppone, anche per altri maschi motivi.

Lei, saggia, lo ignorò.

Solo in seguito, quando l'emissario di Marco Antonio andò personalmente ad Alessandria, la regina accettò di recarsi da lui, a Tarso.

Marco Antonio, celebre per i suoi eccessi, amante di vino e festini – veniva difatti chiamato Bacco – era in realtà un rude soldato, neanche troppo brillante, invero.

Ma a Cleopatra serviva.

L'Egitto viveva in un profondissimo declino da generazioni e nulla avrebbe potuto contro Roma. Ella voleva dare l'illusione che il suo impero fosse ancora grande. E bramava indipendenza e alleanza. Voleva stare *con* Roma. Non sottostarvi.

Così, quando lui la convocò per la seconda volta, non le parve vero.

Marco Antonio era accampato sulle rive del fiume Cidno. Ella salpò col suo *thalamegós* (θαλαμηγός) e risalì fino al punto in cui avrebbe incontrato il triumviro. L'etimologia del nome della nave, il *thalamegós,* racchiude in sé il significato della sua essenza: essa aveva alloggi, i *thàlamoi* appunto, come le imbarcazioni a fondo piatto utilizzate in Egitto all'epoca dei Faraoni, ma Tolomeo IV ne aveva monumentalizzato l'architettura navale, trasformandole da semplici battelli, in veri e propri palazzi galleggianti, in nulla dissimili alle regge ellenistiche.

Cleopatra si presentò su di essa, senza guardie che la scortassero, ma solo fanciulle agghindate da semidee. Lei vestita da Iside sopra una nave laminata d'oro, fumante d'incensi preziosi con vele che, si narra, continuarono a profumare per mesi tanto s'erano impregnate d'incenso. Allora costosissimo. I remi d'argento erano ali di libellula.

Si presentò a Marco Antonio, che era solo un uomo, come una divinità.

E immaginate il popolo superstizioso di quelle rive, che mai aveva visto nulla di simile, scorgere una reggia dorata che scivolava sull'acqua in una nube profumata e sonante! Avranno creduto che una vera dea fosse giunta dall'Olimpo. Pensate al delirio, all'isteria collettiva e all'estasi. E poi ella chi era? La regina d'Egitto.

Marco Antonio, in realtà era un soldataccio in fondo, fu ipnotizzato. Adulato. Tributato di cotanto.

Cleopatra così mostrandosi, promuoveva non solo se stessa ma un Egitto ricco, potente e magnifico come più non era, ma che lei voleva vendere e non svendere.

Ella si vestì, sempre, secondo l'iconografia classica di Iside, dea della magia tra le altre. Non era previsto. Faraoni, maschi o femmine che fossero, avevano un abbigliamento rituale fisso da millenni. Tiara e barba posticcia azzurra. Anche le regine indossavano il pizzo (identico a quello che ha Tutankhamon). Lei no. Cleopatra si vestiva come le rappresentazioni pittoriche e simboliche di Iside.

Era dea in Terra per sua scelta.

E quindi siam giunti al punto in cui dinoccolo bene il mio pensamento e vi spiego dove voglio andare a parare.

Di due donne vi parlai, che, seppur regine, ebbero come sola possibilità quella di passare attraverso la forma del loro corpo, come fosse una voliera, facendo credere fosse il ripieno, millantando adunque che recipiente e sostanza coincidessero, ovvero che ciò che il mondo vedeva rappresentava pienamente ciò che esse erano, e il tutto al fine di raggiungere potere o pacificazione, forza o felicità, per regnare su popoli o semplicemente su se stesse. Sempre è stato più facile per un maschio sbattere il pugno sul tavolo per rimarcare collera, intimare un ordine, incutere timore. La donna no, e quella sua mano per palesare forza, arrivare al soddisfacimento di una volontà o all'espressione di un pensiero ha dovuto, da sempre, ammansirla di dolcezza, irrorarla di adulazione, impreziosirla di veleno, idratarla di pensiero o sporcarla di gioielli.

L'uomo raggiunge la grandezza rimpicciolendo gli altri. La donna raggiunge la grandezza rimpicciolendosi, passando in mezzo alle gambe, superandoti e facendoti una carezza, se le stai a cuore.

Si dice che Cleopatra e Marco Antonio si sfidarono su chi avrebbe offerto all'altro il pasto più costoso. Lui le fece preparare crostacei, diverse pietanze ricercate e vini pregiati. Ella gli offrì un bicchiere di aceto.

Poi si tolse un orecchino di perle, all'epoca non ve n'erano di coltivate ed erano rare e costosissime, le polverizzò, le disciolse nell'aceto e gliele offrì.

Il suo pasto era infinitamente più costoso.

Ella vinse.

L'aceto sciolse le perle.

E lui s'innamorò.

Per una donna non ci sono escrescenze nell'assoluto, sulle quali puntellare la propria fede. C'è solo lei, conoscitrice, conosciuta, soggetto, governante e trono.

◇◇◇◇◇◇◇◇◇◇◇◇◇◇◇◇◇

«Io vi nutro di perle disciolte» conclude Mara, tirando fuori dalla borsa una boccetta e spruzzandosi tutta la faccia e il collo con olio essenziale di rosmarino e lavanda.

A quel punto Mario, alzandosi in piedi e perdendo un infradito, come recitando un incantesimo: «Ahhh! Gustav, ti pungerai con un arcolaio e sarai mio!».

Tutti ridono. Tranne lo svedese.

Gesù mio, meno male che per metà sono fiorentino.

Mara e Vincent si staccano dal gruppo e passeggiano soli lungo il viale avvolto di siepi di bosso tagliate a doppia fila. Lei sorseggia un infuso drenante, lui invece ha i capelli vaporosi ed è spettinato come solo i francesi sanno fare.

«Davvero è una ricetta del 1300 e si fa col rosmarino?» chiede a Mara, che nonostante le zeppe di corda non gli arriva alla spalla. Lei lo guarda come un gatto che vuole la pappa.

Io sto dietro. Non tanto per farmi gli affari loro, che già so, ma per accertarmi che le radici dei cipressi non diano a Mara il colpo di grazia.

A quella domanda lei si accende come se l'unguento di cui ha appena narrato abbia davvero un potere magico.

«Funziona?» domanda Vincent.

«Ovviamente dipende su chi lo spruzzi» gli risponde Mara, e poi palpitante: «Quindi vieni da Parigi… E sei fidanzato, no?».

«Sì e sì.»

«Bene e benissimo» fa lei, mentre stringe forte il ciondolo di pietra di luna che porta al collo.

«E tu?» chiede lui, chissà se per cortesia o curiosità. Ma, essendo francese, probabilmente è per curiosità.

«Io sono sarda, sono un soprano drammatico e faccio le supplenze al nido» risponde cercando di simulare benessere dopo aver saputo che la Francia è occupata e tutto è perduto. Poi, ancora senza freno: «Io in cucina me la cavo, ma sono qui perché me lo ha detto il cielo».

«Sei sicura di star bevendo solo una tisana?» domanda ironico Vincent.

Mara gli risponde con una risata disperata. Poi, di botto: «E tu, invece, perché sei qui?».

«Perché mi interessa davvero il tema. Con la mia fidanzata abbiamo deciso di trasferirci nella campagna fiorentina. Vogliamo un orto e un Apecar per vendere pomodori, confetture e spero tanto anche del buon olio. Quello verde, toscano, amaro. Hai presente?...»

Vincent non arriva alla fine della frase che la caviglia di Mara cede insieme a lei.

Un tonfo polveroso di tazze, pietre lunari, zeppe e speranze. Rotte.

Ecco. Ha saputo.

SECONDA GIORNATA
ovvero «Spregi, sortilegi e dispetti d'amore»

LE CHAMBON-SUR-LIGNON

Oratore: Vincent

Ha deciso di partire in auto. Ha sempre amato viaggiare così. Lo fa pensare alla libertà e alle colazioni fresche. Quelle che ti fermi a comprare all'improvviso. E alla musica.

Martin, la prima audiocassetta l'aveva ascoltata proprio in macchina: Michael Jackson, *Invincibile*. Non era riuscito ad aspettare di tornare a casa dopo essere uscito dal negozio di dischi e l'aveva data in pasto alla autoradio della Renault 21 di sua madre Laure. Con lei a fianco che guidava. Avrà avuto sedici anni.

Sono passati quasi vent'anni da allora.

Da Parigi ad Acate, in Sicilia, il navigatore avverte che ci sono ventiquattro ore filate di viaggio, ma per una volta, Martin, non vuole ascoltare troppo quello che dicono gli altri. Neppure un navigatore. Vuole guidare. E soprattutto andare.

È quasi a Lione.

Sua madre era di queste parti. È morta quattro anni fa.

Un borsone di vestiti mal piegati è il suo unico passeggero, e sta sul sedile posteriore. A Martin è dispiaciuto il modo in cui l'ha preparato, sul letto, tutto sommato di fretta, urlando con Isabelle, mentre lei continuava a dirgli che non capiva, che non c'era bisogno di quel colpo di testa e che sarebbero potuti andare assieme in Sicilia.

Isabelle ci tiene sinceramente a Martin, ma è così tanto spaventata da se stessa che è diventata una donna molto individualista e troppo truccata.

No. Questa volta, no. In Sicilia ci sarebbe andato da solo e poi sarebbe tornato da lei. Isabelle non è rancorosa, ma deve capire.

La polena sta a cavalcioni sulla prua di una nave, per indicarne il nome, già da lontano, anche a chi non sa leggere, ed è emblema della ricchezza, della forza e della personalità di chi l'ha messa al mondo per farle solcare i mari. Sul cruscotto della Peugeot, la polena di Martin è la foto di un castello siciliano. Un cielo azzurro antico e quattro palme simmetriche sulle pietre rosa di un palazzotto preciso. Può sembrare il Marocco, ma invece è la Sicilia.

Acate, in provincia di Ragusa precisamente.

«Questa l'ho scattata io. Che vacanza memorabile! È stato qui che ho incontrato tuo padre» aveva detto sua madre Laure, quando gli aveva regalato la foto.

Lei – tra loro due – era stata la sola ad averlo conosciuto.

Martin sta andando lì. Per vedere se è rimasto ancora un po' di profumo di papà.

L'area di sosta di Dracé sull'autoroute du Soleil è dopo

Mâcon, poco prima di Belleville. È intrisa dello squallore irresistibile che solo le aree di sosta lungo le autostrade riescono ad avere. L'odore delle brioche surgelate, cotte in forno, diventa famiglia e i cessi, casermoni che come cloroformio ti disconnettono dalla vita.

È lì, al bar, che Martin la vede. Florence. Ha uno zaino grosso che grida lordosi e un'espressione soddisfatta nello scartare una di quelle merendine piene di conservanti che festeggiano molti compleanni nei loro sacchetti di plastica. Florence l'ha appena comprata.

Per pranzo.

Ha i capelli cioccolato e la bocca morbida che vien voglia di affondarci un dito dentro per sentire se è vera. Sembra più giovane, qualsiasi sia la sua età, ed è tanto bella da essere sfacciata. Del resto, quale ragazza si sarebbe messa in viaggio senza un biglietto ma solo con un sorriso, se non fosse stato un sorriso come quello di Florence?

«Ciao. Mi dai un passaggio a Lione?» chiede a Martin dopo avergli finito di masticare la brioscina in faccia.

«No... no, non mi pare il caso» risponde lui, quasi balbettando, stupito dall'ardire misto a candore con cui lei gli si è rivolta.

Florence continua a mangiare e chiacchierare, e un po' finge di dimenticare, ma, furba, sorride, e dopo poco gli domanda ancora: «Allora... me lo dai un passaggio a Lione o no?».

Mentre guida Martin si avvilisce passando mentalmente in rassegna la sfilza dei possibili crimini che quella sconosciuta caricata a Dracé potrebbe compiere. Le ha fatto mettere lo zaino nel portabagagli per ridurre il rischio che tiri fuori all'improvviso una rivoltella o una mannaia. A meno che non la nasconda in petto. Ma Florence ha il seno piccolo. E chiaramente non porta il reggiseno. Un pensiero che rassicura Martin, più che eccitarlo.

In un'ora di viaggio Martin è riuscito a malapena a decontrarre la schiena per la tensione, mentre di Florence già sa che è nata a Cauchy-à-la-Tour ma lavora in una piccola casa editrice di Parigi, che non sopporta il caldo, che ha pianto quando è morto Charles Aznavour perché gli ricordava tanto la sua amata nonna Annette, che si sente impresentabile quando ha i capelli sporchi, che fa yoga, che mangia molte mele verdi per avere la pelle profumata, che dopo un addio al nubilato a Montpellier in cui è andata in coma etilico non ha mai più cantato *My Heart Will Go on* di Céline Dion e che è particolarmente abile nella spaccata frontale.

«E tu?» chiede a Martin.

«E io niente... Fra tre settimane mi sposo con la mia fidanzata Isabelle e sto andando in Italia per scoprire qualcosa su mio padre» dice lui cercando di essere sorprendente tanto quanto Florence. E mentre parla si rende conto che, effettivamente, lo è.

«Non l'ho mai conosciuto, ma ho questa.» Martin le mostra la foto di Acate che gli ha dato Laure. «È dove si sono conosciuti i miei genitori. In Sicilia. L'ha scattata mia madre. Voglio andare a vedere che c'è.»

«Un'avventura?» chiede lei.

«Un'avventura» annuisce lui.

Florence stringe la mano di Martin tra la sua e il cambio dell'auto.

«Sei mai stato a Le Chambon-sur-Lignon?» gli chiede.

«No» risponde Martin.

«Perché non mi ci accompagni? È a un passo da Lione!»

«Non posso. Devo andare in Sicilia.»

Ma Florence sorride.

Le Chambon-sur-Lignon si trova sulle montagne dell'Alta Loira. È un piccolo villaggio protestante molto vecchio. Tutto sommato accogliente, ma circondato da foreste, pascoli, parchi regionali e abbracci della natura che lo rendono di non facile accesso. E, per questo, perfetto per mantenere un segreto.

«Si respira un profondo spirito di resistenza» spiega Florence, come se di Le Chambon-sur-Lignon, pur non essendoci mai stata, conoscesse ogni minuzia, quasi fosse il sindaco. «Qui si rifugiarono gli ugonotti, i protestanti francesi, durante le persecuzioni del XVII secolo. Ma soprattutto chi viveva a Le Chambon-sur-Lignon permise a più di tremila ebrei, durante la Seconda Guerra Mondiale, di nascondersi nelle proprie case, nelle fattorie, nelle scuole, salvandoli da un destino di deportazione e orrore. Accompagnarono molti di loro attraverso la frontiera nella Svizzera neutrale» dice Florence, mentre passeggia con Martin davanti alla chiesa protestante di pietra che sopra al portone di ingresso ha scritto «*Aimez-vous les uns les autres*», "amatevi gli uni con gli altri".

«Grazie di avermi accompagnata. Abbiamo tanto in comune. Anche io sono venuta qui per cercare qualcosa di me. Proprio come stai facendo tu, col tuo papà, in Sicilia.»

Florence non è a Le Chambon-sur-Lignon per caso.

«Il pomeriggio in cui capii di essere imparentata con Philippe Pétain mi si spezzò qualcosa dentro. Feci una doccia. Lunghissima e bollente. Per scottarmi. Volevo togliermi dalla pelle me stessa, ripulirmi dalla mia famiglia. Come dopo uno stupro, ma coi carnefici che hanno il tuo stesso sangue, l'acqua non basta, sai? Il primo ministro Philippe Pétain, che mi macchia scorrendomi dentro, nel 1940 strinse la mano a Hitler a Montoire-sur-le-Loir. La Repubblica di Vichy divenne alleata della Germania nazista e del suo antisemitismo. Fu lui che consegnò la Francia all'orrore, lui che la spinse nel burrone, quand'era ingenua e stremata e si fidava di un eroe della Prima Guerra Mondiale saldo e anziano. Il bianco delle tempie non sempre è intonato a quello dell'anima. E non sempre profuma di buono.

«Anni dopo sono nata io. E mi sono scoperta fatta anche da chi aveva scelto e commesso il male.

«Devo perdonarlo. E devo perdonare me. O morirò di dolore. E di incoerenza. Il senso di colpa mi fiacca come un'anemia.»

«Tu che c'entri, Florence?» le chiede Martin. «Sei piena di ogni cosa sia vita! Sei una regina.»

«Ho un'afa nelle speranze. Ma qui, sento di essere nel posto giusto» gli risponde.

E sorride.

«Che vuoi fare?» chiede Martin, interessato anche solo a come Florence muoverà la bocca per parlare.

«Rimanere qui, a Le Chambon-sur-Lignon, per un po'. Fino a quando non sentirò che va meglio, fino a che mi sveglierò una mattina e guarderò il soffitto sapendo non mi mangerà.»

Martin la bacia. Senza avversative. E nel ripararle il cuore con le labbra sente di amare per la prima volta.

La saluta perché deve andare. Ha freddo alla testa. Preparava la borsa sul suo letto a Parigi, ieri mattina.

Guida solo, lungo tutta l'Italia, per arrivare in Sicilia, e non smette di pensare a Florence. E a Isabelle, che continua a chiamarlo al telefono per chiedere se va tutto bene, se ha mangiato, se ha caldo, se ha controllato la benzina o se ha rispettato tutte quelle sciocchezze vitali che gli fanno solo venir voglia di dirle che è morto in un incidente stradale mentre rispondeva a un suo messaggio. Una di quelle cose orrende che pensano solo i componenti di famiglie rispettabili e felici.

Quando Martin arriva ad Acate ha la foto scattata da sua madre tra le mani e davanti agli occhi quello stesso palazzo, con le pietre rosa che dal vivo gli sembrano più gialle di tempo. Ci sono anche le palme, che tanto gli facevano pensare al Marocco, e che, invece, sono tranquillamente siciliane e se ne stanno beate nella villa comunale, davanti alla facciata del castello.

Martin osserva tutto dal fondo di piazza Libertà e della

sua vita, che di libero ha avuto, più che altro, gli ultimi due giorni. Quelli con Florence.

Con la schiena ben piantata nella portiera della Peugeot e le braccia incrociate a scaldargli lo stomaco pieno solo di fame, Martin si gode quel momento tanto immaginato, come se all'improvviso un'agnizione dovesse arrivare a spiegargli il senso della sua venuta.

«Il castello dei principi di Biscari!» gli grida un vecchino spuntato all'improvviso da dietro le spalle. La "s" di Biscari fischia per via di una dentatura fantasiosa. «Che bellezza! Vero?» E senza che Martin gli chieda o capisca nulla, quell'omino dalla pelle di cuoio gli spiega: «Fu il barone Guglielmo Raimondo a edificare il castello. Era il 1494! Pensi! Pensi! Io sono vecchio, sì, ma a quel tempo non c'ero mica!» E ride il nonno, mostrando a gran bocca la causa delle "s" sibilanti, che sono le uniche cose che a Martin fanno veramente simpatia in quella giornata piena di bollore.

Poi l'omino, picchiettando sulla foto di Martin con un indice storto di artrite come fosse su un tablet che non funziona, aggiunge: «Pomodori Vittoria!» e, intuendo lo smarrimento linguistico di Martin, fa due gesti con le mani: prima indice e pollice congiunti come tondi e poi tutte le dite unite assieme dentro la bocca.

"Palle e mangiare" pensa Martin. E quasi indovina.

Il vecchio fa cenno di seguirlo. Lui lo precede lento come un carretto di legno zuppo, e Martin dietro, educato e pieno di speranze.

«Ecco» dice il vecchio. Si trovano davanti all'ingresso di

una piccola azienda dismessa: «Pomodori Vittoria» urla un cartello, in terra, mezzo morto. E l'immagine che c'è sotto è la stessa che Martin stringe tra le mani.

Senza la scritta «Pomodori», e soprattutto senza vittoria.

Nel suo italiano di dita e smorfie, il vecchietto gli spiega che quella che ha portato con sé non è altro che una vecchia pubblicità di una gloria locale: i Pomodori Vittoria, un tempo, vera istituzione di Acate. Lui se le ricorda bene, quelle cartoline.

Martin ha viaggiato tutti quei chilometri, lunghi una vita, per una foto che non era stata scattata da sua madre Laure, ma che in realtà era materiale promozionale di una produzione di pomodori andata in malora e ormai chiusa. Come il suo stomaco in quel momento.

La delusione diventa una risata irresistibile. L'omino si allontana, e torna nel caldo da cui è venuto, lasciando Martin al suo delirio di scoperte. Quella vecchia natica di sua madre gli ha tirato un gran colpo: gli ha dato una direzione grazie a una bugia. Esiste qualcosa di più tenero? Chissà cosa avrà pensato quando raccontava della vacanza in cui diceva di aver conosciuto suo papà. Quali giri di pensieri attorcigliati attorno a quella foto malandata avrà dovuto fare per trovare risposte che neppure lei sapeva!! E a questo punto chissà chi sarà davvero suo padre...

Martin non sa se ha perso o ha vinto. Ride e piange.

Poi si mette in macchina e va verso il mare. Anche sulla spiaggia ci sono le palme. Identiche a quelle della villa comunale, della foto della pubblicità dei pomodori, di quella che gli ha dato sua madre – che poi è la stessa – e del Marocco. Pensa a quanto trasfiguriamo le cose perché diventino come desideriamo, per sopravvivere. Si ricorda della scritta sulla chiesa protestante di qualche giorno prima: «Amatevi gli uni con gli altri».

Isabelle lo chiama al telefono.

Non risponde.

Guida con la serenità improvvisa di chi ha finalmente deciso, perché sa.

Torna a casa.

A Le Chambon-sur-Lignon.

E sorride.

◇◇◇◇◇◇◇◇◇◇◇◇◇◇◇◇

Scendendo nel bosco di Villa Peyron, i pini, le querce e i cipressi fanno filtrare la luce del sole col contagocce, che, come un Caravaggio, illumina e pittura i sentieri nascosti e birboni. Su uno di questi fiorisce un pergolato in pietra circolare, con sei colonne: una conigliera sempre rimasta vuota e convertita poi in angolo del tè con panchine e tavolino, dove un tempo ci si fermava a conversare.

Qui si svolge il "momento-gineceo". Verso le 18,30 è usanza – un'usanza che ha decretato Lauretta per usufruire nell'aperitivo degli avanzi del giorno prima – che i maschi e le femmine si dividano.

Lauretta è donna astuta e odia sprecare quasi quanto dare spiegazioni sensate. Così all'ora dell'aperitivo imbandisce grossi vassoi dal contenuto più sostanzioso per la curva maschia mentre alle ragazze riserva manicaretti meno voluminosi ma più saporiti, che orna con aggettivi rassicuranti quali «bollito», «quasi scondito», «amaro» e «stufato», anche quando si riferisce a melanzane che galleggiano nell'olio. Solidarietà femminile, certo. Perché, come dice lei, in fondo: «Chi è bello sempre non è bello mai».

«Come vorrei essere quella Florence!» Lo dice Mara, ma lo pensano tutte.

Tranne Marlene, che se ne sta seduta per terra e mugola a gambe incrociate con le sue lentiggini che fanno pensare al gioco della settimana enigmistica: unisci i puntini. Mastica ancora più forte del solito e si tira con stizza l'unica ciocca dread che ha in testa, come se volesse scaricare lo sciacquone dei suoi pensieri.

«Avete visto come l'ha preso in culo la Isabella a non accompagnare il fidanzato nelle Sicilie, eh?» tuona Lauretta.

«Ma chi è Isabella?» chiede smarrita Clara.

«Tu non ti idrati abbastanza!» fa Mara, indicandola con un dito tutto d'oro.

«Ma quale culo? In questa storia hanno vinto gli ideali!» tuona Angela. «"Devi comportarti come se fosse possibile cambiare radicalmente il mondo. E devi farlo costantemente." Angela Davis.»

Marlene entra, come il palloncino di una gomma da masticare che scoppia nel silenzio, e sentenzia: «Non potete ucciderci!» arrabbiata contro qualcuno. E continua a masticare. Ormai al limite di una lussazione della mandibola.

«Nini, tu mastichi più di quanto tu ragioni, ma quando tu ragioni non le mastichi le parole, le sputi» commenta Lauretta. «Secondo me saresti proprio adatta al mio Enrico, perché poggio e buca fa pari.»

«Cioè?» domanda Angela.

«Un poggio, cioè una montagna, con una buca va pari.»

«E suo figlio dove vive?» chiede Marlene senza distogliere lo sguardo da quel qualcuno con cui è arrabbiata e che non si vede.

«A casa con me! In camera sua!» risponde da mamma, tra l'orgoglioso e il disperato.

«Allora non penso potremmo stare assieme. Il luogo dove abito io è un posto in cui l'autogestione è il cuore della vita. Abbiamo la nostra panetteria, la nostra radio libera. Non ci sono neanche le auto» spiega Marlene.

«E come si va?» chiede Mara, centrando sempre il punto.

«A piedi o in bicicletta.»

«Ma sempre? Anche coi tacchi?» ancora la sarda.

«Le biciclette vengono costruite da chi vive nella comune e sono dotate di un carretto sul davanti per trasportare merci, bambini e anche animali.»

A quella descrizione, Angela si accende.

«Dove abiti?» le domanda.

«In un posto libero, nel verde, dove il tempo è lento e semplice. Dove le strade non sono asfaltate e i concerti sono gratuiti. Dove rifiutiamo le regole della società capitalista per costruire una collettività basata sull'eguaglianza, sulla pace e sulla libertà.»

«Un'utopia?» la incalza Angela.

«No, esiste. Si trova a Copenaghen. A soli quattro chilometri dalla stazione. Si chiama Christiania.»

«Quindi sei cattolica?» chiede Mara riuscendo, ancora una volta, a essere più inopportuna di se stessa.

Dio le donne. Preferisco i peli. Vado dai maschi.

Anzi li chiamo tutti qui perché voglio ascoltare la storia del più peloso fra i presenti, Mario.

Dicono di noi che abbiamo sette vite, ma ci sono umani che sono gatti assai, perché fanno salti altissimi, zompi, capitomboli e poi cambiano strada. E ne cominciano una tutta nuova. Percorrendola come se, da sempre, l'avessero battuta.

Gatto che giochi per via
come se fosse il tuo letto,
invidio la sorte che è tua,
ché neppur sorte si chiama.

Sei felice perché sei come sei,
il tuo nulla è tutto tuo.
Io mi vedo e non mi ho,
*mi conosco, e non sono io.**

I maschi, ubbidienti, sono apparsi, come se avessero sentito, e stanno fuori dal gineceo, seduti nella luce caravaggesca.

«A questo punto allora racconto io. Che di sortilegi, malocchi, incantesimi e dispetti d'amore anche tardivi, potrei scrivere temi, enciclopedie, bignami e un po' tutto. La mia è una tradizione di famiglia» dice Mario, con quel senso della sceneggiata che incanta come una girandola alla tramontana.

* *Gatto che giochi per via*, Fernando Pessoa

SECONDA GIORNATA

ovvero «Spregi, sortilegi e dispetti d'amore»

ANDIAMO!

Oratore: Mario

«Vola, colomba bianca vola, / diglielo tu / che tornerò.» La "colomba bianca" vola ormai da qualche anno. È il 1960.

Le hanno sempre detto che assomiglia a Nilla Pizzi. Anche Anna pensa sia vero. Lo fa ogni mattina quando, prima di uscire per prendere servizio all'ufficio anagrafe di San Giorgio a Cremano, si guarda nello specchio dell'ingresso e si sistema la spilla che porta sul petto del cappotto di panno color cenere. Quanto le piacciono i cappotti di panno. Una volta se n'è pure cucita uno. Rosso. Uno scandalo. E un po' di felicità.

Sono già le 7,45.

Franco l'aspetta nella Fiat 600 blu per accompagnarla, come ogni mattina. È galante il loro attraversare in macchina quegli ottocento metri di provincia dalla casa al Comune. Rinfranca il cuore. Ce n'è un gran bisogno.

Lui la lascia e poi se ne va a lavorare allo stabilimento siderurgico di Bagnoli. Franco è geometra.

Ogni pomeriggio, alle cinque, torna a riprenderla. Ogni pomeriggio Franco e la sua macchina sono là, nello stesso angolo. Come una garanzia o una condanna.

Anna entrerà, chiuderà la portiera e il «Buonasera» di Franco con la "e" strascicata come un plaid le darà il benvenuto.

«Andiamo» dirà lei, e loro andranno. Senza neanche guardarsi in faccia. Fino a casa. A volte fino a cena. Tutto già scritto.

Franco e Anna si sono scelti sei anni prima. Hanno messo su una casa modesta ma con svariati guizzi di ingegno a cui, solo la povertà, ti ammaestra. Lui è cresciuto austero, ed è toccato ad Anna insegnare a quel bel giovane alto e con gli occhiali alla Onassis che affetto non vuol dire debolezza.

Si sono incontrati la prima volta in un torrido giugno del 1954, proprio nella piazza del Municipio di San Giorgio. L'aria era piena di domenica e di zucchero. Erano in fila al carretto azzurro di don Salvatore per comprare *'o spass'*, bruscolini e noccioline americane. Magari caramellate. Lui voleva tanto offrirle un sacchettino e lei faceva di «no» con la testa ma «sì» con gli occhi. Come le bambine educate che sanno quanto è improprio un divieto.

Anna era cresciuta in una famiglia matriarcale. Sua madre Maria era stata una donna poco istruita ma molto intelligente. Aveva preteso che tutte e tre le figlie studiassero alle scuole magistrali. Anna e le sue sorelle, Rosaria e Concetta, erano diventate maestre. «L'autosufficienza è libertà» diceva Maria, che ogni estate partiva una settimana da sola con le ragazze per Ischia, dove i bagni e una mezza pensione la facevano sentire regina.

Maria, in casa, fumava volutamente per affermazione, anche quando suo marito tossiva. Forse le sigarette neanche le piacevano davvero, ma lei le esibiva come fossero conquiste da podio.

Sono le otto.

«Buona giornata.»

Un bacio sulla guancia. Franco la saluta. Anna esce dall'auto. Il Municipio, dove lavora, neanche a dirlo, è accanto alla chiesa dove si sono sposati.

La scrivania sa già di alcol etilico. Tutte le mattine Anna disinfetta il piano in fòrmica verde acqua, sistema i timbri, la macchina per scrivere e i capelli con le mani. Poi inizia: pratiche, carte di identità e certificati.

Dopo il matrimonio Franco e Anna avevano fatto una festa in casa. Maria quel giorno aveva preso la figlia da parte e glielo aveva detto: «Tu devi lavorare». E poi le aveva confessato che i soldi di quelle vacanze a Ischia li sottraeva ogni anno, un po' alla volta, per undici mesi, ai risparmi del marito. Anzi no: ai loro, perché erano anche i suoi. E non li aveva sottratti: ne aveva destinati una parte per la villeggiatura sua e delle figlie. Voleva, semplicemente, che lui non pensasse fosse una donna frivola, ma di fatto – per una settimana all'anno – Maria, grazie a Dio, lo era. E questo le dava un brivido irrinunciabile. «Tu devi lavorare. Per te!» aveva ribadito, scuotendo Anna per le spalle e ripetendole quella frase con la stessa foga di chi ti sta urlando: «Scappa!».

All'inizio a Franco l'idea che la moglie lavorasse non andava giù. Lui le portava dei fiori per comprare la sua nullafacenza. «Vedi Annarella, non ti manca nulla. Hai un marito così affettuoso» sembravano gridare quelle margherite e quei ciclamini strozzati negli elastici di gomma. Così già dal primo anno di matrimonio erano iniziati i dissapori. L'amore tra Franco e Anna era carnale e tumultuoso. Nelle liti c'erano sempre i pugni sul tavolo e chili di sensi di colpa sullo stomaco.

Era stata dura assai quando, un giorno, aveva imposto prima a se stessa e poi a lui queste parole: «Vado a lavorare all'anagrafe! Ho trovato un posto».

Anna, con orgoglio e fatica, era dovuta diventare ancor più puntuale nel preparare la cena e nel restituire impeccabili i bucati. Non si lasciava andare, non sbagliava quasi mai e, quando lo faceva, Franco la travolgeva con la passione o col rimprovero. Chi avrebbe potuto dire, quale delle due.

L'amava, ma c'era qualcosa di scorretto nel modo in cui lo faceva.

Il sabato pomeriggio Anna incontrava le amiche per una partita a carte, mangiare pasticcini e spettegolare. Franco era infastidito non tanto dall'uscita in quanto tale, ma dallo svago che ne derivava. Tutto ciò che era divertimento diveniva peccaminoso ai suoi occhi. E di fatto esecrabile e punibile.

E così, dopo un paio di bugie male inventate, Anna alla

fine aveva rinunciato. Aveva smesso di vederle e aveva iniziato a lavorare a maglia.

Stare con Franco era sempre un'altalena. Anna però, si sentiva una trapezista, una precaria del cuore, con delle imbracature di zucchero filato.

Sono le cinque del pomeriggio.

Anna ripone nei cassetti di metallo sbeccati i timbri e le penne. Appena fuori dall'ufficio vede la Fiat 600. "È già lì o è ancora lì?" si domanda. E con una risposta fantasiosa nella testa apre la portiera, si siede, la chiude, ma non sente il solito «Buonasera» con la "e" strascicata a darle il benvenuto.

Si volta, guarda a fianco: non è Franco.

C'è un uomo, un altro uomo nella stessa macchina, allo stesso posto. Come è possibile? Lui abbozza un sorriso di circostanza e lei, sicura, gli dice: «Andiamo!» volgendo lo sguardo dritto, verso un tempo che non è ancora arrivato. L'uomo, incredibilmente, come sapendo tutto, mette in moto e le domanda soltanto: «Dove?».

«Ischia» fa lei. E ride.

Anna va.

Frivola.

Libera.

◇◇◇◇◇◇◇◇◇◇◇◇◇◇◇◇◇

Clara è una bella ragazza di provincia. Lavora al Gabinetto Scientifico Letterario Vieusseux dove fa la ricercatrice. Ha studiato letteratura perché l'amava anche se era pessima in matematica. A scuola non era la prima della classe, ma alla maturità aveva preso il massimo perché c'era stata una commissione esterna. È figlia unica. I genitori sono molto fieri di quello che fa.

Ha una passione per la filologia romanza e per la sua gatta Nej Nej, tutta nera, parecchio belloccia, su cui ci ho fatto un pensierino.

Abita in un appartamento in centro a Firenze di trentotto metri quadrati e, forse, anche per questo, è molto ordinata.

La mamma le ha sempre detto che ha un bel punto vita e lei non esce mai di casa senza sottolinearlo. Ha il seno grosso, ma non lo espone perché tra lei e la letteratura la maggiorata deve essere una sola.

Vive in piazza della Passera, dietro via Maggio. E ogni volta che va da Lapo il pizzicagnolo, almeno una a settimana, lui con delicatezza fiorentina le chiede: «Allora, quando tu smetti di essere passera solitaria e tu diventi solo passera, come la via in do' tu abiti?». Ormai Clara ha imparato a ingoiare la saliva assieme all'imbarazzo e a mostrarsi divertita. Anche a se stessa.

«Ci si abitua a vivere da soli come a guardare il mondo con gli occhiali» ha detto una volta alla fioraia.

E da allora ha comprato non più di mezzo chilo di pasta fresca dal pizzicagnolo. Ma un mazzolino di fiori al giorno, sì. Quello sì.

«Questa novella che ora vo a narrarvi casca a fagiolo» dice Clara, ormai in confidenza con tutti come in un paio di pantofole calde e d'esperienza, mentre siede sotto il glicine, che la fa sembrare una ballerina del carnevale di Rio, ma senza maracas. «Vi narrerò di uno degli uomini più spregiosi dell'intero creato: i' Cioni Paolo, chef, e imperatore del dispetto.»

SECONDA GIORNATA
ovvero «Spregi, sortilegi e dispetti d'amore»

I' RUSTICO CIONI

Oratrice: Clara

«Sulla mi' tavola non devono mai mancare tre cose: acqua, pane e olio, ovvero, quelle che ti fanno sentire a casa!» dice con occhio teatrale i' Cioni Paolo. «Ce lo insegna babbo Dante, mica io! "Lo Fattore per se medesimo de li miracoli è tre, cioè Padre e Figlio e Spirito Santo, li quali sono tre e uno." E la radice del miracolo "è solamente la mirabile Trinitade!" È scritto nel capitolo XXIX della *Vita Nova*, dedicato al significato del numero nove che sta alla base del miracolo, ovvero, di Beatrice... Che poi» raddolcendosi, da copione, come un biscuit, «quando si parla di donne si ragiona sempre di miracoli. E con loro siam sempre in Paradiso, dico bene?» conclude strizzando un occhiolino birbante alla signora americana che, tirato fuori un taccuino dal marsupio, parrebbe volersi appuntare le parole di' Cioni, chissà come tra tutte quelle "c" aspirate, nel mentre lui si ficca il salsicciante indice nel cappello (una toque color vinaccia), per far pigliare aria alla testona ancora mora.

Momenti così, visti a iosa.

I' Cioni è creatura mitologica che nel cuore ha un filone di pane sciapo, in pancia la ribollita, in capo Dante mantecato con Cecco, e in bocca un Rustico, Filippi.

Istrionico, volontariamente scostante e burbero, con un ego traboccante e baffi fantasmagorici, alfiere di una fiorentinità d'altri tempi, i' Cioni è uno che ci tiene a dire la sua su tutto ciò che capita in città. Come se fosse la su' moglie o la su' figliola.

Noto per le polemiche da cui doveva sortirne come unico sovrano, e, soprattutto, per dei misteriosi fornitori di aglio, rosmarino e cipolla «che ce li ho solo io al mondo».

I' Cioni è poeta, demiurgo, padrone, oste e amante dell'osteria "La Ciancifricola", a Firenze, un nome di cui gode a spiegare il significato quasi quanto a mettersi in bocca un pezzo di schiacciata a bollore con sopra il lardo di Colonnata, strutto come burro.

«Assaggi, assaggi. Ma lo sa che la patria del lardo di Colonnata sono le Alpi Apuane e lo sa che un tempo era il companatico dei cavatori, i lavoratori del marmo? Le cose migliori sono sempre quelle che partono dal basso e poi assurgono al cielo, è vero o no?»

Il solito giapponese che gli sta davanti e pare abbia una paresi, non un sorriso, di certo non ha inteso una parola e le possibilità che sappia dove siano le Alpi Apuane e abbia acquisito che i' lardo lo mangiassero i cavatori, sono davvero esigue. Probabilmente non si accorgerà nemmeno del conto salato asserpentato, sì, perché i' Cioni ritiene sacrosanto che, «oltre a i' pane e al companatico», si debba pagare anche il compendio culturale con cui lui, magistralmente, accompagna.

«Il nome dell'osteria si diceva, no? Oh, vediamo perché si chiama così.» Nessuno ovviamente gli domandava mai nulla, ma lui se la cantava e se la sonava, come gli pareva. A volte andava sul culturale, altre sul folklore, altre sul gastronomico, la costante era però, sempre, quella di ascoltare solo il trombone della sua voce e, sovente, di carezzare, con malcelata asprezza, la donna, che pur credeva di blandire, con citazioni alte che riteneva gli potessero parare il culo: «"Femina è cosa mobil per natura / Ond'io so ben, ch'un'amoroso stato / In cor di donna picciol tempo dura." E non lo dico mica io, ma Checco Petrarca!» E giù matte matte risate. La sceneggiata, le parole, i gesti erano spiccicati al millimetro. Da una vita.

«Allora, la *ciancifricola*» ripigliando il discorso «è un appellativo che deriva da due modi di dire dialettali e precisamente da *cianciare* e *fricolare*. Se il primo si usa ancora oggi, e si sa tutti cosa siano le *ciance*, il *fricolare* è, invece, più oscuro!» Se qualcuno si fosse esentato dal seguirlo, avrebbe cominciato a fare dei rantoli catarrosi che non avresti potuto dargli le terga e non guardarlo, fosse solo per cercare di schivare il getto verde e arcano che si sarebbe potuto appressare. «Quindi cianciare significa perdersi in discorsi inutili. Vediamo allora di raccapezzarci sul significato di fricolare: la parola deriva dal latino *fricare*» e qui si gonfiava fin negli alluci, «che vuol dire stuzzicare, sfregare.» A questo punto alzava il mignolo, delicatissimo, come simulando il sollazzare in modo piccante un qualcosa, ma, rassimigliando il dito a un salame toscano poco stagionato, tutto appariva ipnotico e oltremodo comico. «Insomma, il verbo *fricare*», ormai come Carmelo Bene al Piccolo di Milano, «è iterativo e indica cioè un'azione che si fa in modo ripetuto» e lo spiegava mentre col pugno chiuso avvitava e stantuffava il braccio avanti e indietro, sudando come un bagnino, «da cui si arriva a fricolare, che sarebbe un fare e rifare senza costrutto, simile al tramestio inconcludente dei preparativi dell'ultimo minuto. E, cari miei, sia il perdersi in discorsi inutili che il pesticciare a vuoto, sono tutti e due tipici delle donne, o sbaglio?!» Poi, fradicio di fatica, si sedeva, esausto per la performance, scambiando, sono certa, i tintinnii dei bicchieri per scrosci di mani plaudenti.

«Ma la ciancinfricola» continuava a gambe aperte, per ripigliare fiato come dopo una maratona, «è anche e soprattutto uno straordinario piatto, tipico della nostra campagna, a base di ova a cui s'accompagnano le cipolle, l'aglio, gli odori» e si portava la mano sotto al naso, annusandola a occhi chiusi, come fosse un bouquet, «insieme a qualche pomodoro. La ricetta, senza indicare le quantità, recita di far soffriggere l'olio con un trito di aglio e cipolla, sale e pochissimo pepe» e qui le ditona componevano una sinfonia a un pianoforte immaginario, accompagnate dall'onomatopeica dello sfrigolare, che era più uno sbrodolio da moribondo, «poi si aggiungono due pomodori sodi e tondi» lo precisava come se agguantasse con le manone due esemplari di glutei che gli parevano soddisfacenti, a volte tirava fori persino la linguina alla Fantozzi, credendosi irresistibile. «Quando le verdure saranno appassite, come amanti sfiancate», occhietto furbo dello sfiancatore, «si sbattono le ova con un po' di brodo» e si dava certe randellate sulle gote, così forti che ti faceva meno rabbia, solo perché gli diventavano du' bracieri, «poi, si mescolano, e s'aggiungono all'intingolo ottenuto, e si conclude con la cottura dei candidi albumi. Alla fine, mi raccomando, oh donne, tutto deve risultare ben cotto, duro, ma *mai* asciutto...» E giù risate grasse dei maschi, mentre, singhiozzavano con certi gridolini, anche alcune clienti, tutte arrossate le gote.

«E guarda caso, bella signorina cara, oggi cosa ho cucinato?» chiedeva ovviamente rivolto alla signora olandese con dei grossi canini conigliolari, sempre umidi, (sceglieva sempre la preda più facile), che rideva senza capire nulla, credendo, forse, di trovarsi davanti a Ricky Gervais o a Totò. «Oggi c'è proprio la ciancinfricola, sì!!! Ho cucinato quella... quindi... una bella porzione per tutti, vero?» concludeva guardando ogni cliente nelle palle degli occhi. «Non c'è neanche bisogno di chiederlo!»

I' Cioni non ha menù. Si mangia quello che dice lui. Onestamente, sempre parecchio bono. Ma decide lui. E nulla lo manda più in bestia del fatto che qualcuno gli possa chiedere: «Ma la carta?». Domanda a cui risponde serafico: «Sì, carta, da culo però. Vai nni bagno, ce n'è quante tu ne voi! Vai, vai».

I' Cioni ama le donne, ma le considera *donne*.

La Simonetta, una cliente affezionata, ex professoressa di filologia iranica, piccina, riservata, dolcissima, coi capelli alla maschietta bianchi, veniva la domenica, e si sedeva allo stesso tavolo, perché, da sempre, il preferito di Andrea, suo marito, un omone allegro quanto cicciottello. Era morto un giorno di maggio, facendo più chiasso della sua proverbiale risata, e lei se lo sentiva vicino almeno una volta alla settimana, a quel tavolo. Si metteva un filo di rossetto, color ciliegia, ma tamponato, perché ad Andrea piaceva vederla in salute.

Un giorno, ricordo la Simonetta, parlava con dei signori al tavolo accanto al suo, della bellezza con cui la donna viene ritratta da Cavalcanti e Guinizelli – era una meraviglia ascoltarla – e, visto che c'era parecchio "pubblico", i' Cioni, sentendosi depauperato del suo occhio di bue, l'aveva coperta col suo vocione di mota urlando: «Ma in fondo la sublimazione e l'angelicamento delle donne nello Stil novo non era forse un modo di levarsi d'attorno l'impiastro e di badare, dopo aver reso l'omaggio, a cose più serie e godereccce? Non c'è proprio modo per gli uomini di nascere senza che le donne facciano metà dell'opera, eh? Oh, se lo domanda Shakespeare, mica io!» E giù risate sguaiate, sue, e dei camerieri che ben conoscevano i loro polli. La Simonetta quella sera s'era pulita la bocca e non aveva detto nulla. Aveva poggiato il suo golfino sulle spallucce e, dignitosa, aveva preso l'uscio e non era più voluta tornare.

Questo è i' Cioni.

«Io son figlio di cortigiana, ma con l'anima di re.» La frase regina che preventiva stia pe' buttartelo in tasca.

«Noi cuochi non inventiamo niente, aggiungiamo quello che manca ai piatti del passato: si prova a farli uguali senza sciuparli. Io ci metto un rinforzino e li rendo un po' più speciali, senza voler peccare di superbia. Una volta, ad esempio, con la purea di fave si accompagnavano i chicchi d'uva, io ci aggiungo delle gocce rosso sangue di Essenza di Primitivo. Sublime.» Questa un'altra perla che sfoggia quando si sente modesto.

La pancia l'ha grossa quanto l'ego e il suo cucchiaio personale. Non s'è mai sposato, anche se non disdegna punto il gentil sesso.

Non ha studiato in senso canonico, ma quando era ragazzo e scavezzacollo, racconta la leggenda, la cui fonte era sempre stata solo i' Cioni, si fosse fermato a mangiare in un'osteria tipica fiorentina, "L'ossobuco", e lì, avesse conosciuto i' Paolo Cecchi. Quel colto, dispotico e misogino fiorentino, prima, l'aveva preso a male parole, e poi, non si sa per quale motivo, l'aveva accolto sotto la sua ala protettrice, rendendolo edotto su ciò che secondo lui reggeva il mondo: «Tre cose solamente m'ènno in grado, / le quali posso non ben ben fornire, / cioè la donna, la taverna e 'l dado».

E i' Cioni Carlo i precetti de' Cecchi li sapeva a mente, come l'Ave Maria.

Maniaco dell'olio d'oliva ante litteram, schifava i francesi che usavano il burro e ancora di più i cuochi italiani che all'inizio l'avevano adoprato per soggezione loro, e prima che la dieta mediterranea diventasse un padre nostro, aveva fatto tremare anche le seggiole urlando che la roba italiana era bona perché non aveva bisogno di null'altro se non di un pugno di sale e di una lagrima di olio. *Bono*, verde e frizzolino. Toscano, s'intende.

I' Cioni è un personaggione del mondo, di quelli che contano e soprattutto credono di contare.

Una sera ero riuscita a riportare la Simonetta, dopo grande opera di convincimento, alla Ciancifricola. Una coppietta deliziosa ci sedeva accanto.

Lui era uno svizzero ricchissimo, collezionista di Ferrari. Ce lo aveva detto i' Cioni prima che si mettesse i' culo sulla seggiola: non si teneva un cecio in bocca con me, soprattutto quando c'era da fare bella figura. E io, che ceno da lui ogni sera, perché mi fa orrore cucinarmi anche un ovo, oramai, vengo vista come parte del mobilio, considerata, peraltro, un aggeggio innocuo e inappetibile, perché troppo indipendente, e sicuramente marcio se, alla mia età, ancora, nessuno m'ha accattata. «Ci deve essere qualcosa di bacato in te» me lo disse proprio, una volta. E credo, alla fine, tutti i torti non li avesse.

I' Cioni, insomma, quella sera, c'aveva già portato dei coccoli a bollore, che son pezzettini di pasta fritta tenerissima dentro e croccante fuori, la cui morte è farli abbracciare con affettati, salame, prosciutto, finocchiona, ma anche stracchino freschissimo.

Tutto questo ben di Dio ce l'aveva poggiato sul tavolo, con un giro di polso splendido, e poi, piantateci le spallone di bufalo in faccia, s'era messo a sedere al tavolo della coppia, per iniziare l'esposizione del menu. Del suo menu.

A un tratto, lo svizzero, senza guardarlo in faccia, tanto era rimirante la ragazza riccioluta che gli stava accanto, quanto totalmente disinteressato a quel commensale posticcio e blaterante, gli aveva domandato asciutto: «Ma un piatto di spaghetti non lo fate?».

In quell'istante a me era cascato un rivolo di stracchino da una parte della bocca, fatto che, per un attimo, m'aveva regalato un'immagine completamente nuova e straniante, mentre la Simonetta era rimasta ferma. Di sale.

Tutto nel ristorante era marmo.

I' Cioni, allora, aveva puntato i cazzotti sul tavolo e s'era rizzato.

I moccoli emessi quella sera furono svariati, e gli accostamenti tra la famiglia celeste e le più variegate tipologie suine e ovine, oltremodo pittoreschi e di grande inventiva. Inoltre, puntuale era stata anche la connotazione lavorativa, non manchevole di un severo giudizio morale, più volte evidenziata, relativa a tutte le figure femminili dell'albero genealogico della coppia astante e di quell'unica, appartenente al ceruleo nucleo familiare, suddetto.

I' Cioni urlava che lo sapevano anche in America che da lui non si mangiava la pastasciutta e che di giorno in giorno, a seconda dell'estro dello chef, c'era icché c'era, che uno non poteva andare lì a ordinare ciò che gli pareva, a fare i' padrone in casa sua, soprattutto chi veniva da un posto in cui c'erano solo vacche, orologi e quattrini.

Il succo era questo.

La cena era quindi proseguita in un clima di imbarazzo

sommo, finché il ricco possidente di Ferrari non s'era alzato, era andato a pagare, bello e pieno di vino, aveva salutato e, giunto all'ingresso dell'osteria, senza fare una piega, aveva lungamente pisciato nell'ombrelliera.

Era seguito trambusto da rissa da bar, e quasi un infarto de' Cioni.

La Ferrari era però partita tranquilla e la Simonetta, pulitasi la bocca, e dopo essersi rimessa il rossetto color ciliegia – senza tamponarlo, stavolta, – aveva lasciato i soldi sul tavolo e, dopo avermi fatto solo un cenno imperativo con la bazza, come a dire «Alzati e andiamo», aveva proferito, eterea, a un Cioni boccheggiante: «"Mi maraviglio adunque (avendo voi pisciato in tante nevi) che facciate tanta difficoltà d'andar a bagno!" E non lo dico mica io, ma Nico Machiavelli, nella *Mandragola*! A buon rendere Cioni, a domenica!».

«Assurdo dividere l'umanità in donne e uomini; essa è composta soltanto di femminilità e di mascolinità... Un individuo esclusivamente virile non è altro che un bruto; un individuo esclusivamente femminile non è altro che una femmina...»

Manifesto della donna futurista, Valentine de Saint-Point, 25 marzo 1912

◇◇◇◇◇◇◇◇◇◇◇◇◇◇◇◇◇

Il cielo stellato avanzato dal giorno prima, preceduto da una chianina con sopra una cappella di porcino a testa, ha dato la botta di grazia alle digestioni di tutti. Una disquisizione della Lauretta, più pesante del suo soffritto d'aglio, sul valore conviviale della cucina è stato poi il colpo ferale anche per l'outfit di Mara, ormai compromesso da una molesta fasciatura alla caviglia, in pendant solo col suo umore.

Io sono stato spazzolato e vaporizzato al borotalco. Oltremodo accarezzato. Ognuno di loro pensa d'essere il prescelto. Il mio preferito. Ah. Anime candide.

«La gente è il più grande spettacolo del mondo. E non si paga il biglietto.»

Mi pare lo scrivesse Bukowski.

Il glicine scuote la testa con i suoi boccoli color lavanda spettinandosi sopra i nostri oratori.

Mario rumina disgustato, poggiando, con disprezzo,

sul tavolino di marmo la tazzina, come fa ogni napoletano quando il caffè non è stato scaldato direttamente sul fuoco del Vesuvio. Poi, mettendosi una sigaretta in bocca e guardando tutti come Clint Eastwood in un film di Sergio Leone, domanda: «Allora? Qualcuno mi dà il fuoco, o no?». E senza lasciare a nessuno il tempo di rispondere, continua: «Sì, lo so. Ma non porto mai da accendere. Non lo faccio per avere una marcata scusa d'imbrocco, ma perché sono un fumatore estemporaneo. Compro un pacchetto ogni tanto, mi dura giorni. Ma non fumando spesso non adotto quelle strategie che agli accaniti non mancano. A volte dimentico persino di uscire con le sigarette o il tabacco. Una cosa però l'ho imparata: mai chiedere d'accendere a qualcuno che sia tanto più basso di te. Questi non alzerà mai la fiamma come fosse la Statua della Libertà, e a te toccherà chinarti verso quella tremolante luce come uno stambecco che cerca un solitario trifoglio sul limite di un dirupo. Mi è successo davvero. Ho rischiato lo scollamento di due vertebre. Chiesi appunto "Hai da accendere?", sconsideratamente, al primo venuto, un ragazzo a fianco a me, affatto alto. Io, con un metro e ottantacinque, supero la media nazionale di parecchio. Lui accese la fiamma come lo facesse per sé, l'ascella non prese aria, il gomito poco sopra i venti gradi a prova di goniometro, e io, pertanto, non riuscii a raggiungere il fuoco: mi piegai un po' più di quanto consentisse la decenza, che invero non posseggo, sperando che il tizio mi venisse incontro. Non lo fece per orgoglio, suppongo, o dispetto, o rivalsa. Dopo un po' parevo uno staffettista muort 'e fridd, tremolante, che insegue la torcia olimpica. Un piccolo momento imbarazzante nell'indifferenza collettiva. Ma appresi. Mai dare per scontato che gli altri vedano come tu vedi. Mai dare per scontato ci si voglia vedere, davvero, per come la verità ci ha approntato. E ora tu, Gustav», concludendo e indicandolo in modo plateale, «uomo dei ghiacci, fammi accendere. Tu, così mostruosamente bono, mi puoi anche dar fuoco. Sarò la tua pulzella di Portici.»

Temo voglia parlare lei... Quando vedo che la Lauretta si mette a sedere e si scolla leggermente le ciabatte dai piedi significa che smania di novellare. Vediamo se erro...

«Parlando di dispetti e inconvenienti, di stratagemmi e pratiche d'amore, ora dico io» s'intrufola a quel punto la Lauretta.

No. Mai.

SECONDA GIORNATA
ovvero «Spregi, sortilegi e dispetti d'amore»

IO NO TI DICO NIENTE

Oratrice: Lauretta

Una mia amica ucraina, la Oksana, che faceva la bidella con me, mi raccontò che una volta aveva sentito dire o letto che tra i giovanissimi ci fosse la moda di praticare sesso orale nei bagni della scuola e che l'attività venisse percepita come un fatto di molto divertente, per nulla pruriginoso, un sollazzo innocente, un po' come fare la merenda. Così la Oksana, essendone rimasta non poco turbata, iniziò a fare piazzate nei bagni con l'occhio appuntito come un cecchino per toccare con mano la veridicità di questo svago dilettevole.

Qualche giorno dopo, avendo una figlia adolescente, l'Olga, e non riuscendo più a tenersi, tornò a casa, la prese da una parte e le disse col suo resistente accento russo: «Io sentito dire che c'è moda di ragazzi giovani che fanno sesso con ragazze giovani in bagno scuola. Tu fare queste cose? Io no voglio fare madre che dice se fare questo io ammazzo te di botte, io no voglio così, io dico te, che sei figlia, tu libera, tu fare sesso, tu può fare pompini con ragazzi, tu può fare quello che vuoi, io no proibisco, però devi sapere che poi tu troia per sempre e se tu fidanzato, tu non ce l'hai mai fidanzato perché tutti sanno tu troia e tu subito dai veloce via e nessuno ti vuole. Tu può fare quello che vuoi, io no dico niente, tu libera, tu fai tua scelta, ma se tu troia, nessuno ti vuole come fidanzata, tu solo pompini».

Quando me lo riportò, sinceramente, mi parve un ragionamento che filava. Disse che, all'inizio, l'Olga s'era messa a piangere ma che poi, nei giorni a seguire, mamma e figlia erano andate d'amore e d'accordo, e tutto era rientrato nella norma: facevano le cose di sempre, i compiti, la ginnastica. Mi raccontava la Oksana che la figlia l'aiutava nelle faccende di casa, e che, quando tornava da scuola, lei le chiedeva le solite domande di sempre: «Come andata?», «Ti hanno interrogato?», «Che voti preso?», «Pompini?».

◇◇◇◇◇◇◇◇◇◇◇◇◇◇◇◇

TERZA GIORNATA

ovvero «Di ciò che è giusto e da farsi e di ciò che no»

La mattinata è andata via così, tra infusi ristoratori, gnocchi di patate con un pizzico di noce moscata e qualche maldestro tentativo di approccio. Perché, si sa, la reclusione rende vogliosi e particolarmente arguti.

Tra i piatti nuovi e gli avanzi mai sprecati, Lauretta non dorme più. La cucina è diventata la sua alcova e il burro un morbido confidente. Continua a rivolgermi la parola ma, grazie a Dio, essendo un gatto, nel mentre lo fa, posso indisturbato inumidirmi le pudenda senza sensi di colpa.

Ho fatto la mia ronda delle undici e raccolto le informazioni che ivi riporto.

La stanza di Clara è ordinata come la cartella della prima della classe, ma alcune delle sue spille anni Cinquanta a forma di ciliegia o di perfezione, ovvero di gatto, messe sul davanzale della finestra o attaccate a una tenda per imbellire ancor di più ciò che vede, lasciano presagire uno sghiribizzo nuovo.

In corridoio, fuori dalla sua porta, Albert va avanti e indie-

tro con una aritmia nei piedi d'argento vivo. Chiaramente sta pensando a qualcosa che dovrebbe intristirlo ma, non capisce come mai, ogni volta che vede la coda di cavallo di Clara, i suoi cerchietti e quelle scarpe lucide, la felicità sembra fargli uno sgambetto.

Da una finestra del secondo piano, Mario guarda il giardino della villa che è un monumento vivente, con tutti quei labirinti verdi che gli ricordano tanto quelli che ha dentro. Gli occhi si fanno oblò opachi. Lui dirà che è per il fumo della sigaretta, in fondo, si sa, i napoletani sono così sentimentali, identici alla canzone Voce 'e notte. *Una macchina fotografica gli dorme, accanto, sul cuscino, come fosse un amante. Ogni tanto lui la tocca e le sorride.*

Angela ha appena letto una frase di Marcuse: «Pensare è uno sforzo, credere un lusso», che le ricorda quanto sia giusta la strada che sta percorrendo. Studia filosofia e vuole diventare una attivista: deve lasciare un segno, per le donne e per sé. Dal suo comodino la fissano un orologio e Pastorale americana *di Philip Roth.*

Gustav e Vincent stanno in silenzio. In sala da pranzo. Sorseggiano vinsanto e, a volte, vi inzuppano dei cantucci di Prato, buoni biscotti croccanti con mandorle incastonate di cui, proprio in virtù del loro silenzio, paiono essere assai ghiotti. Quanta eterosessualità.

Mara, la notte, non è riuscita a dormire per il fattaccio del cuore, (Vincent ormai perduto). Ma anche per il male alla caviglia. Allora, la mattina presto, zoppicando, è uscita di buona lena a raccogliere nel bosco della villa, seguendo una ricetta da lei inventata di sana pianta, ingredienti atti a ravvivare il rosso dei capelli di Marlene, che tanto le piace. L'ha anche sentita cantare e questo gliel'ha fatta amare ancora di più. La tedesca, sua vicina di camera, forse per un'inclinazione teutonica alla parsimonia, forse perché gli opposti si attraggono, o forse perché le è parsa idea buona e giusta che i colori della natura possano agire su quelli del suo corpo, ha acconsentito all'esperimento della sarda. Le foglie, però, e soprattutto le bacche, seppur scelte da Mara con grande impegno, si sono dimostrate inadatte, e l'impacco realizzato e posto sui capelli di Marlene ha reso la pur stoica cute della tedesca, rossa come le unghie laccate della sarda. La povera si è lamentata assai poco e ha dimostrato il suo disappunto solo pronunziando un motto latino che ben la rappresenta parecchio: «Accipere beneficium est libertatem vendere», *"Accettare un favore significa vendere la propria libertà", il tutto pronunziato masticando.*

Lauretta, allora, messa al corrente del fattaccio è accorsa sul luogo e scuotendo la testa ha così vaticinato: «Icché tu fai te nella vita, Mara? Tu canti? Ecco, allora limitati a gorgheggiare». E poi, rivolta alla tedesca: «Allora, Marlene, bambina mia, vieni qui» prendendola per mano come si fa con un'alunna di prima elementare. «Sai qual è la parola d'ordine contro ogni irritazione?»

Marlene scuote la testa a destra e a sinistra con gli occhioni mogi come quando, da piccina, ti medicavano le ginocchia sbucciate di giochi.

«Ananasso!» urla Lauretta «La sua polpa e il gambo rappresentano il rimedio elettivo per la cura di tutti gli stadi infiammatori localizzati, per via dell'assenza assoluta di tossicità e della bromelina, che vu mi direte, ma icché l'è? Ve lo spiego io icché l'è! L'è una sostanza che svolge un'azione decongestionante sul sistema circolatorio e linfatico, che stimola il drenaggio del focolaio infiammatorio – in questo caso il capo di questa povera anima – e il riassorbimento del versamento emorragico. E questa proprietà la trova impiego ne' trattamento di tutti i processi infiammatori: ematomi, tumefazioni postoperatorie e anche cellulite!» E, mentre lo dice, rimesta l'impacco adagiandolo sulla testa della malcapitata, che si lamenta meno del più eroico degli italiani, mugolando solo un pochino all'altezza delle tempie, dove Mara aveva inteso ottenere sfumature rosso Tiziano.

Così Marlene, simile a Josephine Baker, ma senza la gonnella di banane, con le braccia conserte e una papalina di ananas in testa con tanto di ciuffo, inizia a parlare: «Il tema della giornata oggi lo do io: di ciò che è giusto e da farsi e di ciò che no».

Mara deglutisce rumorosamente mentre, di nascosto, prende un po' di polpa avanzata dell'ananas e inizia a passarsela sulle cosce.

TERZA GIORNATA
ovvero «Di ciò che è giusto e da farsi e di ciò che no»

BURRO CAPOVOLTO

Oratrice: Marlene

Roma, 1958.

Fettuccine al doppio burro e insalata con la carne.

La carne era in scatola. Come i sogni. «Un'eredità dei soldati americani» diceva mio zio. Si chiamava Johannes Wurst. Era nato a Berlino nel 1928, e questo vi basti per capire avesse grande dimestichezza con le patate e i sensi di colpa.

Negli anni Sessanta aveva fatto il cuoco a Roma, in una casa assai bene. Il proprietario era uno scapolone sulla quarantina, un artista magro con delle mani molto curate, nonostante fossero sempre macchiate di svariate tinte. Era particolarmente abile negli smalti su carta. Di lui, mio zio, disse di non ricordare il nome, o forse non me lo volle mai rivelare.

Ma dei giovedì sera raccontava. Raccontava assai.

Il proprietario era da tutti chiamato la Marchesa, per via dell'aspetto aristocratico. Durante quei giovedì sera, per sua granitica volontà, il menù doveva essere sempre lo stesso:

fettuccine al doppio burro e insalata con carne in scatola. Al tempo pare fosse una scelta molto mondana: la carne in scatola così rivoluzionaria e le fettuccine così *Ancien Régime*, anche se erano figlie di "Alfredo" e del suo ristorante, in piazza Augusto Imperatore. La Marchesa ne era ghiottissima. Venivano servite sopra barocchi vassoi ovali Old Sheffield rigorosamente senza posate. Diceva che come le cucinava lo zio, nessuno mai.

«Cosa ci mette dentro?» gli chiedeva e prima che lo zio potesse rispondere lo bloccava: «No, no... non me lo dica. Il mistero è di gran lunga più gustoso della verità». E poi spariva dietro alte porte di vetro cattedrale come una dama Art Nouveau.

Tutti i giovedì lo zio sapeva già cosa comprare: la pasta all'uovo, i panetti di burro e la noce moscata. Sull'etichetta della carne in scatola raccontava ci fosse stampata la testa di una mucca vista dal basso che lo faceva sempre sentire piccolo piccolo. E peccaminoso.

La Marchesa era gentile con lui, specie di mercoledì, quando tutto era in fermento. Ella parlava con grande orgoglio delle chiacchieratissime feste che si svolgevano nella sua magione e lo faceva con slanci d'animo e di collo, ma sempre accompagnati dall'uso sapiente dell'arte della sprezzatura. Adorava raccontare come quelle sue riunioni tra fidati, anche se avvolte nel mistero, venissero comunque riportate su tutte le pagine di cronaca dell'epoca. «Lo Specchio», una rivista molto in voga, le aveva definite «scandalosi giovedì capovolti».

Mio zio non serviva, no, lui stava ai fornelli. Era solo cuoco in quella casa. Assunto. Il cameriere, invece, si chiamava Fernando, Nando, detto Fulmine per la sua proverbiale lentezza. Aveva gli occhi chiari, i capelli corti scuri, il viso da bimbo impunito e la prontezza borgatara perfetta per le risse o le sveltine. La Marchesa lo aveva incontrato una sera durante un "circuito blu", davanti a un vespasiano vicino piazza San Silvestro, in una traversina cieca, a cinquanta metri dal Parlamento. E da allora non lo aveva più mollato.

Mio zio sentiva spesso parlare di "circuito blu", ma solo dopo qualche tempo aveva compreso che quell'espressione si riferisse al giro dei cessi pubblici da rimorchio che facevano i gay, in un'epoca in cui "o eri frocio o eri una brava persona", come insegnava La Marchesa.

Pure Nando era assunto a tempo pieno in quella casa. E aveva anche raccontato allo zio per filo e per segno come ci fosse arrivato.

È incredibile come certi dettagli minuti restino ancorati alla memoria, simili a barche arenate in porticcioli dimenticati.

«Chi c'è stasera?» chiedeva mio zio con un italiano da Terzo Reich, sbirciando dalla cucina, a Nando, che tornava dal salotto col vassoio vuoto.

E lui, che un po' fingeva di non capire un po' si divertiva a fare lo scemo, improvvisava una serie di mossette e smorfie buffe che volevano dire tutto e niente.

Ogni giovedì in quella casa c'era un tale viavai di personaggi illustri e scandalosi che la metà sarebbe bastata a riempire una camionetta della polizia o un intero *feuilleton*: diplomatici, deputati cattolici, artisti francesi *en travesti*, marchettari di Monte Caprino – il loro gancio era chiaramente Nando – e tutta una serie di ospiti fissi, di destra, sinistra e di centro.

A dare il benvenuto c'era Garbo, un minuto malese dai tratti efebici di età indefinita, vestito di intimo contenitivo e sarong in songket, un tessuto broccato tipico della tradizione asiatica. I fili di seta e d'oro disegnavano ricchissimi motivi floreali sul suo corpo, tutto luccicante – e per questo molto osannato dagli invitati – che si muoveva ammaliante sin dall'ingresso, tra gli incensi sapientemente sparsi. Il suo nome in verità era Amir, era membro di un comitato culturale molto in vista presso il consolato della Malesia a Roma, ma il soprannome Garbo gli era stato dato dalla Marchesa in persona. Non per Greta, ma per l'impalpabile delicatezza, il garbo appunto, della sua libido. Dopo aver visto in che stato di grazia quel piccolo orientale, senza neanche togliersi di dosso i vestiti, aveva lasciato un marinaio americano, la Marchesa non aveva avuto dubbi: «Ti chiamerai Garbo» si era pronunciata benedicente, benedicendolo.

Dopo la porta a vetri, superati incensi e balletti, nel grande salone, si entrava nel vivo.

Monte Bianco pesava almeno centoventi chili. La spogliavano in due, intorno alle venti, un'ora prima dell'inizio della festa, e la servivano poi su una lettiga motorizzata e fortificata, ricoperta di panna montata, come dessert. Ella era particolarmente abile nella conversazione, a lungo esercitata durante gli anni passati in ospedale. Prima della attuale degenza domestica, obbligata dall'obesità invalidante – un disturbo che lei attribuiva ai troppi dispiaceri d'amore – Monte Bianco, difatti, era stata caposala di quello che, anni dopo, sarebbe diventato l'ospedale San Giovanni Calibita Fatebenefratelli, all'Isola Tiberina.

Lo zio mi raccontava che ai ricevimenti partecipavano molti sportivi – non solo calciatori – e anche un discreto numero di donne: oltre a Monte Bianco, c'erano soubrette della televisione e attricette in cerca di fama, che poi, rimanevano puntualmente a conversare tra di loro, in un angolo, con la bocca unta di burro, pensando di essere progressiste e appetitose.

Il clou erotico, però, era altrove.

A una certa ora, sulle vellutate chaise-longue, metà sedie e metà sofà, i corpi scomparivano sotto i kimoni di Sciù-Sciù, metà re e metà plebeo. Egli era un benestante napoletano trasferitosi a Roma e divenuto un vero grattacapo per la buon costume di via dei Condotti, a causa di una smisurata passione che aveva per le ballerine dorate che i gonfi piedi, da ottantenne, indossavano disinvolti, sotto pantaloni da califfo, durante lunghissime passeggiate pomeridiane. Mio zio aveva sentito che una volta, per sfuggire a una retata notturna della polizia, il povero Sciù-Sciù si era dovuto gettare nel Tevere.

Tutti erano stregati da quelle serate e anche i maschi più fedeli alla virilità, onorevoli democristiani e artiglieri medagliati, una volta varcate le soglie di casa della Marchesa venivano magicamente inebriati dai piaceri di quello che l'attualità etichettava come il "terzo sesso".

Due erano i momenti più attesi in quei giovedì sera di festa: le tagliatelle al doppio burro e l'esibizione della Marchesa. Le prime venivano portate in spalla da Nando come una madonna in un paesello del Sud. Le applaudivano, se le accaparravano a manciate, le mangiavano voraci e le usavano per gli scopi più incredibili: per lubrificare la pelle, per esagerare.

Mio zio disse che qualcuno – forse un famoso agente cinematografico – una volta se le era messe addirittura in testa per farne una parrucca. O un impacco per capelli. Non ricordo.

«Magiche! Sono magiche» gridavano gli ospiti a quelle tagliatelle incantate e incantevoli, che seducevano e drogavano tutti nel grande salone, in cui, finalmente, si era sazi e liberi.

Mi raccontò di un giovedì sera in particolare. Credo fosse maggio. Roma è bellissima a maggio.

La Marchesa aveva a lungo preparato la sua esibizione: un sinuoso bolero di Agustín Lara. Si era fatto arrivare dal Messico anche un enorme sombrero dal quale sarebbe comparso. Il poncho, invece, lo aveva decorato lui stesso, anticipando i colori pop delle neoavanguardie minimaliste.

A pochi minuti da quella performance che teneva col fiato sospeso, le urla di Garbo avevano lasciato presagire il peggio: due poliziotti erano entrati a gamba tesa nel salone della festa. Il bolero si era interrotto, assieme al cuore della Marchesa che, rimessasi il poncho, era scesa dal palchetto improvvisato sulla schiena di un marchettaro.

C'erano da un lato due poliziotti di mezza età, con le pistole e i manganelli alla cintura, le divise in flanella, e dall'altro tutto un esercito della vita, sbronzo, ricoperto di lustrini e di burro. In Italia a quei tempi ufficialmente l'omosessualità non era un reato, anche se la solerzia dei controlli della polizia avrebbe fatto pensare il contrario.

Tutto attorno era silenzio. Per la prima volta, in quel salone. Di giovedì sera.

Prima che chiunque potesse anche solo respirare, la Marchesa, con piglio di madre, aveva fatto un gesto con la mano a Nando: un isterico agitare di polsi e dita che poteva voler dire «Ventaglio» o «Vieni qui, sbrigati».

Era: «Vieni qui, sbrigati».

E poi, ecumenica e affranta: «Agenti, capisco la situazione incomoda nella quale vi trovate» aveva detto a quelle due statue di maschi, «ma dobbiamo tutti venirci incontro».

«Uscite immediatamente! Fuori di qui!» aveva pronunciato con bocca aggressiva uno dei due baffuti poliziotti.

«Non sa quanto ci piacerebbe» si era permessa Garbo, ancora singhiozzante.

Sciù-Sciù già si sentiva come Ofelia, bagnata a galleggiare morta nelle acque del Tevere.

«Avremmo molto piacere di unirci a voi, ma prima, agenti, vi prego, concedeteci l'onore di farvi assaggiare una prelibatezza inaudita: le tagliatelle al doppio burro del mio squisito chef tedesco.»

Mio zio, che aveva assistito a tutta la scena nascosto in cucina, aveva avuto la lungimiranza di fiondarsi in salotto con delle posate.

I poliziotti, stanchi di quella vita, di quella giornata e di quelle divise troppo pesanti per maggio, si erano lasciati ungere. La Marchesa aveva liberato un tavolino di vetro da un'attricetta che non se la sentiva di spostarsi, tirandola vigorosamente via per i capelli, e aveva imbandito, col suo poncho colorato, un bivacco per i suoi ultimi malcapitati ospiti. Poi, scoprendosi nuda, aveva sorriso benevola.

I poliziotti mangiavano mentre tutti stavano lì a guardarli, pensando al peggio: vie di fuga, bugie da imbastire, collassi da improvvisare. Quei due uomini erano deliziati dalle tagliatelle al doppio burro. Annuivano e trangugiavano come nel pieno di un amplesso. Sudavano e godevano di bocca. Addirittura, sorridevano. Sorridevano e mangiavano in un crescendo di labbra unte, camicie sporche e rumori molesti. Avevano lasciato entrambi le posate e attaccato pure loro il grosso vassoio barocco con le mani. E proprio le tagliatelle avevano sparato, come fuochi d'artificio, improvvisamente, un botto: la testa dei poliziotti contro l'Old Sheffield. Un silenzio di morte. E infatti.

«Oddio» aveva sussultato la Marchesa con le mani ancora giunte sul pube.

«Sono andati» aveva sentenziato l'attricetta scema, dopo aver provato ad alzare la testa di uno dei due. Nessuno si era mosso. Nessuno scappava. Nonostante tutti ne avessero avuto una gran voglia.

C'è chi si ricomponeva, chi riprendeva a respirare.

«Saranno stati diabetici» aveva avanzato Monte Bianco dalla sua lettiga motorizzata.

«Nando, portali in cucina» aveva detto la Marchesa. Poi aveva sussurrato qualcosa all'orecchio di mio zio.

Credo alla fine gli agenti si fossero ripresi, ma lo zio non me lo confermò mai. Non si seppe che cosa esattamente fosse successo dopo il loro ingresso in cucina.

La festa era poi ricominciata e i giovedì sera, in quella casa, avevano continuato a brillare di follie e segreti, per anni.

E da allora la Marchesa aveva sempre detto allo zio che le sue tagliatelle erano «buone da morire, o perlomeno da ergastolo».

◇◇◇◇◇◇◇◇◇◇◇◇◇◇◇◇◇

Ridono tutti. Devo dire anche io. Che voglia di burro e di fantasia. Angela invece batte.

Quanto si batte questa Angela. Anche quando prepara un caffè pare si stia spendendo per un credo. Abbiamo qualcosa in comune io e lei.

Come diceva Ernest, che amava noi mici quanto la fiasca: «Un gatto ha un'onestà emotiva assoluta: gli esseri umani, per una ragione o per l'altra, possono nascondere i loro sentimenti, ma un gatto non lo fa.»

E neanche Angela. Che, se si taglia un dito, non le esce il ritmo. Ma un ideale.

Sentiamo che battaglia!

«Mi ricorda, questa storia di burro, sussulti e di decisioni ben prese, una considerazione che lessi in un libro riguardo Shirley MacLaine. Lei, madre della New Age, raccontò, durante una conferenza, che le era capitato di essere stata aggredita. Si era trovata di fronte un ladro, credo fosse in un vicolo, che le aveva puntato una pistola o un coltello alla gola, e le aveva intimato di dargli il denaro e i gioielli. Lei disse che in queste situazioni, di solito, guidati da una specie di copione, per paura o per una sorta di reazione inconscia, ci paralizziamo e obbediamo agli ordini dell'aguzzino, facendo quel che ci viene ordinato. Come in ipnosi, in trance. Lei, però, volle scardinare questo paradigma, fu lucida e, anche se non c'era nessuno nei dintorni, incominciò a urlare a perdifiato come una pazza. Il ladro ebbe un attimo di confusione poi, evidentemente spaventato, fuggì via. Che, poi, uno potrebbe pensare» Angela continua il discorso da sola mentre si arriccia i ricci sul dito ambrato, «ma che inventa Shirley MacLaine? E invece è proprio così. Giorni dopo, in tv, vidi un documentario su un serial killer. Questi, un peruviano di cinquant'anni, bassino, gracile, con un cacciavite, era sulla sponda di un fiume, e aveva minacciato due giovani universitari sportivi, un ragazzo e una ragazza. Loro gli avevano detto: "Non ci faccia del male, la prego" e l'avevano assecondato. Certo, non sapevano fosse un serial killer, magari non pensavano al peggio, quindi, per "calmarlo", obbedirono a quello che lui imponeva loro. Insomma, li trucidò. O quasi. Uccise lui, e lei, per fortuna, riuscì a scappare, ferita. Ora, io dico, erano in due, giovani, anche se fossero stati presi singolarmente, probabilmente sarebbero stati più forti del serial killer. L'assassino aveva solo un cacciavite, non un coltello, erano all'aperto, potevano scappare. Ma loro gli ubbidirono, come in trance, appunto.

Si è abituati a seguire il sentimento con cui si ha maggiore intimità, che non è il coraggio, ma la paura: l'emozione più difficile da gestire. "Il dolore si piange, la rabbia si urla, ma la paura si aggrappa silenziosamente al cuore" diceva G.B Roberts. E per salvarsi invece, bisogna sgangherare.»

Ci scommetto che adesso a raccontare sarà Vincent, che alle pietre e agli unguenti e agli impacchi preferisce le ideologie meglio ancora se ricce, ambrate e americane.

Questi uomini così sprangati e misteriosi. Quanto piacciono alle femmine. Lo vedo con me. Passo, agito il mio codone voltandomi dall'altra parte, mi adagio nell'angolo più recondito della stanza e quelle subito arrivano, gatte vive, ma gattemorte.

«È molto più poetica una porta socchiusa che una spalancata.»

Non è mia. Ma mi piace pensare di sì. E detta coi miei baffi, vuoi mettere?

TERZA GIORNATA
ovvero «Di ciò che è giusto e da farsi e di ciò che no»

SOUZETTE

Oratore: Vincent

In treno continuava a massaggiarsi un braccio. Non le facevano così tanto male le ossa quando, due anni prima, era partita. Adesso che stava tornando a Camon, invece sì. Proprio tanto.

Era nata lì, in quel villaggio fortificato, cresciuto avvinto a un'antica abbazia benedettina. Quando aveva deciso di partire, tutti le avevano detto che stava facendo bene. Che era troppo bella per la campagna. Non a caso, Souzette era stata più volte Reginetta delle Rose, durante la festa che si teneva la terza domenica di maggio. Un vanto per le ragazze del posto. Quando Camon diventava un'esplosione di fiori, venivano anche da Aigues-Vives o Montbel per vedere le rose. E per vedere lei, Souzette.

Era stata via solo due anni. Troppo pochi. E adesso che stava tornando a Camon, chissà se la porta dell'orologio, le pietre, i muri a secco dei capanni rurali e l'edera furba sulla facciata a graticcio chiara della Casa Alta, l'avrebbero riconosciuta? Almeno loro, i compagni di giochi in un'infanzia introversa e malinconica, l'avrebbero saputa ritrovare Souzette dentro a quel corpo stanco di donna così spaventosamente adulto?

Chissà cosa avrebbe detto sua madre Carole di quel rientro anticipato da Parigi. E dei suoi capelli. Sin da quando era piccola, era sempre stata impegnata a lottare contro certi nemici che la affliggevano e Suzette c'aveva messo del tempo per capire davvero che tipo di mamma fosse: prima c'era stato un uomo che l'aveva abbandonata con tre figli, e poi la fillossera.

«Quell'orrido mostro con sei zampe e sette occhi ci ha tolto il pane!» Carole lo diceva prima del buongiorno, a dire il vero al suo posto, e la piccola Souzette non sapeva mai se la mamma stesse parlando di suo padre o di quel parassita – la fillossera per l'appunto – che aveva rovinato i vigneti di mezza Europa, tra cui anche quello in cui lavorava Carole, distruggendole la vita. Fatto sta che era sempre arrabbiata. E Souzette se la ricordava così. Arrabbiata.

A inizio secolo, in effetti, l'invasione della fillossera aveva costretto Camon a rinunciare ai suoi vigneti e a veder cambiare i suoi tratti: i boschi e i prati avevano sostituito i campi e l'allevamento era diventato l'attività principale.

Carole era dovuta passare dalle uve alle bestie. Ma con gli animali non ci sapeva fare. Neanche con quelli.

A Souzette, invece, piacevano tanto quei giganti buoni e puzzolenti, e lavorare con la madre non le pesava affatto.

Ma, col tempo, era cresciuta bella. E chissà come mai, anche questo, a Carole dava fastidio.

L'idea di lasciarla andare a Parigi era stata prima sepolta da una palata di sterco, poi, quando Souzette aveva detto che avrebbe di certo mandato dei soldi a casa, aveva iniziato a profumare di lavanda e Carole si era fatta più permissiva: «Philippe e Gregoire meritano un'istruzione, e del resto io non posso fare tutto da sola». Quello era un *oui à la Carole*.

Philippe e Gregoire erano i fratelli minori di Souzette, quelli destinati agli studi universitari, alle scienze, alle carriere e alle posizioni. Lei no. Lei si sarebbe prima occupata di *maman*, del bestiame e, dopo un periodo a Parigi, sarebbe tornata a Camon. E si sarebbe occupata ancora di *maman* e del bestiame. Le cose sarebbero dovute andare così. E invece, dopo solo due anni, Souzette stava rientrando. Aveva scritto alla madre: «Torno. Sono stanca».

«Quella ragazza mi distruggerà. Prima vuole andar via e poi, all'improvviso, proprio quando le cose stavano andando per il verso giusto, decide di fare marcia indietro!» aveva detto Carole, col biglietto di Souzette tra le mani, aggiungendo così la figlia, alla lista delle sue disgrazie dopo un marito bastardo e la fillossera.

Souzette rientrò a Camon di giorno, dopo un viaggio in treno, su un carro e poi a piedi. Senza mai chiudere occhio. Del resto a Parigi era abituata a non dormire di notte. Lavorava dalle tre del pomeriggio alle cinque del mattino tutti i giorni, con risultati sorprendenti. A inizio Novecento un operaio guadagnava due franchi al giorno. Souzette metteva insieme, ogni notte, almeno dieci volte tanto. E, per ripulirsi da una colpa che non capì mai fino in fondo, mandava sempre quasi tutto casa. Più per se stessa che per Philippe e Gregoire.

«Prima ho fatto la segretaria presso lo studio di un avvocato e poi ho iniziato come mannequin in un atelier» disse a Carole e ai suoi fratelli quando arrivò a casa.

Si era tagliata i capelli perché aveva male alla testa. Era pallida. Philippe e Gregoire lo notarono, ma non dissero nulla.

Quella prima notte nel suo letto d'infanzia, Souzette fu divorata dai dolori alle ossa e la stanchezza le parve un collasso. Sognò di quel suo primo giorno a Parigi, come fosse febbre, con la stessa oppressione di chi ricorda un lutto. C'erano due ragazze appoggiate a un lampione al numero 7 di Rue Grégoire de Tours. Se Brassaï le avesse viste là, dove le vide Souzette, le avrebbe fotografate e messe dentro *Paris de Nuit*. Sembravano le figlie di Alice Prin, la Kiki de Montparnasse di Man Ray, che tanto era in voga in quegli anni. Avevano le sopracciglia sottili e impertinenti, le calze di seta sfacciate e abiti che strizzavano lo stomaco, come la Grande Depressione, che di lì a poco sarebbe arrivata. Una di loro aveva una cloche di feltro e fumava col bocchino, mentre l'altra le parlava all'orecchio. Quanto ci rimase male Souzette nello scoprire che negli armadi di quelle due non avrebbe trovato neanche un *hooverette*, uno di quegli abitini incrociati da casa che Carole cuciva seguendo un cartamodello ingiallito. No, quelle due giravano così, come le vide Souzette, anche in camera da letto. Ma senza cloche...

Parlavano come gli uomini e avevano la bocca che sapeva di tabacco. «Un imprenditore italiano, un prefetto francese, un commerciante egiziano» rideva la più alta delle due mentre lo raccontava all'altra. Lo faceva di gusto, ma senza cuore, poverina. Souzette la ascoltò fare l'elenco degli uomini che l'avevano avuta quella sera. Solo poi seppe il suo nome: «Sophie, mi chiamo Sophie».

Furono proprio lei e la sua amica che la portarono da Madame Alexandrine. La sera stessa Souzette, vestita di seta, *riceveva* già, assieme a un'altra decina di disgraziate più truccate di lei.

Al suo risveglio a Camon, invece, tutto era rimasto uguale a come se lo ricordava. Solo che era novembre e le rose non c'erano. Souzette lo prese, comunque, come un affronto e divenne ancora più malinconica. Sperava casa sua la consolasse, la guarisse dai dolori alle ossa e dalla vergogna.

«Non capisco come tu possa essere così malconcia» sbottò Carole, mentre la figlia mungeva una mammella fiacca più fiacca di lei.

«Sarà il viaggio» rispose Souzette sapendo di mentire. Qualcosa era accaduto nel suo corpo: una punizione di capogiri, macchie rosse sulla pelle e poi quel tremendo male alle ossa.

Nel pomeriggio, dopo aver aiutato come poteva la madre con le bestie, Souzette scese lungo la riva dell'Hers, sotto uno dei ponti di pietra, per vedere come stava quel fiume che si era portato via un sacco di segreti di quando era bambina. Pareva la stesse aspettando. Souzette si sedette e pianse tranquilla, perché sapeva che le lacrime si sarebbero confuse con l'acqua e sarebbero diventate qualcos'altro una volta giunte in mare. Poi si sentì quasi contenta perché con la sua sciagura poteva finalmente colpire Carole. E così prese una decisione.

Nei giorni successivi le capitò spesso di imbambolarsi a ricordare Parigi, com'era vivere laggiù, quanto fosse persa e affamata nei primi giorni di servizio presso la *maison* Le Fleur Rouge di Madame Alexandrine.

Souzette aveva imparato a conoscere le perversioni degli uomini a diciannove anni e quello che aveva visto non l'aveva mai fatta sorridere, anche se con le colleghe ogni tanto ridacchiava.

Le Fleur Rouge era un bordello lussuoso nel cuore della città. Lo frequentavano teste coronate, membri dell'aristocrazia e capi di Stato. Eppure, il primo cliente di Souzette era stato un giovane rampollo, portato lì dallo zio per fare pratica. Una cosa quasi romantica. Lui si sarebbe poi sposato attorno ai trentacinque anni. Souzette invece no. "Le Fleur rouge" aveva una hall progettata come una grotta di pietra a vista che, nonostante di spensierato avesse ben poco, a lei aveva sempre fatto pensare, proprio, alla vita rurale di Camon. Al bar e al ristorante c'erano le ragazze. Le stanze, invece, erano riccamente decorate seguendo ognuna uno stile proprio: moresco, ducale, indù, giapponese, Pompei. Ma ciò che rendeva unica la maison di Madame Alexandrine – e per questo particolarmente amata dai suoi avventori – era la famosa sala delle torture chiamata l'Inferno di Satana: una dark room semi interrata dove collari, cinture di castità, fruste e catene potevano essere scelti sul menu del piacere (e usati) pagando un irrisorio sovraprezzo. L'asfissia erotica e il salotto della crocifissione erano gli intrattenimenti più gettonati. Ma nella Parigi ruggente del dopoguerra, Le Fleur Rouge era solo uno dei tanti bordelli dove potersi rinchiudere per soddisfare i propri sofisticati sghiribizzi. A *L'Abbaye*, invece, il tema era clericale. Le ragazze indossavano abiti da monache o da chierichetto. Non a caso la clientela era quasi esclusivamente ecclesiastica. Per disinibire e confondere. Al *Palais Oriental* si trovavano solo lavoratrici asiatiche. A *Le Temples des Voyeurs*, il tempio dei guardoni al numero 31 di Cité d'Antin, invece è facile immaginare cosa vi si trovasse.

Tra gli anni Venti e Trenta, del resto, i rituali trasgressivi erano diventati una postura dell'Alta Società. Così quando sovrani o primi ministri *de la Grandeur*, ma anche stranieri, venivano travolti da pruriginose fantasie, il capo del protocollo scriveva semplicemente questo messaggio: «Visita al presidente del Senato». Era il codice. Mentre l'addetto lo leggeva, Souzette – o chi per lei – si stava già facendo un bidet, vestendosi di civetteria un po' sfatta.

In quei due anni, a Parigi, Souzette si era sentita sfasciata, rotta, miserabile. Adesso che invece era tornata a Camon, che le braccia le facevano male e le sue lacrime stavano finalmente dove dovevano stare – nel fiume del suo villaggio, nell'Hers – si sentiva forte e tanto arrabbiata.

Riposava nel suo letto a ora di cena. E le ossa la tormentavano più che mai. Aveva premeditato tutto. O quasi. Carole la venne a chiamare. Aveva fatto la minestra. Souzette era stesa di spalle, su un lato, accartocciata, ginocchia al petto, nel suo giaciglio di bambina. E come la più perfida di tutte le figlie, senza neanche voltarsi, colpì la madre con una confessione spietata. Usò il termine *pute* per spiegare ciò che aveva fatto a Parigi, per essere certa che anche una troglodita come Carole potesse capire fino in fondo quello che stava dicendo.

«Non è vero!» le rispose Carole di gesso. Ma in quella casa non avevano mai sprecato neanche un attimo per lo scherzo.

Souzette non aveva paura. Aveva talmente male ovunque che non ne aveva più. E quando Carole la girò di peso per guardarla negli occhi, la vide fiera.

«Non è vero!» continuava a gridare Carole a Souzette, ancora stesa sul letto. Prima le diede due schiaffi sulla bocca, come quando da piccola diceva cose inopportune. E poi pianse, ma Souzette no.

«Non è vero!» continuava la madre battendo i denti per la rabbia. Poi, senza che neanche la figlia provasse a liberarsi, le chiuse il collo con le mani. E mentre stringeva, Carole pensava a Philippe e Gregoire. Non potevano venire disonorati da una simile vergogna. Si meritavano un futuro quei due! E strinse più forte Carole. E poi pensò che ne avesse avuto abbastanza delle sfortune, di quell'uomo che l'aveva abbandonata, della fillossera. Non avrebbe sopportato anche questo. E strinse più forte. E poi lei non era mai stata una donna bella e, invece, quella scema di Souzette aveva avuto tutto e non se la meritava quella bellezza! Ingrata! E strinse più forte, Carole. Strinse, Carole. E strinse.

La sera stessa l'Hers si portò via il corpo di Souzette. Come un segreto che diventa una rosa, a maggio, che dai Pirenei arriva fino al mare.

Ecco che Napoli insorge.

«Io pensavo di essere venuto qua, nell'ordine: uno, per prendere dei crediti obbligatori di formazione, e ottenere uno scatto di stipendio, come ultimo passo prima di abbandonare il mio lavoro da impiegato all'agenzia del demanio e diventare fotografo; due, rinnovare il pacchetto delle mie relazioni personali; tre, cogliere l'occasione di questo convegno per vedere Firenze.» Mario è un fiume in piena. «Che dire? Le cose non sono andate proprio come mi ero immaginato. Innanzi tutto, nessun fumatore. Je vulesse sape' vuje che campate a fa? Chest, a ciucciuettola, 'n'atu poc' accereva a tedesca. Gustavo pare nu turzo allerta. Clara, figlia, tu ti devi ripigliare, tu stai accisa. Tu me pare nu carton animato! Stai cuntenta comm a na Pasqua ca stamm tutti quanti chiusi ca dint e pecché? Pecché te piace 'o genovese, eh? Genove', su con la vita! Pare ca t'è muort o cardill! Lauretta bella vi voglio bene, mi state simpatica assai, ma io c'ho le arterie che stanno scoppiando! Angela po' cu' 'sti bicchieron'e cafè che non ce la faccio neanche a vedere. E Vincent, figlio mio, bella storia, bellissima! Ma che malinconia! Je nun c'a facci' cchiù cu sta malinconia. Basta! Bast!»

Forse qua è il caso di darvi un aiutino per comprendere l'arringa partenopea: «Io vorrei sapere che diavolo di vita è la vostra? Questa (Mara), la iettatrice, per poco non ammazzava la tedesca. Gustavo, che sembra un torsolo di mela in piedi. Clara, mia cara, tu di devi rimettere in sesto, stai a pezzi! Mi sembri un cartone animato! Sei felice come una Pasqua che stiamo tutti chiusi qui dentro perché ti piace il ragazzo di Genova, vero? Genovese, tu… su con la vita! Pare sempre che ti sia successo qualcosa di brutto! Lauretta, mi siete davvero simpatica, ma con la vostra cucina mi state uccidendo, ho le arterie che scoppiano. Tu Angela, con quel bicchiere enorme per il caffè che manco riesco a guardare. E Vincent, figlio mio, bella, bellissima storia, ma che malinconia! Io non ne posso più di questa tristezza! Basta! Basta!»

Per fortuna quasi nessuno ha capito nulla. Sai che putiferio sennò. Sarebbe stato da leccarsi i baffi. Io, ovviamente, ho compreso tutto, e tradotto perché sono un gatto e ho il dono delle lingue. Anche Lauretta, però, ha inteso, sono sicuro... Quella donna ha in sé qualcosa non di gattesco, ci mancherebbe, ma di primitivo e animalesco sì.

«O bellino! O Calimero» irrompe Lauretta di ciabatta e di lingua. «Innanzitutto, la mia cucina rinfranca le arterie! E poi ora ci penso io a ritirare su gli umori. Vi racconto una storia che la vi farà rianimare tutti!»

TERZA GIORNATA
ovvero «Di ciò che è giusto e da farsi e di ciò che no»

LA SILVANA DELLE PIANE

Oratrice: Lauretta

Negli anni, confesso, ho spesso ripensato alla Silvana, ridendomela grassamente di cuore, ma pigliandola, anche e soprattutto, come un esempio di vita.

Quando la conobbi aveva sessant'anni, parlo del 2002/2003, perciò, facendo il conto, nel '68 era giovane e presumibilmente anche sessantottina, che poi, chissà in qual dosaggio. A parte che si può anche attraversare un periodo senza impiastricciarsene, mica tutti quelli che sono stati giovani negli anni Ottanta si sono imbacuccati di droghe e sono andati a letto con chiunque solo perché era la moda del momento, no?

Comunque, la Silvana era un'amica della Gina (la zia della Novolessi, mia compagna di classe e di casa) che al tempo ne contava quasi cinquanta, di anni. Si sapeva che questa donna, di aspetto normalissimo, niente eccessi di rilievo, ma fumatrice accanita, con quella voce tipicamente rotta dalle sigarette, tipo Fallaci con la raucedine, si era fidanzata con un uomo di dieci anni più giovane di lei, Danilo. L'aveva conosciuto durante una gita organizzata, roba di parrocchia o forse più mistica, buddhista, o forse era stato in uno di quei viaggi in cui ti vendono le pentole nel tragitto, insomma, erano andati una settimana non ricordo dove, ma in un posto che, all'epoca, mi parve da vecchi, tipo le terme.

Era una storia un po' tormentata la loro, perché Danilo aveva parecchie remore, la voleva e al contempo non la voleva. Comunque si frequentavano. Lui credo fosse un insegnante, o un medico, insomma, aveva una professione, ah, e faceva anche le Rune: ce l'aveva un po' tutte. Noi sapevamo cose di lei, della Silvana, più per interposta persona: la Gina, appunto.

Per farla breve, una sera, la Gina e la Silvana vennero a cena a casa mia e della Novolessi: stavamo a La Luna, una frazione dal nome poetico dalle parti di Lastra a Signa. Du' gatti e tre cristiani.

Noi eravamo curiose come scimmie di carpire come fosse nata la storia tra la Silvana e quest'uomo più giovane. Sapevamo solamente che, durante quel viaggio o ritiro di gruppo, era scoppiato l'amore. Ma volevamo scoprire l'intera storia. *Ogni cosa*. Ci immaginavamo che durante quei giorni si fossero a poco a poco avvicinati e che poi fosse esplosa la passione una volta rientrati a Firenze. Quindi le chiedemmo di narrarci.

Lei disse che, nonostante fosse andata a quella gita con delle sue amiche, nel pullman si era ritrovata, per caso, accanto a questo Danilo. Avevano cominciato a parlare ed erano entrati molto in confidenza, riscontrando elementi comuni, affinità elettive diremmo, poiché entrambi reduci di storie sentimentali finite per gli stessi denominatori.

«E, insomma» aveva concluso, «poi, arrivati in albergo, siamo andati a letto insieme.»

Io e la Novolessi, cresciute nei più casti neoromantici anni Novanta, ci guardammo con la bazza di cemento, franataci in terra: «No, oh come? Aspetta un minuto» avevamo detto in coro. «Ma la sera stessa? La prima?»

Io me la immaginavo già "a buco pillonzi" (piegata a novanta gradi, per far prendere vita all'espressione toscana e, ecumenica, per fallo intendere a tutti) tra batterie di pentole e tegami.

Allora la Silvana, a quel punto, un po' risentita ma soprattutto sfidante, c'aveva fatto: «Be', sì! La prima sera, perché?».

Noi, che non s'aveva con lei tutta questa confidenza, imbarazzate, si provò ad aggiustare: «No, certo, va be', ma pensavamo che, non subito... che fosse successo durante la settimana, o dopo, a Firenze...»

E lei, lentamente, con quella voce roca, poppando dalla cicca e riempiendo la stanza di occhi come un primo piano estremo, ci guardò e serafica disse: «Oh ragazze, non è che a sessant'anni c'ho più tanto tempo da perdere, eh!». E esalando con le froge del naso divenute due crateri, aveva aggiunto: «Poi, queste cose o si fanno subito o sennò alla mia età passo anche da ridicola a mostrarmi come la Vergine delle Rocce! ».

Noi sbel-li-ca-te da sentirsi male. Ma la piega che prese il discorso nel prosieguo fu ancora più stupefacente ed è, per me, ancora oggi, la parte più spassosa e istruttiva di tutto.

La storia era che la Silvana e la Gina, zia della Novolessi, realizzando un sogno tardivo della gioventù dei Fiori anni Settanta, finalmente si erano concesse un viaggio in India. Quella cena, difatti, era nata prevalentemente per ascoltare i loro racconti e guardare le foto. Ci dissero che, sì, tutto bello, ma che in realtà erano state molto male *dentro*. Che l'India non era affatto quel luogo spirituale che si aspettavano e che, anzi, sotto gli occhi, ogni momento, avevano avuto solo scene di miseria. Pertanto, loro, e molti del gruppo, erano rimasti sconvolti, e *tutti* avevano pianto *spesso* durante la permanenza.

Io e la Novolessi s'era diventate d'un tratto accigliate e mogie.

«Cose difficili da spiegare se non le vedi e non le vivi» ci dissero. Si erano rese conto di quanto, in fondo, fortunati e ricchi fossimo noi occidentali rispetto a quella povera gente che campava di stenti. E poi la Silvana, a un tratto, irruppe forte: «Il mio momento più brutto però è stato quando sono salita su un risciò! Perché il conducente era magro magro, rifinito, e io invece ero grassa!» e le si stroncò un poco la voce. «Son scoppiata a piangere e ho pianto, ho pianto tutto il tragitto perché mi dicevo: "Sono troppo grassa, sono troppo grassa!".»

Io e la Novolessi si scoppiò a ridere, e poi, per sdrammatizzare, anche perché non era mica così sovrappeso, le chiedemmo: «Ma che c'entra, scusa?!». E subito imbastimmo un discorso prettamente retorico sul fatto che sì, effettivamente, la nostra società danarosa e consumistica ci induce fin troppo a rimpinzarci di troiai e cibo e che, anzi, essere più magri sarebbe persino più salutare.

E lei, sorda e coi lucciconi che parevano due diosperi, deflagrò in un pianto ancora più forte, disperato e insopprimibile: «Ma no, ragazze, non avete capito! Io piangevo perché mi son resa conto che avrebbe faticato meno e sarebbe andato più veloce se non fossi stata tanto grassa».

Noi quasi soffocate. Quasi schiantai dalle risa. Mi dovetti stendere fingendo un malore. Poi, però, dopo, oltre all'allegrezza che quel racconto senza ombra di dubbio recava in sé, riflettei su che grande lezione quella serata avesse avuto in grembo. T'aspetti, dalle donne di una certa età, che siano tutte "signore", dame dell'Ottocento, che vai a sapere. Questo perché, forse, le nostre mamme si pensa l'abbiano data a uno solo che poi hanno pure sposato (almeno io così penso della mia). E allora, si crede che tutte debbano essere nella medesima maniera: angeli del focolare, senza toppa e senza chiave. E t'aspetti anche che una donna, un'ex sessantottina poi, di fronte all'umana miseria, si dolga con le solite lacrime in playback che siamo abituati a non ascoltare nemmeno più, perché tanto si sa saranno perfette e mai stonate.

La Silvana, invece, aveva trombato la prima sera in cui aveva conosciuto i' su bello e, in India, nonostante la dissenteria che di solito t'abbraccia gli sfinteri e t'alleggerisce tutta, era riuscita anche a pigliare qualche chilo. E la cosa le aveva fatto girare parecchio i coglioni.

◇◇◇◇◇◇◇◇◇◇◇◇◇◇◇◇◇◇

«Definire è uccidere, suggerire è creare» mi pare lo dicesse Mallarmé.

Clara, con la sua gonna anni Cinquanta e un cerchietto color magenta, apre le mani latte e inizia a parlare. «Di questo convegno ero l'organizzatrice ma, al pari di tutti, oramai, sono una novellatrice provetta. E, giunti al momento del tramonto, che, sempre, mi rende particolarmente filosofica, e dato il tema di questa terza giornata, ovvero, "ciò che è giusto e da farsi e ciò che no", vorrei dire la mia.»

Guardatela. Clara è astemia, ma Albert, rompendo il suo mutismo, le si è appressato col broncio e la camicia di lino color kaki sbottonata fino all'ombelico, e le ha offerto un bicchiere di Chianti del 2009, stracolmo. Lei, anima candida, per non scontentarlo e, anzi, per rendere contenta sé, ha mandato giù ogni cosa, come fosse sciroppo. Ora è tutta a chiazze e un bottone della camicetta è volato nell'aere, povero, così disabituato a movimenti violenti come quelli di una risata di core.

Chiacchiera ad alta voce, gesticola e si tocca le ginocchia.

Si è tolta pure la cintina. Non so che sperare.

Forse che si tolga anche le mutande. Si sta così bene nudi.

Clara si mette sul precipizio dello sgabello, scosta i capelli dalla fronte alta e candida e si agguanta con l'altra mano il collo, come un cappio, gentile, fatto di nastro, e principia.

«In questi giorni ripensavo a quante volte nella mia vita mi sia trovata a dover consigliare e consolare amiche e amici che su di me si buttavano come fossi un'acquasantiera, felici perché bagnati dalle mie parole benedette.»

«Ah...» sospira Mario, che dopo un secondo specifica: «Era per il *bagnati*, non per l'acquasantiera.»

«Ecco» continua lei, come in una partitura provata per mesi, «a me sembra di essere una di quelle anziane che, nonostante siano consce dei propri errori amorosi passati, consigliano le giovani sul *da farsi* e sul *da non farsi* nei confronti di chi amano, poi, però, guardano di lato, al ricordo, e sospirano.» Clara si alza di scatto, quasi cadendo dalle scarpe, e urla: «Non mi piace così! Non va bene!».

Mario, lasso, e senza scomporsi, con la mano a reggersi la gota: «Ah, *amicah*!».

«Allora» continua Clara ormai vociante di vita, «mi è venuta in mente una scena di *Torna a settembre*, un film con Rock Hudson e la Lollobrigida.»

«Ah, vecchia amicah!» sospira ancora Mario, sottolineando il *vecchia*.

Tutti lo guardano.

«Parlo della Rock Hudson, era così bravo anche a ricamare» spiega con espressione di stanco disprezzo. «Vi mancano proprio le basi. Che orrore deve essere, essere voi.»

«Mario!» tutti in coro.

Clara, schioccando le dita e con la lingua un po' allappata, prosegue: «Insomma, la Lollo nel film redarguisce un'adolescente, interpretata da Sandra Dee, che a fine anni Cinquanta era considerata la fidanzatina d'America...»

«Una Selena Gomez di oggi per voi stranieri, una Gemma Galgani di oggi per noi italiani.» Sempre Mario, mentre si carezza i peli sulle dita delle mani.

«Mario! Vuoi concentrarti su ciò che è importante?» brontola Gustav, con le sopracciglia corrucciate da svedese serio che, in nulla, intaccano la sua faccia da Cicciobello.

«Maronn', Gustavo ma cu chella bocca toja? Comm' faccio a concentrarmi? Cosa può esserci 'e cchiù importante?»

«Mario!» di nuovo tutti in coro, tranne lo svedese paonazzo di imbarazzo.

«Scusate, è che mi sono iscritto al convegno concentrandomi sul titolo. E leggendo di maiali che deambulavano già cotti, essendo emotivo, ho chiaramente travisato.»

Clara continua: «Insomma, la Lollo, nel film, dà dei consigli alla giovane disperata su come è giusto si comporti con l'innamorato, ma, mentre lo fa, capisce di parlare a se stessa. Sicché piglia la ragazza, si mette una pezzola in capo e si lancia in automobile verso l'amato Rock Hudson, che alla fine, naturalmente riconquista!».

Pausa.

Mario tace.

«... E quindi» filosofica ma vigorosa, «riflettevo... sebbene un maestro – che sia spirituale, un insegnante, di danza o di canto, chessò – debba, quasi obbligatoriamente, tentare di portare un allievo verso e oltre i livelli che egli stesso non è stato in grado di superare e sebbene, non si possa criticarne, o nel mio caso autocriticare, i difetti, poiché "non si giudica l'aspetto della barca su cui sali se questa ti porta al di là del fiume", ecco, io mi sento una *meschina*! Consigliare qualcuno su come comportarsi quando poi non lo si fa per sé è come dire: "Col freddo che c'è mettiti un maglione di lana" e poi accorgersi d'esser in canottiera!

«Indi, nove mesi e sette giorni fa, come una vecchia che rispolvera l'abito da sera e il rosso per labbra del '46, mi son detta: non è tardi Clara! Sicché, ho agguantato il telefono e ho scritto al mio dottore, (e parlando velocissima) – che non è certo il mio medico curante, perché non cura proprio una sega, semmai fa ammalare – per metterlo alle corde con le stesse strategie che suggerisco ai miei "allievi".

«Non ha funzionato» dice Clara sgonfiandosi, e ringalluzzendosi un secondo dopo: «*Ancora* non ha funzionato!».

Poi con gli occhi socchiusi, e una voce simil baritonale, annuendo malefica e sapiente: «Certi uomini non ti sfiancano con la forza del gorilla, ma con la fuga del coniglio. Un orso non può entrare nella tana di una lepre. Neanche un'aquila.

Né forse una lince. Ma un serpente sì. Trasformarsi. Sempre. Nella bestia adatta alla psiche di certe umane bestie.

«E se c'è da serpeggiare io serpeggerò, là, dove nessuno è mai giunto prima.

«Questo è il miglior consiglio che possa dare a voi e a me stessa. Amor guarisce ferendo.» Ruttino garbato.

«Cobra» pianissimo, dal fondo. Mario.

Ah! Il vino. Scioglie le lingue, stappa i cuori e apre tutto il resto.

A chi non piace il vino, Dio gli tolga l'acqua.

QUARTA GIORNATA

ovvero «Ognuno vede quel che tu appari, pochi sentono quel che tu sei»

Come siamo filologici qui a Villa Peyron. Finiamo una giornata e ne iniziamo una nuova allo stesso modo: con un brindisi!

«Hair of the dog» *ovvero "peli di cane", direbbero gli affezionati al bicchiere.*

Certo, che un gatto perda il proprio tempo a parlare di cani, mi pare di una volgarità inusitata. Comunque: l'espressione deriva da un'antica tradizione popolare scozzese secondo cui, se un cane ti addentava, mettere i suoi peli sulla ferita l'avrebbe guarita.

Da qui la conclusione: la cura migliore è avere un po' di più di ciò che ti ha causato il male.

Una credenza che, diciamolo, non ha fatto altro che incrementare alcolismo, masochismo e assenteismo di felicità. E ha trasformato tanti, spesso, in bomboloni con gli occhi o in tubetti di pasta d'acciughe sfiatati come quelli che ti guardano dal frigorifero vuoto di una casa di villeggiatura a ottobre.

Gustav, da buon scandinavo, ha seguito la regola al pelo.

Bere prima delle undici del mattino è spudoratamente rivelatorio quanto un temporale d'estate. E si sa: l'asfalto si svela nel profondo e puzza in quel modo, solo quando è sorpreso dalla pioggia d'Agosto. Lo scrivo maiuscolo perché per me è un'entità: Agosto.

Quell'asfalto d'estate è simile a Gustav, che come tutti i nordici, nasce disagiato quanto biondo naturale.

Che ci fa un uomo della sua statura a barcollare in salotto? Con la camicia slacciata e una melodia biascicata come i suoi piedi: «Mamma mia / Here I go again / My my, how can I resist you?». *Gli Abba: un grande classico della cultura scandinava che tenta di nascondere il proprio disagio stipandolo dentro stivali d'oro con la zeppa, allo stesso modo in cui chi ficca il sudicio sotto il tappeto racconta a se stesso e agli altri di star facendo pulizia.*

E come una strada d'Agosto che, irrorata d'acqua, svela il suo vero odore, così Gustav, bagnato di vodka, profuma di verità.

«Questo essere così neutrali, basta! Basta dire: "Io sono con la gente di colore!". No! Se tu sei bianco e vai con loro, ti fanno in venti pezzi. Ci odiano. Loro sono razzisti quanto lo siamo noi. Non c'è bene, sono tutte puttanate. Il mondo è cattivo! E questa cosa del razzismo al contrario, finiamola! Se io vado là e dico: "Sì, avete ragione", poi loro mi dicono: "Bianco di merda!". Tu ti faresti dire bianco di merda?» chiede a Mario, digrignando i denti grossi e perfetti come Vigorsol. E, senza dargli il tempo di rispondere: «Io no!». E ancora: «E il Black Power e lo White Shame? Loro possono dire Black Power e io White Power, no? Sono stati gli inglesi, i francesi, i bianchi di un sacco di tempo fa! Io non mi vergogno di essere bianco come quella idiota, come si chiama quell'attrice, che diceva di essere dispiaciuta, di sentirsi in colpa per essere nata bianca e privilegiata. Comunque, non sto urlando, quindi va bene così» chiarisce a Mario, rassicurando *in primis* se stesso, con quel pizzico di politically correct scandinavo rimastogli, ancora sobrio e sempre punitivo.

Gustav è stato liberato da estuari di alcol ed estuari di alcol si sono liberati in lui. Parla come se fosse solo, o meglio, pensa che i suoi unici spettatori siano Mario e le sue infradito.

«Questo esperimento sociale del multiculturalismo è *fallito*. Torneremo come negli anni Cinquanta. In Brasile ci sarà di nuovo la dittatura. Tutto è andato a puttane, il mondo è andato a puttane, da solo. Non ce la facciamo, è ciclico! Noi abbiamo avuto gli anni Ottanta e i Novanta, meravigliosi, dopo è iniziato il degrado, il declino. Bisogna sempre creare un po' di miseria, per poi tra cinquant'anni dire: "Ma come abbiamo potuto tornare a essere così?". Scoppierà una guerra, ne sono certo. Per fortuna il mondo è sempre partito da noi. Dagli europei. Bisogna unirci. Gli altri ci odiano. Noi europei siamo sempre stati il motore.»

Nel momento in cui Gustav finisce la sua arringa ariana, il "bicchiere" di Angela, ancora semipieno di caffè, entra dalla porta del salotto come lanciato da una catapulta medievale.

Lei lo ha sentito.

E colpito.

E non è un bene.

Il caffè scotta sulla sua delicata pelle svedese come le parole che ha appena pronunciato. Sui divani, sul pavimento, sopra i tavolini e nei bicchieri, un silenzio astemio. L'unica cosa che si muove è un alluce impertinente di Mario.

Angela varca l'uscio con la stessa urgenza di chi deve discutere una questione di vita o di morte. E in effetti, per lei, lo è. Si piazza davanti a Gustav come una lottatrice di sumo e, senza neanche dargli modo di alzare lo sguardo dalle macchie di moka sulla sua camicia, lo prende di petto. Ha una quinta. È quasi una azione bellica.

«Io sono americana. E tu non hai idea di cosa le donne e gli uomini di colore abbiano vissuto e sperimentato nel mio Paese dal momento in cui il primo di noi è stato portato via dall'Africa!»

Mario pensa che Angela abbia la bocca più larga quando si arrabbia.

Gustav è distrutto come un adolescente trovato a pulirsi con un calzino nella sua cameretta.

I due nasi, entrambi perfetti, si toccano.

«Tu sai che una donna con la mia pettinatura, con la mia pelle, solo per il fatto di avere questa pettinatura e questa pelle, viene fermata a prescindere da chi sia, da cosa abbia fatto, da come si senta o da dove stia andando? Io non starò qui a dirti di quali stermini e di quali genocidi la tua gente europea sia stata capace, non scenderò al tuo livello, sarebbe come pisciare sul bagnato, perché le tue opinioni non sono libertà ma solo miseria. Come te.»

Secondo me adesso la bacia.

Gustav, non sapendo come reagire di fronte a cotanta potenza, bellezza, e a quella stazza, compie l'unico gesto possibile per un uomo sbronzo con un sentimento in petto muto e grande come il suo senso di colpa: la bacia.

E Angela lo prende. Lo prende. E lo prende.

Poi, come nulla fosse, raccoglie dal pavimento il "bicchiere" ormai vuoto e va via, col suo morbido dondolio di curve.

Mario, che ha assistito a tutta la scena, pare molto soddisfatto di quanto è accaduto. Un po' divertito e un po' stizzito, si alza e, passando davanti a Gustav, gli sussurra all'orecchio: «Io sono gay e pure napoletano. Fai una scenata anche a me e chiudiamola allo stesso modo».

Poi, come una mamma apprensiva o un maestro di coro, batte le mani per richiamare gli altri: «Venite, presto, devo parlarvi anzi raccontarvi. Qui è appena successo il teatro e io non posso che pensare a quanta sostanza vi sia nelle apparenze. È proprio vero: "Ognuno vede quel che tu appari, pochi sentono quel che tu sei". Questo sarà il tema della giornata. Decido e parto io!».

QUARTA GIORNATA

ovvero «Ognuno vede quel che tu appari, pochi sentono quel che tu sei»

48: 'O MUORTO CHE PPARLA

Oratore: Mario

Barra è apparecchiata nella zona orientale di Napoli, accovacciata alle pendici del Vesuvio, di cui è figlia devota. A nord bacia il quartiere Ponticelli e Cercola, a est San Sebastiano al Vesuvio e San Giorgio a Cremano, a sud San Giovanni a Teduccio e a ovest Poggioreale.

Barra bacia tutti. Da sempre. Da quando nacque.

Era già bella che abitata quando la *Nea-polis*, Napoli, la *città* che è *nuova* sempre, come ci canta il suo nome, venne fondata dai Greci intorno al 470 a.C.

Nugoli di schiavi si addensavano in questo territorio per soddisfare le voglie di padroni bramanti di sguazzare in luoghi avvinti da tanta bellezza. E qui, nel 73 a.C., un popolo di scalzi, pastori, contadini e ultimi, fatti con la stessa lava del Vesuvio che li aveva partoriti, si strinse intorno al condottiero, al padre della più eroica rivolta contro la schiavitù che il mondo antico conobbe: Spartaco, il Tracio.

Bello, gladiatore, indomito.

Qui a Barra, una massa di oppressi si trasformò in un esercito di uomini che si battevano per vivere o, almeno, per morire liberi. In cima a tutti v'era lui: «Generale nobile e vero, l'unico rappresentante del proletariato dell'antichità» come lo definì Karl Marx. Figuriamoci se se lo lasciava scappare.

Insieme al Vesuvio, che guardava l'esercito dei suoi figli con occhi di luce e quello romano con occhi di bragia, Spartaco vinse innumerevoli battaglie.

Perse, alla fine. Ma quella fu «la guerra più legittima che mai sia stata intrapresa» e a combatterla fu la gente di Barra. Che da sempre si trasforma, si adatta, cambia e muore mentre rinasce, proprio come fa la primavera. *Uah.*

A Barra alla fine degli anni Cinquanta, non esistevano né il 118 né il Pronto Soccorso. I dottori avevano l'ambulatorio dentro casa. I pazienti arrivavano a ogni ora del giorno e della notte e svegliavano i bambini. «Scusate dotto'!», «Aggiate pacienza dotto'!».

Aldo è *'o Dotto'*. Il suo studio se ne sta al primo piano di una palazzina su corso IV Novembre. Lui è uno dei tre medici di Barra. Il più amato per gentilezza. Il più ricompensato con gratitudine. Prova ne è il pessimo caffè che in casa sua si beve da sempre. Resta nella latta un anno intero ma anche più, perché figlio di ordinate processioni di vecchine che lo portano a singhiozzi, dentro coni di carta gialla di merceria, anche solo cinquanta grammi a botta. Ognuno fa quel che può. Offerte votive povere e profumate. A'o Dotto' arrivano anche uova e polli, ma soprattutto caffè che, come l'acqua santa, sta bene un po' con ogni cosa. Una volta era approdato persino un agnellino vivo, ma era Pasqua. E il portatore di vello uscì da casa con le proprie zampette per andarsene in campagna. E continuò a posarle sull'erba, di prato. State sereni.

Aldo gira con una borsa di pelle e una Lambretta crema. Solo in seguito comprerà una Fiat 1100 verde militare, opaca, ma la borsa di pelle rimarrà sempre la stessa. Le ha dato pure un nome che non ha confessato a nessuno, Uccia, e certe volte, pensandoci, ne ride sotto i baffi, che sono davvero grossi, da sparviero. Dentro Uccia ci sono ancora parecchi intrugli, artigli di una maniera antica di curarsi, che però, oramai, pian piano, sta lasciando il posto alle pillole.

È l'epoca in cui si sta traghettando dall'alchimia alla medicina, un fatto ritenuto grave assai da molte affezionate vecchine che nello sconforto, agitate, ansimano al loro Caronte: «Dotto', ca succere o' quarantotto».

«È successo un quarantotto» o «Sta per succedere un quarantotto» in Italia è espressione che indica caos, tumulto, un putiferio inaspettato. Ma a Napoli di più, come un po' tutto. A Napoli un quarantotto vale almeno un cinquantadue.

Nacque con gli eventi rivoluzionari che si intrecciarono proprio nel 1848 e che, cristallizzati, sono divenuti l'archetipo – anche verbale – di un evento confusionario ma allo stesso tempo decisivo. Come quello di abbandonare i cari vecchi metodi curativi, fatti d'urina e spezie, e principiare a credere in una nuova medicina d'aspirina e aghi imbustati.

Aldo li conosce bene i veri *quarantotto*: nella sua carriera di medico ha visto donne gravide pisciare su ferite aperte perché si cicatrizzassero meglio, e ha prescritto tazze di vino e carbone per calmare i nervi e i salassi per rinvigorire e risanare qualsiasi cosa, dalla febbre alla diarrea. Come infermiere, sovente, si è servito delle prestazioni di un barbiere a domicilio.

«Dotto', venite! 'O nonn' sta murenno.» Una chiamata al balcone. Una di quelle che Aldo ben conosce. La casa del malato è un basso di corso Sirena.

La Sirena, a Barra, è importante, ne è altamente rappresentativa: il suo antico stemma è proprio una sirena bicaudata sormontata da una corona. Viene, difatti, detta anche "Sirena vesuviana". La sua storia va raccontata. La sirena bifide, con due code cioè – la si vede anche in molte chiese italiane – è un simbolo memore delle proprie origini pagane. Essa, sotto nuove vesti, o code, continua a incarnare l'antica dea della fertilità: una divinità che, con orgoglio, divaricandosi le gambe con le mani, ci mostra la sua mandorla poco mistica, il *centrum* del mondo, il loco ove tutto inizia.

Nel Medioevo però erano particolarmente bacchettoni, si sa, e l'immagine di una donna che, contenta, si allargasse le gambe, appiccicata ai muri delle chiese, capirete, non era vista di buon occhio. Da qui ne era derivata la salvifica evoluzione: le gambe spalancate si erano trasformate nelle sue due code ed ella era diventata una sirena bicaudata. Un ibrido che non dimenticava il simbolo, ma che, celandolo, lo trasformava.

Perfetto per Barra, dove adattarsi è sempre stato imperativo di salvezza e quindi di vita.

Aldo e Uccia, arrivati a corso Sirena, entrano nella casa del malato che, al posto della porta, ha una tenda odorosa. La camera da letto è già un camposanto di luci stanche. Dentro, chi non scuote la testa piange. E chi non piange resta fuori.

Con una visita alla buona, o' Dotto' capisce resti giusto il tempo delle condoglianze, prima che il vecchio, affogato in pieno letto, da cui escono fuori solo due enormi occhi simili ad ampolle per pesci rossi, e già immobile come una salma, saluti tutti e passi a miglior vita.

Aldo stringe la mano a una donna che, dalla presa molle di dolore, immagina sia la figlia. «Coraggio, signora» le dice avviandosi con Uccia che, nonostante i tanti anni d'esperienza, dondola tutta verso la porta, desiderosa di abbandonare una scena sì straziante.

«Dotto', 'o permess'!» con un piede già in libertà, Aldo si sente richiamare. È ricomparso l'uomo che lo aveva reclutato al balcone. «Nostro figlio sta di leva. Firmatece 'a licenza.»

Con un graffio di penna – uno "scippo" come si dice a Napoli – Aldo libera il giovane soldato e, autorizzandone il ritorno a casa, gli permette di piangere, in giusta guisa, l'amato avo.

Una settimana è trascorsa e le giornate a Barra sono riprese con le ore di paese sceneggiate sul Corso. I bambini se ne stanno col muso attaccato sul vetro dei Coloniali, fortino di leccornie zuccherate, caramelle e liquirizie di forme varie. Le più ambite sono i chicchirichì: cupolotti di panna montata ricoperti di cioccolato croccante.

Quanta nostalgia, i Coloniali... anche per me. Il nome si riferiva alle merci che vi si vendevano: caffè, cacao, cannella e spezie, provenienti tutte, appunto, da Asia, America e Africa, dove gli Stati europei avevano le loro colonie. Il nome era sopravvissuto a esse e ne aveva conservato il gusto esotico che ben si maritava con la nostra tradizione. Alla metà degli anni Cinquanta ce n'erano tantissimi, e oggi, quando ne incontro qualcuno nel centro storico, il cuore mi diventa una fetecchia. Magici. Con le loro insegne abbinate a "Colori, Drogheria, Alimentari", qualche volta, addirittura, a "Generi diversi". Alcuni erano ampi e sontuosi, mi raccontava nonna, altri più dimessi e piccini, ma tutti, indiscutibilmente, pieni zeppi di merce e di vita, quella genuina che sa d'infanzia, di mustaccioli, roccocò e susamielli.

Dai Coloniali ci si andava mano nella mano con la mamma o il papà, e dentro t'aspettava la cosa perfetta per la tua felicità: la liquirizia, una matita, un bombolone con lo zucchero, un lapis, la saponetta, la bottiglietta di brillantina, la spagnoletta di cotone, il tubetto di dentifricio, la bustina per l'acqua frizzante, il barattolo di coccoina, la scatoletta di lucido per le scarpe, lo yo-yo di plastica, la trottolina di legno. Ma era soprattutto l'umanità dietro a quei barattoli di vetro meravigliosi e chicche d'arcobaleno che ti faceva casa: in particolare quando c'era di mezzo don Mimì. L'ho conosciuto anche io... Ma questa è un'altra storia che, forse, vi racconterò.

A Barra, insomma, tutto continuava a scorrere come sempre: dal tabaccaio si danno appuntamento i guitti, gli scanzonati e gli operai in pausa, mentre don Arturo, il salumiere, fa come sempre tanta paura. Ha le sopracciglia alte quattro centimetri. Nella sua bottega vende anche pasta sfusa avvolta in carta azzurra e ha un perfido libricino di appunti dove tiene la contabilità. Don Arturo sa sempre quante lire ci sono nella pancia dei suoi compaesani.

Aldo è di casa a Barra e Barra è di casa a lui.

Un mercoledì pomeriggio mentre sta visitando: «Dotto', correte! Papà nun sta buon'» un signore con un cappello strozzato tra le mani, ha scalzato la fila dell'ambulatorio in soggiorno. Aldo si toglie gli occhiali e, svelto, lo segue con Uccia, gonfia di pazienza, lasciando le vecchine in attesa, distrutte e anche un poco incupite.

Questa volta il paziente è in un letto al primo piano di una palazzina a corso Bruno Buozzi, di fronte all'Istituto delle Povere Figlie della Visitazione di Maria. Ancora una volta le luci basse, i singhiozzi e le mani molli.

Le morti hanno sempre qualcosa in comune.

Aldo si avvicina al moribondo e il vecchio, immobile come una salma, piantato in mezzo al letto, con occhi tondi come ampolle per pesce rosso, i soli a spuntare da grosse coperte, gli rammentano qualcosa...

Poi, l'illuminazione.

È *lui*.

Lo stesso, identico vecchio morente della settimana precedente nel basso di corso Sirena.

Se lo passavano. Le famiglie lo affittavano.

Aldo è lì in piedi, se lo guarda per bene, quel bruco di coperte, come fosse un'opera d'arte o uno spettacolo dell'ingegno. E prima che possa scoprirgli la pancia per visitarlo, diventando, di fatto, lui stesso uno degli attori di quella sceneggiata, viene interrotto alle spalle dal signore col cappello.

«Dottore, il ragazzo, mio figlio, sta facendo il militare, ma il nonno è grave, vedete! Ce lo firmate il permesso per farlo tornare?» chiede con il foglio tra le mani.

«Ditemi una cosa» gli domanda Aldo, «che ha avuto il nonno?»

E subito l'uomo: «Dottore mio, ma che vi devo dire? Stava bene, godeva di ottima salute. Poi un paio di giorni fa, all'improvviso, un malessere al petto forte. Tempo di mettersi nel letto, nun s'è capito chiù nient'. S'è arricettat 'o nonn'. Dotto', ca è succies nu quarantotto».

«Eh sì» gli risponde Aldo. «Ca è succies proprio nu quarantotto.» E firmando il foglio benedetto, solamente aggiunge con una smorfia, calda come un bombolone: «48: 'o muorto che pparla».

◇◇◇◇◇◇◇◇◇◇◇◇◇◇◇◇◇

È pomeriggio, Clara indossa il suo cerchietto più audace: fucsia con fiori e piante equatoriali. E, mentre mastica una pesca fredda, si sente in paradiso. È accanto ad Albert che, invece, ha da sempre più familiarità con l'inferno. Si sente un po' a disagio per la sera prima: e spera di non essere stata troppo imbarazzante. Ma non se lo ricorda e, forse, pensa sia meglio così.

Intrighi e arzigogoli di siepi dispettose e perfette li scortano sulla seconda terrazza del giardino che fa spazio a una piccola cappella.

«C'è un pozzo» dice Clara, sentendosi di favola. «Chissà se è dei desideri!»

«È umido, buio e profondo» le risponde Albert.

Nella testa di Clara, ben pressata da quell'Amazzonia gioiello che le orna la testa, c'è la ferma convinzione che un grande talento possa nascondersi solo dietro un grande patimento. Il genio, insomma, per lei è timido e inquieto. E Albert pare proprio soffrire.

«Vorrei raccontare un novella che parla di me» le dice lui.

«Chiamo gli altri?» gli domanda, triste ma diligente alle regole del *Sexemeron*.

«No» fa lui. «La voglio dire solo a te.»

Clara pensa che quel cerchietto nei capelli debba starle veramente bene.

QUARTA GIORNATA
ovvero «Ognuno vede quel che tu appari, pochi sentono quel che tu sei»

NON SEMPRE RICORDANO

Oratore: Albert

Tanta gente si improvvisa poeta. Non è un fatto di scrittura esser poeta, ma esperimento, esercizio di una certa qualità. Se riesci a sopravvivere a un tipo di esperienze che i più non hanno il coraggio di fare e se, dopo tutto, hai ancora le capacità creative per esprimere il tuo vivere, il tuo vissuto e il tuo vivrò, allora sei un poeta. Non è per tutti. È un destino da accettare. Quando lo accogli, comincia la tua storia di poeta, e, in un capitombolo, termina quella di essere umano.

Indomita Patrizia, febbrile Vittorio.

Poeti lo furono entrambi in modo diverso, ma capovolti, spezzati e dimenticati nella medesima maniera.

Li ho sempre sentiti fratelli, madri, sorelle, come se camminassimo per mano, alla stessa velocità, con lo stesso zoppicare che poi, piano piano, diventa polveroso strascichio, che, alla fine, ci ferma. Coi talloni alzati, ignudi, dondolanti, ma pur sempre bianchi.

Io sono un pazzo. Solo un pazzo può scrivere e pensare di sopravvivere. Volevo fare il pittore, però ho inteso presto non avrei eccelso, che la mia era la visione di un provinciale. Mi sono sentito inadeguato. Non volevo essere il migliore, volevo essere compreso. E ho imparato che solo svettando si rischia di essere visti. E poi abbattuti.

Oggi, non rimane nulla di quei due eccellenti, dediti all'unico estremismo degno di culto rimasto, quello della poesia, appunto, perché il resto è brodo tiepido, ma lei no, lei o dà un'emozione o non esiste.

Patrizia e Vittorio vissero, respirarono e produssero in quel periodo folle che furono gli anni Sessanta e Settanta, e lo fecero *nonostante* il peso di una Cultura che sbenedizionava la sua verga magica nei ministeri, nelle università e che svernava nei salotti dell'Italia Bene, quella sì, mai svanita.

Mia madre conobbe Patrizia, e mio padre Vittorio, e tutti e quattro furono legati da lacci belli e mortali. Ed è come se la mia vita sia nata, e chiusa all'interno di questo triangolo scaleno di poeti e poetesse, di consonanti e di vocali.

Mia mamma era di Bologna. Abitava in centro in via Siepelunga, vicino alla casa di Patrizia che, diceva, «fosse sempre piena di bellissima gioventù». Era una famiglia bene. Se la ricorda coi lunghi capelli biondi e indosso un tubino nero con solo un filo di perle che le abbellivano il collo. Avevano la stessa età. Erano nate nel '43. Per questo si guardavano e si capivano da lontano.

«Patrizia era forte, diretta, abbiamo fatto amicizia piano piano, annusandoci. Era bellissima e vitale, ma di una furia disperata. Virtuosa e viziosa. Con la sigaretta in una mano e il bicchiere nell'altra, la ricordo così, al tavolo di legno all'Osteria di via de' Poeti, che rideva, vociava, si infervorava, tra disamine di Rimbaud e Pasolini, lambrusco e ideali. Era una che stava con la truppa. Vorace di conoscenza, pittura, cinema, teatro. Viveva come una predestinazione la propria rovina, campava alla giornata, come se sapesse che nulla, comunque, le sarebbe bastato. Agiva per adeguarsi a quello che sentiva essere il suo destino. Senza fare progetti per il futuro, prendeva disperatamente dal tempo che aveva.»

Anche la mia mamma si interessava di poesia. Erano gli anni Sessanta.

«La nostra generazione viveva il passaggio da una civiltà contadina a una industrializzata: dalla fine del 1959, in pochi anni l'Italia si era trasformata in un miracolo. Italiano. Operai e contadini, saltati nelle fabbriche del Settentrione, avevano formato una classe che prima non esisteva. E la televisione e la scuola dell'obbligo ci avevano costretto a intonare una canzone identica, perché i dialetti, oramai, stonavano. La lingua era mutata, non ci si poteva rifare al passato perché non c'era un voltarsi da cui guardare. Gli scrittori precedenti parlavano di un'Italia che non esisteva più, utilizzavano una lingua diversa e lontana. E così agli inizi degli anni Sessanta era nato il Gruppo 63, un laboratorio in cui giovani intellettuali cercavano di rompere con una tradizione letteraria afona, per riuscire a trovare la propria voce.

«Patrizia "toccò" la seconda generazione del Gruppo, la cosiddetta neoavanguardia. Partecipò alle sue riunioni.

Al convegno del 1966, a La Spezia, fu lei la star. Veniva da una famiglia agiata, era attraente, giovane, ma aveva già gli spilli nel cuore. E laggiù, sbalordì tutti. Presentò *à, a. A*, una ricerca fonetica, più che un testo, fatta di parole e di singole lettere disposte come note su uno spartito musicale, interpretate con una voce intensa d'arcobaleno. Patrizia usava il corpo, come se dalla bocca dovesse farci vedere il cuore, l'intestino e lo sterno.

«Il Gruppo 63 era composto soprattutto da giovani maschi, colti, volenterosi, che si davano un gran daffare. Autocollocatisi poi nelle università, nelle case editrici, nelle riviste letterarie, erano tanto contenti di sentirsi e di essere recepiti come letterati. Non erano campioni di modestia e, alla fine, non produssero molti testi, a parte *Opera aperta* di Umberto Eco, e nemmeno teorie degne del nome.

«Patrizia era vorace, e il suo talento trovava vita solo nella totale assuefazione a creare una poesia primitiva, raffinatissima e appiccicata alla carne. Se avesse dovuto mangiare del pane col pomodoro, avrebbe scavato la terra a mani nude, piantato i semi, li avrebbe guardati crescere, annaffiati con la saliva, le lacrime e anche l'urina, avrebbe macinato la farina da sola, impastato, cotto il pane su un fuoco acceso da lei, e poi, finalmente, avrebbe preso i pomodori maturi e, dopo averli annusati e baciati, li avrebbe sfregati con violenza e amore sul pane, facendolo rubizzo e madido. E poi se lo sarebbe messo in corpo. Come un'ostia.

«Questa era Patrizia.

«In scena stava come fosse senza pelle, esposta al dolore.

Tenera, affettuosa, dolce, ma anche iraconda e aggressiva. Epica, come la sua poesia.

«Erano, le sue, parole da eseguire, testi come partiture di echi, richiami, rimbombi, che sapevano di suono, fatti di movimento, brivido e tensione, perché raccontavano sempre qualcosa di urgente. Era una poesia gestuale, fatta di spezzoni di vita vissuta, impressioni a fior di pelle e aveva un carattere integralmente fisico, esplosivo sia nella struttura lessicale che nella realizzazione. La sua voce oscillava tra accenti che si spaccavano nella parola autoeliminandosi, e il tono che, a volte, era una cantilena, altre una spinta di dire variopinto.

«Patrizia performava in tutto: quando leggeva faceva spettacolo, tirava fuori un'energia che le bolliva dentro e doveva traboccare fuori. Sapeva di essere incandescente e sapeva che si sarebbe bruciata.

«Ascoltarla era come prendere parte a un rito, venivi colto da una specie di magia, per cui l'attenzione andava sul suo corpo e poi su quello che ne usciva fuori.

«Nonostante avesse partecipato al Gruppo 63, avesse pubblicato anche in riviste letterarie come "Malebolge", non fu mai accolta tra i Novissimi, il gruppo di poeti eletti a incarnare il nuovo, appunto. Era una figura defilata e nel contesto del "Verri", la rivista intorno alla quale la *Poesia* gravitava in quegli anni, il suo nome non si sentiva mai. E non per sua volontà.

«Gli scritti che aveva prodotto venivano pubblicati solo su riviste difficili da reperire. Venne esclusa, non trovò editori. Non aveva riscontro nel panorama letterario.

«La prima volta che l'ho sentita leggere mi prese la pancia. Mi scombussolò come una cucchiaiata di wasabi. Tutto parlava di sé e di noi. E, anche se si opponeva al femminismo e ripeteva sempre di non condividerlo, dalla sua voce usciva solo un male di donna.»

La neoavanguardia non era una corrente aperta alle signore, gli uomini non accettavano le poetesse.

I suoi primi testi, quelli che mostrò all'inizio, soprattutto la loro lettura, potevano essere recepiti come *maschili*, come esercizi di voce, ma quando, poi, incominciò a scrivere di ciò che era, a raccontare di sé, della sua vita, l'ambiente letterario, fatto di re, che poi erano regine, si disinteressò a quella ricerca. E a lei. Che fu prima pupilla, poi figliola diseredata.

Le conferme erano l'unica cosa desiderava la scuotessero. Non arrivarono mai.

Patrizia si perse. Non le dettero neanche modo di mostrare il suo errare.

Venne nascosta e si nascose. Come spesso accade.

Perché «... la parte più bella di tutta la letteratura è scoprire che i tuoi desideri sono desideri universali, che non sei solo o isolato da nessuno. Tu appartieni», come scrive Fitzgerald in *Di qua dal Paradiso*.

Mia mamma le voleva bene. «Nessuno la chiamava e la cosa la massacrava, non aveva contatti, non la volevano. La rincontrai a Bologna molti anni dopo. I capelli biondi erano stati sradicati dalla bella testa. Quando arrivò, con più di un'ora di ritardo, indossava un cappello da uomo, se lo tolse, e sorridendo disse: "Scusa, ho fatto tardi, ma come vedi sono stata dal parrucchiere". Aveva i capelli verdi e azzurri, tagliati a spazzola, cortissimi, quasi rasati.

«Le chiesi come stava. Era sempre stata schietta e mi rispose: "Abbiamo vissuto anni di merda in un clima liberticida, anni in cui il 'diverso', di qualsiasi specie fosse, è stato sempre perseguitato dal potere. Mi hanno arrestata nell'aprile 1968 per possesso di hashish e hanno continuato a perseguitarmi per la droga. Sono scappata in Marocco, sono stata latitante per circa undici anni". Mi disse che s'era bucata. Per questo era sparita. Non era più la stessa: la vita, l'eroina i segni devastanti lasciati sul viso da un incidente stradale, avevano mutato l'aspetto, ma non il suo furore.»

Mio padre Eugenio, ligure, era un accademico. Neanche a dirlo: insegnava poesia. Vittorio abitava a Genova. Era nato nel 1947. Moro, ciancicato dalla vita, nonostante la gioventù si muoveva con un'andatura dolente e disviata. Avrebbe potuto ricordare James Dean, ma era la sua mente che andava troppo veloce. Eugenio, lo incontrò casualmente un giorno di settembre del 1977, mentre tornava a casa in autobus e seppe, in quel frangente, che Vittorio era figlio del suo padrone di casa. Lui aveva salutato papà cordialmente, e gli aveva chiesto se avesse letto *Visas*, il libro che gli aveva lasciato. Vittorio lo stimava. Papà gli rispose di no, pentendosi di non averlo fatto e di non avergliene potuto parlare.

Vittorio produsse quell'unica opera, *Visas*.

«Il Novecento è il secolo del montaggio, non più della sintassi», è una costellazione di frammenti disparati, ricomposti ma tutti già belli che esistenti, perché «a questo mondo non ci sono che citazioni». Non c'è mai libertà dalle elaborazioni precedenti, poiché tutte, a loro volta, lo sono di «strutture preesistenti». Il gioco del montaggio sta nella capacità di creare ricollocando, ogni volta, questi brandelli, e nel superare, nel mettere in crisi la sintassi, intesa come modello di costruzione razionale stabilito dalla classe dominante che ci vuol imporre, dall'alto, ciò che è corretto e ciò che non lo è.

Il montaggio è un'organizzazione in cui chi assembla è Dio; la sintassi, invece, ne segue e ne prega uno, identico e solo.

Il montaggio è un bambino che incolla immagini e oggetti su un quaderno intitolato *TUTTO*.

Questo era Vittorio.

Visas fu quanto di meglio si potesse compiere rispetto alla consapevolezza di questa frammentazione e separatezza da rimescolare tutta.

«Non ho che poche parole per fermare gli attimi fissati in una luce da / cartolina illustrata» scriveva.

Visas, il titolo, sta per visti, passaporti, ma anche per cose viste, e coincide con un viaggio la cui destinazione è scritta a chiare lettere all'inizio del libro.

La dedica è *fondamentale*.

«A Patrizia.»

A chi altri sarebbe potuta andare?

Vittorio fu folgorato da lei. Estromessa, pura, fuori

degli schemi, di un rigore granitico, capace di una poesia fatta di cose. Patrizia era esattamente «il fatto di essere ciò che si scrive». C'era una completa aderenza tra vita e opera.

Vittorio arrivò fino a Tangeri per incontrarla, dopo la sua fuga in Marocco. Timido, introverso, con frequenti crisi depressive, le fece leggere le poesie, con chissà cosa nel cuore. Patrizia gli disse che le sembravano un po' "grezze". Lui allora riscrisse tre volte il manoscritto, tornò in Italia e lo pubblicò nel 1976.

E glielo donò.

Montaggio, una sintassi scardinata e straniante, versi di una forza icastica commovente. *Visas* è un mondo fatto di corpo, identità personale ed è soprattutto un viaggio, biografico e immaginario, che non c'è mai stato, è un visto negato, uno sbarco finito in acqua in cui Vittorio si gettò con tutta la furia dei suoi anni. Un viaggio che è una metafora viva.

Il libro passò inosservato. Non fecero neanche lo sforzo di dimenticarsene.

Patrizia si compose un'esistenza intensa e inquieta, fatta di tutto, droghe, carcere e malattia. Rischiò, soffrì, camminò tra euforia e disperazione, mantenendo verità nei confronti di sé. Era autentica e autenticamente visse. Fragile e temeraria.

I suoi canti struggenti, la sua poesia visiva, i film d'avanguardia di artisti come Alberto Grifi (*In viaggio con Patrizia)* e Gianni Castagnoli di cui lei fu protagonista e sostanza, sono spariti, sono stati dimenticati. Stanno come il vapore. Sospesi.

Non c'è stato interesse, studio, attenzione che abbia accolto e raccontato questa sua struggente, sfrenata e selvaggia opera che combaciò col suo vivere.

Vittorio fu una creatura piena di fuoco e curiosità, segnato da un profondo disagio psicologico e dalla folgorante attrazione per lei.

Quel giorno di settembre del '77, in cui mio padre l'aveva incontrato sull'autobus e gli aveva detto di non aver ancora letto il suo *Visas*, Vittorio se ne andò sulle alture di Recco, nella frazione di Megli.

Senza tornare più. Aveva alzato le sue suole fino al cielo. Aveva trent'anni.

Durante l'estate, all'alba prendo sempre il traghetto che porta i turisti a Bastia, e, rientrando a Genova, mi metto a prua, vicino al verricello che addomestica le corde. E guardo quelle alture che toccò Vittorio per l'ultima volta. E penso che, forse, anche lui, quel giorno guardava il mare, come fa una nave che entra in porto, senza fretta.

Anche Patrizia completò una sola opera, un poema epico. Iniziò nel 1977 e lo scrisse nell'arco di un decennio. Era un libretto, un manufatto artigianale, un oggetto di poesia, pieno di disegni, scritte colorate e soluzioni verbo-visive.

C'erano ricordi che affioravano, flash catturati dalla realtà, frantumi di memoria che toccavano l'anno della sua detenzione carceraria, «il CLAN CLAN CLAN uno appresso all'altro» delle sbarre che si chiudono, c'erano residui di esperienze, c'era la latitanza in Marocco, c'era l'eroina.

Ne realizzò letture pubbliche.

I grandi editori non lo pubblicarono.

Venne stampato solo nel 1986 da una piccola casa editrice.

Ma continuarono, lo stesso, a non vederlo.

Ed è ancora dimenticato. Da tutti.

Come lei.

Patrizia morì a Bologna nel 1991, ancora giovane, malata, ma mai vinta.

Il titolo della sua opera è *Non sempre ricordano*, una frase che nel poema ritorna sempre.

Non sempre ricordano.

Io sì. E per sempre.

Erano entrambi fatti della stessa materia, Patrizia e Vittorio.

Il poeta esiste solo se è coppia con la poesia: devono nutrirsi e scarnificarsi a vicenda, come fanno gli amanti e i veri amori.

Furono vite perdute, non esistenze *mancate*.

E la loro poesia è stata ed è, soprattutto, bellissima.

Patrizia Vicinelli
(Bologna, 23 agosto 1943 – Bologna, 9 gennaio 1991)
Vittorio Reta
(Genova, 1947 – Megli, Recco, settembre 1977)

«Sono stanca di raccontare
a tutti
la mia storia.
Perché non la capiscono,
la mia storia
non credono sia mia.
E finirò col credere
che la mia storia
è un'altra.»

Patrizia Vicinelli [1961]

◇◇◇◇◇◇◇◇◇◇◇◇◇◇◇◇◇

Se solo il cerchietto di Clara fosse posizionato più in basso, sotto i suoi occhi, non avrebbe bisogno del cielo dell'Amazzonia per essere annaffiato.

Clara si tiene una mano sul petto, come a tenere in vita un pulcino indifeso e moribondo che le chiede sul cuore. Non riesce a credere che un ragazzo così possa guardare lei. La lingua le trema ed è certa sia un chiaro sintomo d'infarto. Ma la cosa non la incupisce. Il suo cuore ha già retto. "Saltateci dentro e lui esploderà di Luce" pensa.

La merenda fatta di bomboloni caldi, che quasi frizzano in bocca, e di spuma bionda e cedrata è servita. La Lauretta come sempre ripete le cose ad alta voce mentre aggeggia, ramazza, pulisce e mette a posto: «Allora, "Ognuno vede quel che tu pari, pochi sentono quel che tu sei" giusto, è questo?».

Chiede conferma su quale sia il tema della giornata. È

sempre molto precisa, nonostante le ciabatte e funziona con un rigore che non diresti.

«Oggiù, novello io!» sentenzia.

Parte in quarta e prima di mettersi seduta toglie i minuzzoli dal tavolo con una manata che farebbe presagire un disastro. Invece, dopo la sua passata, il piano appare lustro.

QUARTA GIORNATA

ovvero «Ognuno vede quel che tu appari, pochi sentono quel che tu sei»

VINCILI DI CORTESIA

Oratrice: Lauretta

L'altro giorno ero al Caffè delle Giubbe Rosse a Firenze. Da quando governo questa magione son diventata di un certo livello anche io e parecchio interessata alla cultura. Laggiù ci vado quando mi sento particolarmente intelligente e poetessa o poetica... Insomma, co' un tono. Mi ci faccio portare da i' mi' figliolo, Enrico. Ci son sempre tante ragazze a modo a fare le girate, e lui sta così bene quando si mette la camicia bianca che gli stiro con l'appretto.

Quello non è *un* caffè! È *il* Caffè storico, letterario! L'ec-cel-len-za!

Le Giubbe Rosse non è il nome originario. Fu fondato nel 1897 da dei crucchi, i fratelli Reininghaus, che trafficavano in birra. E il loro cognome fu proprio quello che misero sull'insegna: "Reininghaus!"

Non riesco a pronunciarlo bene e nemmeno a quei tempi ci riuscivano. I fiorentini non son mai stati inclini ad abbassarsi a fare quello che non gli viene bene. E in generale non fanno nulla che credono sia anche solo un pelino sotto il sublime. Anche Curzio Malaparte in *Maledetti toscani* diceva così di loro: «Hanno un modo di inginocchiarsi che è piuttosto uno stare in piedi con le gambe piegate».

Gli italiani, poi, alle lingue straniere non si sono mai appassionati, sarà che la nostra è la più bella del mondo e non ci interessa altro.

A questo Caffè Reininghaus i camerieri, secondo la moda viennese del tempo, indossavano delle giubbe rosse cosicché, i fiorentini, furbi come faine, non riuscendo a pronunciare quella parola difficile, preferirono dire solo: «Andiamo da quelli delle giubbe rosse!» e da qui il nome è rimasto!

Al Caffè ci son sempre andate persone di un certo spessore, c'era anche un circolo scacchistico dove ci sono passate diverse personalità: i futuristi – che ci fecero anche delle risse, ma non come le nostre, risse da intellettuali –, e ci sono venuti persino Lenin e molti poeti. Che poi lui un pochino lo era poeta, via! Ha fatto parecchie cose buone. Le pareti del Caffè sono tuuuuutte coperte di foto, disegni e memorie di questi frequentatori celebri. E, io, ci vo perché mi garba pensare che ci posò le chiappe e ci s'abbeverò tanta gente importante e di cultura e che, magari, quella la mi possa rimanere un pochino, attaccata addosso anche a me! Tramite la panca, magari!

Quel pomeriggio sorseggiavo una bella cioccolata con la panna. Il tè fa più signora, lo so anch'io, ma a me m'è sempre sembrato di bere acqua sudicia e, se devo spendere per stare seduta, allora piglio qualcosa che valga la pena, qualcosa di caloroso. Insomma, ero arrivata al punto in cui facevo la scarpetta col cucchiaino – io vado matta per la panna montata –, quando sento che qualcuno mi strofina una spalla. Mi giro e trovo una signora che stringe la sua pochette di pelle nera e la tiene ancora alzata, in flagrante. La mi guarda e senza fare una piega fa: «Mi si era bagnata la borsetta. L'ho asciugata alla sua maglia».

Io, che quando son di bianco vestita, come lo ero quel giorno, giro come se indossassi cristallo soffiato, spiazzata da cotale candore misto a ebbrezza, le rispondo sinceramente: «Icché ti devo dire? T'ha' fatto bene!».

E la signora, di cui non seppi mai il nome, dopo, la m'offerse di sua sponte, anche uno shottino. Quindi ripenso, ancora una volta, come io sia degna allieva e trionfante erede della mi'nonna Adele, che per lo stress da rapporti col prossimo mi suggeriva sempre: vincili di Cortesia.

◇◇◇◇◇◇◇◇◇◇◇◇◇◇◇◇◇◇

È notte. Il mio momento preferito. Quello in cui amo festeggiare, sgommare e galoppare senza umani intralci.

Questa, però, non è la mia nottata fortunata.

Clara è in cucina con la sua camicia da notte vittoriana, di trine e sospiri, e una tazza colma di liquido fumante in mano. E che sia camomilla, tisana o tè, l'unica cristallina certezza è che, in qualsiasi momento verrà bevuta, le ustionerà la lingua.

La sventurata proprio non riesce a dormire.

Ah, benedetti umani, così prevedibili, così teneri! È tanto semplice comprendere ogni cosa, per me, che v'osservo dall'alto del mio mestiere di rincorrer gomitoli: il motivo per cui un innamorato è insonne sta tutto nell'inutilità del dormire quando luogo e oggetto del sognare risiedono nel desto. Nel caso di Clara, due porte più in là. Quella vicino al cesso.

E infatti, eccolo, Albert, aedo maledetto, che si trascina col suo pigiama poetico e slabbrato e una camicia che mi pare la stessa con la quale cerca di vivacchiare anche di giorno.

Clara appena lo vedrà avrà un mancamento.

Speriamo che, per l'emozione, non si ustioni anche qualche arto.

«Non dormi?» chiede lui, astuto e originalissimo.

Ma l'amore, si sa, non è fatto di raziocinio, ma di suono.

Le si siede davanti, come per un appuntamento da tanto in calendario. E Clara, sciolta come acqua calda, parte: «Un giorno mi sono operata di emorroidi. Lo so. Fa ridere. Ma è molto doloroso. Ti dico questa cosa anche se sono riservata. Ho sofferto tantissimo. Mi avevano dato di tutto. Ogni tipo di antidolorifico. Fino alla morfina. Mi pareva di essere Prince. Ma ero testarda. Il male mi abbracciava, e io, resistente alla felicità, lo tenevo stretto. Piangevo e chiedevo: "Vi supplico aiutatemi, vi scongiuro!". Lo dico sempre quando la speranza si rimpiatta, quando sento che non c'è più nulla che possa fare o pensare, se non affidarmi a qualcosa che mi raccatti. Ero sbriciolata.

«Dopo molto tempo e molte altre sostanze, tutto mogio, e indispettito, il dolore se ne era dovuto andare. E io, finalmente, stavo ferma.

«Il giorno seguente, il male era tornato a intermittenza, come le lucine dell'albero di Natale e quando arrivava il turno in cui mi abbandonava, era talmente bello che guardavo le betulle fuori dalla finestra dell'ospedale di provincia gentile che mi aveva sanato e, ringraziandole, pensavo la felicità, il senso della vita fosse solo quello: la mancanza di dolore.

«Tornata a casa, mi sentivo benedetta, nonostante la nausea e il male sopito, ma non spento.

«In camera, mi sono spogliata. Volevo pulirmi e, guardandomi allo specchio, ho notato che sulla schiena era rimasta la colla del cerotto dell'anestesia spinale. Sono entrata in doccia e ho iniziato a rinfrescarmi. Contenta. Poi mi sono ricordata della colla. Volevo toglierla. Ed è là che ho capito quanto fossi sola. E quanto non volessi esserlo mai più. Non avevo nessuno che mi lavasse, laggiù, dove non arrivavo, che mi aiutasse a togliere quel francobollo di dolore.»

E poi, guardando negli occhi Albert, senza il minimo imbarazzo: «Dovresti mangiare più gelati, sai? E poi bere subito un bicchierone di acqua frizzante fresca. Dopo il gelato viene sempre una gran sete. E dovresti anche guardare un cartone animato. Che so, *Bambi*, quello del 1942 però. È il mio preferito. Dopo ti sentiresti felice».

Mi chiedo se sia davvero una semplice tisana quella che sta bevendo Clara. Potrebbe avergliela preparata la sarda. Questo spiegherebbe molte cose.

La nottata, comunque, può solo peggiorare.

E infatti.

Mara, con una camicia da notte con vestaglia e copricapo coordinati in simil seta, color oro, bordati di simil pelliccia, irrompe, come Norma Desmond in *Viale del tramonto*, ma non da una scalinata: dalla vicina porta del cesso. La certezza della provenienza è data dalla musica di scarico.

E incredibilmente dice: «Non sai come ti capisco, Clara, anche io mi sono operata di emorroidi. Non ho potuto cantare per un mese. Un do di petto avrebbe potuto farmi morire di dolore, per non parlare del momento della "liberazione". Mi vedevo tutta la vita davanti».

Clara e Albert la guardano come in un sogno.

La nottata è definitivamente tracimata.

Le infradito di Mario si fermano sulla soglia della cucina. Ha una tazza in mano.

«Tanti giovani maschi, chiusi in una villa, di notte. Sento dei rumori e chi trovo in cucina? La cugina acquisita di Ru Paul, e Harold e Maude, qui al tavolo (che però, a differenza vostra, prima di morire, hanno trombato). A breve arriverà, sono certo, la tedesca misteriosa e quasi calva, Vincent il francese che sbuffa come una ciminiera, poi li seguirà Lauretta, che ci vorrà ficcare per endovena degli avanzi di rosticciana. Lo svedese e l'americana saranno di là, svegli, a sospirare, chiedendosi se sia *ideale* che il biondo si sposi col cioccolato. E infine ci sono io, con una tisana al finocchio in mano, le ciabatte e ancora tutto vestito. Tanto vale, visto che siamo tutti svegli avvantaggiarsi! GUSTAV!» urla «Gustav! RACCONTALA tu una novella! Mi pare il male minore in questo momento. Cercherò di guardarti muovere la bocca, senza ascoltare, come fossi senza volume. Grinder qui è inutile. E immaginarti dire porcate è la cosa più vicina a YouPorn che possa tenermi in vita qui.

«Come sono arrivato a questo punto, io davvero non lo so.»

E come in una commedia di Ionesco, giungono. Se ne stanno tutti in fila: Gustav, Angela, Marlene e Vincent.

Da lontano rumore di ciabatte.

Lo svedese, come un bambino sonnoloso, in cui le cispe sono batuffoli, fa un passo avanti, da volontario coraggioso: «Sì. Va bene, racconto io. È una storia molto lunga, ma le tempistiche lo permettono. Abbiamo iniziato prima. L'abbigliamento, il pigiama, non è proprio consono. Ma va bene. Allora sediamoci. È una novella che ne vale due. Parla della bellezza dell'apparire precisamente per come si è dentro. Della delicatezza, del coraggio e del pericolo che si corre mostrando la propria luce. Senza filtri».

QUARTA GIORNATA
ovvero «Ognuno vede quel che tu appari, pochi sentono quel che tu sei»

RADIO KILLED THE RADIO STAR

Oratore: Gustav

«Quando si pensa agli anni Dieci e Venti, all'accaldata e ticchettante era del blues, del jazz e dello swing, immediatamente occhi e narici partono per New York, Nashville, New Orleans, Memphis, Kansas City e Chicago.

«Ma è stata Newark, New Jersey, la pantera che ha ruggito per prima e partorito tanti cuccioli.

«Io ero uno di quelli.

«E anche lei. Amalia Grace.

«Era bella. Era stata sfortunata. Se essere indifesa significa essere sfortunata.

«Senza madre, senza padre ma con enormi occhi che se li avesse disegnati un pittore avresti detto essere un'esagerazione dedita a raffigurare qualcosa di diverso e anomalo.

«Le efelidi le si erano sparpagliate in tutto il corpo sulle mani e sulle braccia di morbide ossa.

«Amalia scatenava in me un sentimento che non avevo mai provato. Non era amicizia, non era attrazione. Col tempo credo di aver capito, ma solo in parte, che cosa fosse. Comprenderlo in toto sarebbe stato contro natura, come per un salmone andar d'amore e d'accordo con la corrente. Era uno struggimento simile a quello che si prova verso un essere che soffre e necessita d'aiuto, ma che non può verbalizzare, come un neonato, o come un gatto, incapace di miagolar dolore. Di fronte a una creatura così, ti si gonfia dentro, come lenzuolo steso a prepotente tramontana, ineludibile, il dovere di intercettare e comprendere quel patimento muto.

«Era un formicolio nelle braccia, un'inesauribile e inspiegabile commozione che provavo anche quando la vedevo solamente venirmi incontro, con quell'andatura da tenera e aggraziata paperotta.

«Avevi una faccia da ragazzino, da bambino, tanto eri femminile. Con un seno piccolo, mani dalle unghie corte e occhi giganti. Ma questo, forse, l'ho già detto» aveva aggiunto piano, come l'avesse davanti e parlasse a lei, ad Amalia Grace.

Iniziò così.

Mio zio si chiamava Gustav. Come me.

Era nato nel 1903 a Orange, New Jersey.

Quando mi raccontò questa storia era il 2003. Io avevo undici anni e lui cento. Eravamo a casa, a Falköping, la città in cui sono nato, nella contea di Västra Götaland, in Svezia.

Gustav era il fratello di mio nonno Ulf. Ricordo perfettamente quella notte di Natale in cui, seduti di fronte alla stufa, mi raccontò di lei. Aveva in testa un berretto a quadretti. Erano tutti nella sala da pranzo a bere e a divertirsi. Io però avevo freddo alle mani e mi piaceva assentarmi e conquistare un pezzetto mio, caldo e riparato, dall'inverno e dagli altri. Anche lo zio amava fare così. Non era per l'età. Era sempre stato *separato*. Divertente, si faceva sentire, ma i suoi occhi, a volte, si fissavano su cose che non si potevano vedere. O che, forse, poteva riconoscere solo lui.

La colonizzazione europea del New Jersey, in America, iniziò nel Seicento. Olandesi e svedesi crearono New Netherland e New Sweden.

La colonia di Nuova Svezia venne fondata nel 1638 e si estendeva a nord fino a Fort Christina. Includeva parte degli odierni stati di Pennsylvania, Delaware e New Jersey.

Si chiamano *Svenskamerikaner*, "americani svedesi", il gruppo etnico con radici ancestrali scandinave. Furono circa un milione e duecentomila gli immigrati che tra il 1885 e il 1915 giunsero in America. Formarono una comunità affiatata, si sposarono tra loro e, poi, per la maggior parte, si trasferirono nel Midwest.

Non gli antenati di Gustav, né lo zio, che nacque a Orange, New Jersey, che a vent'anni tornò in Svezia. E che non si sposò mai.

«Sono cresciuto in un posto molto diverso da questo, non solo perché l'America ci guarda da oltre l'oceano, ma soprattutto perché, oggi, il mio vivere di allora sarebbe incomprensibile e la pietà e lo sdegno, suscitati, dirompenti. Quel tempo, però, è il punto in cui si è accovacciata la mia infanzia, che, anche quando miserabile, è come una pesca matura se hai sete. E io ne ho nostalgia. Comunque.

«L'America alla fine degli anni Dieci e per tutti i Venti aveva sorpassato l'Europa, detonando economicamente. Le catene di montaggio avvinghiavano gli operai come burattini, istruendoli a ripetere e ripetere e ripetere sempre le stesse azioni. Come in *Tempi moderni* di Chaplin. Le radio cantavano, le automobili correvano, l'elettricità illuminava, il telefono connetteva e un profumo di progresso benediceva tutto. Non i lavoratori in nero, né i contadini, né gli afroamericani che, ringalluzzitosi il Ku Klux Klan, nel '15 più aguzzo che mai, erano linciati e soffocati insieme a cattolici ed ebrei. Così, nel 1918, il clima di isteria trovò compimento nel Sedition Act, l'atto che sanciva l'afonia di ogni libertà di espressione. Dalla fine degli anni Dieci vennero anche eretti i grandi teatri di posa del cinematografo, privi di finestre: la luce non penetrando, finalmente, poteva essere ricreata, controllata e manipolata. Proprio come fa Dio.

«Il Jersey e la città di Newark bruciavano. Broad Street era la Mecca, l'incrocio con la Market, noto come Four Corners, il più trafficato di tutta l'America: in una giornata veniva toccato dai talloni di duecentottantamila cristiani. I magazzini Hahne & Company, Bamberger's e Kresge Corporation rendevano leggendaria ogni cosa. Sessanta teatri, quaranta cinema, la vita notturna sfavillava di lustrini e pallottole. Il gangster Dutch Schultz venne ucciso all'interno del Palace Chop House e Billie Holiday alloggiava spesso al Coleman Hotel.

«Era un luogo di labirinti, sudati e lucidi club che sinuosi si nascondevano, zeppi di segreti musicisti, cantanti, ballerini, comici, baristi, camerieri, artisti del vaudeville che vagavano per notti che, sempre, riuscivano a saziare.

«Era il 1913. E io vendevo i giornali per strada. Con la mia uniforme scalza. Ero uno strillone. Avevo iniziato a dieci anni. Mia madre non mi obbligava come i genitori degli altri. Il padre di Tony Casale, per esempio, lo mordeva sulle braccia se non ne dava via abbastanza. Eravamo un grande gruppo. C'era Michael, otto anni, che guariva e si riammalava di polmonite continuamente. Dan Mercurio, nove, che sistematicamente saltava la scuola. Joseph Tucci era il più mattiniero: cominciava alle 5,30. John Carlino stava in strada da quando aveva sei anni. Francis Lance, cinque anni, saliva e scendeva al volo dai tram come un gatto. Diceva che là sopra vendeva meglio, perché si intrufolava tra le gambe della gente come un asciugamano. Per i fratelli Bishop gli ubriachi erano i migliori clienti. Avevano codificato una tecnica prodigiosa: uno entrava nei bar e annunciava di avere l'ultima copia del giornale, e, quando l'aveva venduta, tornava fuori e il fratello gliene dava un'altra.

«Lavoravamo mattina, pomeriggio, sera; sabato notte e domenica. Stavamo fuori finché non avevamo più nulla. Non eravamo assunti dal giornale, compravamo all'ingrosso grandi quantità e le rivendevamo a un prezzo leggermente superiore. Molto spesso le copie invendute non si potevano riconsegnare e la giornata si concludeva quando in mano non ci rimaneva altro che i polpastrelli neri. Eravamo una classe sociale a sé stante. Mangiavamo, dormivamo, faticavamo e ci divertivamo in una maniera perfettamente indipendente dal mondo, finché il mondo continuava a comprare i nostri giornali.

«Dagli otto anni in su i bambini iniziavano ad andare a scuola per mezza giornata, così lavoravo quattro ore prima dell'inizio e tre dopo la fine delle lezioni. Mamma era sola... Greta. Le volevo bene. Era molto alta. Faceva l'operaia. Era sola. Forse l'ho già detto.

«Sai, in America, agli inizi del secolo scorso, nelle fabbriche, nelle miniere e nelle industrie lavoravano anche i bambini. Le manifatture a volte assumevano l'intera famiglia, padre, madre e figli, ognuno con mansioni diverse, e li facevano alloggiare in postacci fatiscenti. Io avevo solo la mamma e poi Ulf, tuo nonno, che era piccolo e malato.»

Lo zio, allora, si era fermato a guardarsi le mani con attenzione. Erano tenere e gentili nonostante fossero enormi: nell'anello che portava al medio, ci sarebbero potute ballare due o tre delle mie dita. Poi aveva aggiunto: «Torno laggiù ogni giorno, a Orange, nel Jersey. Vivo là, nella mia infanzia: giro per le strade che si spengono all'imbrunire, passeggio per le vie fresche di mattina con le braccia mogie dalla sera prima, mi fermo sul marciapiede ad ascoltare l'odore dell'inchiostro dei giornali, li conto e abito là ancora, coi calzettoni e la camicia lisa. Poi, di tanto in tanto, faccio visita alla realtà».

Si era bloccato di nuovo, aveva alzato gli occhi e, scrutando di fronte a sé, con le pupille in cui si specchiava l'ardire della stufa aveva proseguito: «Avevo dodici anni quando ti vidi per la prima volta. Vendevi i giornali anche tu».

Parlava a lei. E a me sembrava normale, perché anch'io la vedevo, seduta lì con noi, al caldo.

Ti chiamavi Amalia Grace, e ho sempre pensato che la grazia, dentro il tuo nome, battezzasse la primavera e che questa potesse iniziare solo quando ti scoprivi le braccia e aprivi il sorriso che, in bocca, teneva farfalle, foglie verdi e menta piperita.

Era estate, laggiù, sul muretto della Madison. Era fatta di mattoni rossi e di fiori. Nascosta, te ne stavi seduta dove nessuno poteva vederti, o almeno così credevi, e dondolavi quel minuscolo piede avanti e indietro perché la scarpa si sfilasse e, cadendo, ti liberasse. L'altro poggiava sul muretto, imbacuccato e sicuro fra le tue cosce. Tutto era sorretto da esili braccia. La testa, abbandonata all'indietro, comparava la sua luce al maggio odoroso. Vincendo senza tema. Sapevo avresti continuato a farlo, sotto un patio di legno, con una sottana tanto ampia da contenere tutti i tuoi desideri.

Ci parlavamo là, su quei mattoni. Vendevo anche i tuoi, di giornali, spesso, non perché tu fossi una femmina e non ce la facessi, ma perché la fatica insopportabile sarebbe stata quella di portare solo i miei.

Il 7 luglio del 1917 faceva caldo, e tu avevi appena compiuto quattordici anni. Senza aspettare che ti facessi le solite domande solo per poterti guardare, disegnando col dito un cerchio immaginario sul rosso del muro, a occhi bassi, sussurrasti: «Una mia amica, Lucy, mi aveva detto che qui a Orange stavano aprendo una fabbrica e, che, forse, avrebbero assunto donne».

Le veniva da ridere, si vergognava e, mentre parlava, la sua mano era passata a coprirsi il sorriso. Quasi la felicità fosse peccato.

«E allora stamani ci siamo andate. C'era la fila, eravamo tantissime. Un mare Gustav, da tutto il Jersey… e… mi hanno detto sì! Che posso lavorare! Mi hanno dato un camice, una divisa. Prendevano dai quattrodici anni in su. Ci sono entrata per un pelo. Lucy mi ha strattonato per un braccio e mi ha portata a forza. Io non volevo. Invece ha fatto bene…» Non le si vedevano più gli occhi: due cerniere abbottonate, tanto ridevano.

Amalia Grace abitava con sua zia Maggie. Non era la zia vera, ma la persona che l'aveva trovata quando, alle pendici di un dicembre non mite per i suoi primi dieci giorni di vita, l'avevano poggiata per strada, in un portapane. Minuta, pareva disegnata con un lapis.

Amalia lo era anche perché aveva quattrodici anni.

«Mi vogliono hai capito? È uno studio di orologi. Il lavoro è importante e l'azienda paga meglio che in qualsiasi altra parte della città. Guadagnerò venti dollari a settimana… quasi tre volte quello che prenderei in una qualsiasi fabbrica» le era uscito con un uno scoppiettio naturale, «e vogliono solo ragazze, perché dobbiamo disegnare i numeri sui quadranti degli orologi e le mani devono essere piccine. Ne bastano duecentocinquanta al giorno ed è fatta! Ma io voglio impegnarmi di più, voglio ricompensare. Questo lavoro si è posato su di me come Gesù bambino che scende dalle stelle!»

Amava tanto disegnare. Da sempre.

L'azienda era importante davvero: la Luminous Material Corporation. Fabbricava orologi con quadranti fluorescenti. Era un lavoro d'élite. Le loro operaie facevano parte del cinque per cento delle più pagate d'America. Anche mia madre aveva provato a farsi assumere, ma non le era riuscito. Volevano soprattutto minorenni. Mi dispiaceva per lei. Ma ero felice lo stesso.

Amalia Grace aveva iniziato subito, il giorno dopo. Lavorava tanto, ma, incredibilmente, riuscivamo a vederci più spesso di prima, sul muretto, perché la gioia, si sa, ha bisogno di essere condivisa, è come una bomba a cui serve una miccia, per tuonare.

L'estate era galoppata via, veloce, come una puledra, e si era stancata solo a ottobre che, coi suoi piedi di foglie croccanti, colorava d'arancione ogni cosa.

Aveva frequentato poco la scuola, ma ripeteva che i banchi su cui lavorava gliela ricordavano, che erano ordinati e puliti e che c'erano tante ragazze con cui chiacchierare. Io la guardavo, mentre raccontava, e speravo sempre che tra quei suoi trilli, a volte, ce ne fosse uno che intonava il mio nome.

Era eccitata.

«Ci hanno addestrate bene, sai? Ora ti spiego: dobbiamo coprire con la vernice le lancette e i numeri dei quadranti degli orologi, che sono molto piccoli. Ci vuole grande cura e precisione. Non si devono fare sbavature. Si passa un pennellino di pelo di cammello fra le labbra, così» e nel farlo chiudeva gli occhi, ferma, come se aspettasse il suo primo bacio. Poi, riprendendo più rapida di un micio: «Bisogna inumidirlo con la saliva, perché in cima la punta diventi il più fine possibile, intingerlo in una sostanza preziosa che lo rende luminoso, e alla fine disegnare. E poi si ripete l'operazione da capo. Cantiamo tanto mentre lavoriamo, Gustav, e ridiamo anche di più. Lucy è tremenda perché dice ad alta voce: "Intingi, disegna, succhia! Intingi, disegna, succhia!". Poi mi guarda e urla: "Devi fare pratica, Amalia Grace!". È matta» e nel dirlo era diventata rosa come un'alba. «È un lavoro patriottico! E io ne sono parecchio orgogliosa... Gli orologi sono destinati ai soldati che combattono al fronte nel buio delle trincee. Alcune ragazze, a volte, scrivono i propri nomi e gli indirizzi sul retro, prima che vengano spediti... Romantico... Gina ha persino ricevuto un biglietto di risposta da un soldato di nome Mark.» Io ero diventato un pochino torvo in volto a quell'affermazione, ma lei, senza accorgersene, aveva aggiunto solo: «No. Io non l'ho mai fatto».

Quando scoppiò la Prima Guerra Mondiale, la Luminous Material Corporation iniziò a collaborare con l'esercito americano: produceva orologi militari, perfettamente visibili anche di notte e il governo degli Stati Uniti divenne il suo maggior cliente. Alla fine del 1918, un soldato su sei ne possedeva uno.

Rideva, Amalia Grace. Quanto rideva. Si sentiva indipendente. Felice. Le altre ragazze facevano quel lavoro anche per il glamour, lei no, lo faceva per la vita.

«Non solo ho un posto fisso, ma disegno, sono in mezzo a tante persone e guadagno dei soldi! E tutto perché sono piccola! Sai, la vernice che usiamo è "portentosa", perciò non va assolutamente diluita, ne verrebbe dispersa la preziosità. Rende la pelle, e i capelli lucentissimi, e aumenta persino la produzione dei globuli rossi! Per questo la aggiungono anche in tanti prodotti: burro, latte, cioccolato, dentifrici, creme di bellezza, ombretti! E pensa che fortuna... noi ci lavoriamo!... Mi ha detto Lucy che esiste anche della lingerie, con questa sostanza, e sulla confezione c'è scritto un gioco di parole: "*To make your sex life really shine*".» E rideva che sembrava un pezzo di vetro sulla battigia di un mezzogiorno d'estate italiano. Poi, toccandosi con una mano la punta dei capelli corti: «Lucy vuole andare a un ballo. In città. Però io non... Sarebbe il prossimo venerdì. Lei ha detto che ci sarà della musica bellissima, ma io ho risposto che non so ballare e così lei ha iniziato a urlare: "Se è per questo neanche sai succhiare, ma sei quella che disegna più orologi di tutti!"». E, in crescendo, come travolta dalla vita: «Ma sai che la mattina vengono a lavorare tutte vestite da sera? Sono matte! Così, dicono, luccicheranno e balleranno, nel buio, come stelle del cielo... Lucy ripete sempre che siamo famose!». E rideva con la grazia dell'imbarazzo.

«Ti accompagno io» mi era uscito appassionato ma anche imperativo, e mi vergognai, perché Amalia Grace non meritava nulla di brusco o di violento. Lei sorrise e fece solo un inchino con la testa.

Quel venerdì parevo un figurino. Mamma mi aveva dato dei pantaloni quasi senza buchi. La camicia era di mio padre, ma ficcata dentro non sembrava così male, e poi mi faceva anche più in carne. E soprattutto avevo le bretelle. Ci infilavo i pollici sotto. Mi faceva sentire un uomo di mondo, capace di difendere la sua dama.

Senza guardarmi più, con gli occhi in un incendio, lo zio aveva detto: «Sono venuto a prenderti per andare al ballo. Tutto profumato. Sono arrivato un'ora prima».

E dopo un sospiro, che era un capitombolo nel passato, aveva continuato.

Eccola. Il suo abito giallo prendeva fuoco. Aveva la scollatura quadrata, il punto vita non segnato, tanto che il suo corpo esile pareva danzasse nell'oro. Mentre mi veniva incontro, mi sentivo la pancia nelle orecchie. Ero cieco. Ogni cosa, in lei, emetteva una tenue luce, che io avevo sempre visto, ma di cui, ora, si sarebbero accorti tutti.

Fu la serata più bella della mia vita. Il locale in cui andammo era il Piccadilly, in Peshine Avenue, il primo locale notturno moderno di Newark, la città che in ogni angolo ha un jazz club. Il suo motto era: «*If you click at the pic you'll can click with the world*»... e noi non facemmo che ripeterlo tutta la sera. Ci sembrava irresistibile. Eravamo i padroni del mondo.

Io, di certo, lo ero.

Quando entrammo ci inglobò una galassia di schicchere e musica. La sala, a forma di ottagono, aveva gli interni color del cielo con degli effetti luminosi che parevano stelle. Il grande bar era circondato da tende alla veneziana. Lucy, Clementine, Gina e tutte le colleghe di Amalia Grace sembravano libellule impazzite, vestite da *flapper*.

Flapper era un termine in *slang* che si riferiva al rumore di un uccellino che sbatte le ali per imparare a volare e indicava una ragazza diventata donna da poco.

Venivano chiamate così le giovani che amavano il jazz e si dimenavano col charleston, il primo ballo che potevano danzare sole e libere. Le donne, in quegli anni, Gustav, stavano cambiando, lavoravano, gli orli delle loro sottane si erano sollevati, i capelli accorciati, fumavano in pubblico e ridevano senza corsetto.

Quella sera fu come lo spalancarsi di un'enorme gabbia che, con la sua finestrella aperta, le sputò tutte contro la luna. Erano uccellini che volavano e volevano. I vestiti, i capelli, la pelle, i sorrisi, ogni cosa, in loro, brillava. Lucciole.

Fu una notte nata per essere ricordata.

Sai Gustav, la città di Newark, dal 1915 in poi, era diventata una tappa fondamentale per chi campava di musica. Lì all'epoca potevi godere del genio di musicisti che poi sarebbero diventati star e leggende del jazz, come Sarah Vaughan e Ike Quebec, che suonavano proprio in posti come il Piccadilly.

Quella sera, però, non potevamo immaginare cosa i nostri

occhi avrebbero ascoltato: salì sul palco Willie "The Lion" Smith, uno dei più grandi pianisti di *Harlem Stride* di tutti i tempi. Aveva occhiali avvinti da una montatura lucida come i suoi denti, una bombetta storta in testa e in bocca un grosso sigaro che non gli impediva di sorridere, cantare e godere. I grandi pianisti dello *stride*, come lui, con dita spregiudicate vivificavano il tempo e giocavano col *back beat*, il tocco della mano sinistra. Lion era come suonasse "all'indietro", come stesse lì lì per perdere il ritmo, tanto rallentava, ma, il suo timing, alla fine, era sempre perfetto. Le note erano cascate di coriandoli, di biglie che lui faceva saltare, schizzare, che ammansiva e che poi rotolavano di nuovo. Il suo stile era una girandola di contrappunti e rifrulli che «rinfrescavano l'orecchio come l'acqua di primavera rinfresca le labbra». Lo disse Billy Strayhorn, non io.

E dopo mezz'ora, in cui noi ragazzi passavamo dal guardarlo inebetiti alla follia del danzare, entrò lei.

Stivaletti bianco farina dal tacchetto sinuoso, un abito nero sbrilluccicante, retto da esili spalline di cristallo che lasciavano le braccia scoperte. Una stola di marabù in mano. Pareva che un uccello del paradiso le si fosse addormentato in grembo. I capelli nerissimi erano acconciati in piccoli cannoli perfetti. Mamie Smith. No, non era parente di The Lion o, meglio, lo era nel senso che quella sera la Black Renaissance apparve e suonò meglio degli angeli.

Iniziarono, con *That Thing Called Love*, *You Can't Keep a Good Man Down*, e poi arrivò *Crazy Blues*. Ascoltammo la rivoluzione. Quel pezzo, di lì a poco, nel novembre 1920, sarebbe stato registrato per la Okeh Records. Non fu solamente un successo clamoroso, fu soprattutto il primo disco della storia mai pubblicato da un artista afroamericano. Mamie Smith, una donna, aprì la strada a tutte le cantanti blues. Le case discografiche, grazie a lei, iniziarono a pubblicare artisti di colore e a prendere in considerazione i gusti di un pubblico che fino a quel momento non avevano mai veduto.

Amalia Grace pareva un passerotto bagnato, il suo capino sopportava a malapena quella magia e tutte quelle emozioni. Continuava a ripetere le parole della canzone: «*I can't sleep at night / I can't eat a bite 'cause the man I love / He don't treat me right / He makes me feel so blue / I don't know what to do / Sometime I sit and sigh… / I thought he's lovin' me / He's leavin' all the time / Now I see my poor love was blind / Now I got the crazy blues / Since my baby went away…*».

Ballava come un fuoco d'artificio.

Ci trascinammo dietro quelle note e l'euforia per giorni e giorni. Avrei voluto portarla ogni sera a essere felice.

E lo feci. Una volta al mese, per un anno intero.

Cantava quella canzone di continuo e io progettavo grandi cose.

Un giorno le dissi che il 20 dicembre avrebbe dovuto farsi trovare lì, al muretto… con un abito "*Crazy blues*".

Glielo dissi un mese prima. Era novembre.

Facevamo quasi finta di nulla, non accennavamo mai a quella data, come se parlarne fosse una leccata che toglieva un po' del suo dolce a un gelato. Non ci vedemmo per qualche giorno, quasi per preservare le forze. Come quando chiudi gli occhi davanti al sole, perché sai che, se li apri, potrai godere poco della sua luce, prima che ti accechi e tutto diventi nero.

Il 20 dicembre arrivò. Lei no. Venne Maggie, la zia. Disse che Amalia non si sentiva bene. Mi portava i suoi saluti.

Il pomeriggio del 24 dicembre, col Natale che era lì, mi venne incontro un'anziana mogia, avvolta nella lana come un'infante gigante. Era Amalia Grace.

Non resistetti e l'abbracciai forte.

Mi si sbriciolò tra le mani.

Non disse nulla, strizzò solo forte gli occhi come se le ci avessi spruzzato del limone.

Allora mi scansai. E mi vergognai. Non ce la faceva a salire sul muretto, a sedersi, e quei suoi sforzi minuti e fallimentari recavano una tale dignità, che il mio prenderla in braccio e metterla sopra, come una bambina, sarebbe stato il più meschino dei gesti.

«Sto benino. Sto meglio» disse. «Ho preso solo freddo. Mi fanno tanto male le ossa. Ma sono stata al caldo. E mi sento, comunque, molto "*Crazy Blue*".»

Aveva provato a canticchiare, ma le era uscito un mugolio, un *humming*, un *mmm* a bocca chiusa che era più un cullarsi come quando si ha male. Nel farlo aveva scostato un poco la sciarpa che l'affogava. Aveva la bocca gonfia. Come se qualcuno l'avesse picchiata.

Un tubo di aria velenosa ficcato in gola mi scaricava dentro paura. Non riuscivo a dire nulla. Spuntavano solo i suoi occhi. Sembrava una Madonna spruzzata di luce. Ma tremava. E anche io.

«Allora Gustav, il mio abito è bello che pronto, ci vediamo qui, spero già la prossima settimana» lo disse piano e leggero, come era lei. Poi mi guardò tutto e oscillò rigida e incerta nel voltarsi, come un birillo da bowling colpito forte dalla palla prima di cadere in buca. E andò via.

Non la vidi nei giorni a venire. Lucy mi raccontava. Io volevo parlarle, ma diceva che Amalia Grace preferiva rimettersi prima, che ci teneva molto.

Qualcosa aveva iniziato a sbocconcellarla. I denti. Gli ascessi. I dottori non sapevano quale fosse la causa. Iniziarono a strapparglieli via uno dopo l'altro. Le ferite delle estrazioni non guarivano. Si infettavano di più, rimanevano beanti, spalancate, come la mia bocca muta e filante ogni volta che sapevo. Il suo corpo sfiniva.

Non vidi più neanche Lucy. Lei e Gina iniziarono ad avere gli stessi mali, Maria partorì un figlio morto, Jane divenne anemica e fu colpita da emorragie massive. Era come se il buio fosse volato a ombreggiare il quartiere di Orange con le sue ali grasse e nerborute.

«Marie Curie lo scoprì nel 1898. Fu isolato nel 1902. Il radio è un elemento chimico radioattivo. Il nome deriva dal latino *radius*, cioè "raggio". Al buio ha la capacità di illuminare, rimanda una luce verdognola, emana calore, ma può anche provocare forti ustioni e, se penetra nel tessuto osseo, deteriorarne le cellule. Negli anni Venti era costosissimo, un grammo valeva più di centomila dollari, oltre due milioni di oggi.»

Stringeva le nocche delle mani, lo zio.

«Devi sapere che c'era una strana credenza, Gustav, ai tempi: tutto ciò che era tossico, se assunto in piccole quantità, non era ritenuto pericoloso, ma benefico. Prima degli antibiotici, l'arsenico veniva usato come medicinale per la malaria, e il radio venne proposto come trattamento per il cancro. La parola "radioattivo" oggi provoca orrore, ma allora era sinonimo di salute. Combinando i suoi sali con colla e solfuro di zinco, fu creata una vernice luminescente. Un medico di origine ucraina, Sabin Arnold von Sochocky fu tra i primi a sfruttarla. Nel 1914 fondò nel New Jersey la Radium Luminous Material Corporation. Sì, quella. Gli Stati Uniti entrarono in guerra nel 1917. La più proficua applicazione della vernice fu sui quadranti degli orologi militari e dei contachilometri: visibili al buio, divennero richiestissimi e forieri di enormi introiti. I numeri brillavano perché erano realizzati col radio.»

Con gli occhi e con la mente lo zio ripiombò laggiù.

Alcune operaie della fabbrica, in principio, avevano chiesto, timidamente, se la sostanza potesse essere nociva. Dissero loro di no, dissero che erano fortunate, dissero che a piccole dosi sarebbe stata una manna.

Il radio induriva il pennello. Non si poteva diluire nell'acqua. Era proibito. L'avrebbero sprecato. Dovevano portarlo alle labbra, bagnarlo e poi disegnare. Ma ogni volta che lo leccavano si uccidevano lentamente. Morivano piano piano. Perché se lo mettevano in corpo.

Erano minorenni, erano povere ed erano tutte donne. Si sentirono benedette. Non usarono nessuna protezione: presero a indossare i loro vestiti più belli per andare al lavoro, si spalmarono unghie, labbra, perché s'impregnassero. Volevano brillare. Maria si dipinse persino i denti col pennellino per sorridere al suo Peter, da cui aspettava un bimbo che, invero, la luce, non vide mai.

Il radio agisce come il calcio, si deposita dentro le ossa, ma non le rafforza, le disintegra e una volta là, rimane per sempre. È un benefattore perverso, all'inizio stimola i globuli rossi e dona una sensazione di vita bugiarda, fa rilucere pelle, denti e capelli. Quel bagliore riempiva tutte di meraviglia. Le chiamavano le "ragazze fantasma". Perché splendevano al buio.

Io smisi di parlare e di lavorare stavo solo con le mani sulle tempie che mi flagellavano le vene.

Passavo le giornate sul muretto. Ad aspettar briciole di danno. Era un settembre orrendo, come lo era stato maggio, due sentinelle, promessa e fallimento, di un'estate che mi aveva raccolto bruciato. Poi, un giorno, venne Maggie, sua zia. La donna era opaca come il vapore. Mi diceva. Parlava. Io non capii nulla. Lo feci solo dopo. Molto dopo.

Il sistema immunitario di Amalia Grace e la cicatrizzazione non funzionavano. Le gengive erano avvelenate. Piaghe. La sua mandibola si era sbriciolata al primo tocco del dentista. Era caduta in un blocco unico. Amalia si infranse più volte. Quando si ruppe l'anca non camminò più. L'infezione, poi, scese in gola e si prese la giugulare. Un'emorragia scrosciante zampillò su quello che era rimasto.

Avevano tutte un sarcoma osseo, ma i loro certificati di morte, schifosi, bisbigliavano "sifilide". Una malattia sessualmente trasmissibile. Per la quale, ovviamente, non c'era bisogno di autopsia. L'azienda negava ogni responsabilità. Quelle donne sifilitiche se l'erano cercata.

Solo quando morì il primo uomo, nel 1925, il mondo si svegliò dal suo torpore maschio e decise di indagare. L'avvelenamento, fu dimostrato, era causato dal radio, che si depositava nelle ossa deteriorandole come fossero rose dai tarli.

Erano ragazze giovani, con problemi di salute gravissimi. Nessun legame le teneva. Tranne uno. Il lavoro.

Erano tutte operaie della Radium Luminous Material Corporation, divenuta nel frattempo United States Radium Corporation.

Così, da quel momento, ognuna di loro se la notte, guardandosi allo specchio, avesse scorto il proprio riflesso pieno di luce, se avesse visto brillare, sui fazzoletti, le scariche nasali, sapeva che la sua fine era vicina.

Iniziarono le battaglie legali, ma la fabbrica si rimpiattava dietro la scusa di sintomi troppo diversi per poter esser ricondotti a una stessa sorgente. All'inizio del 1920, i diritti dei lavoratori erano inesistenti, il Dipartimento del lavoro era sempre a favore delle imprese. Le ragazze avevano a stento i soldi per andare dal medico. Ci vollero due anni per trovare un legale che volesse mettersi contro il colosso industriale, ma nel 1927, cinque operaie, sfinite, intentarono causa contro la Us Radium Corporation. L'azienda ritardava il processo perché non testimoniassero. Molte lo fecero sul letto di morte, non riuscirono neanche ad alzare il braccio per prestare giuramento. La compagnia sperava morissero prima. Ma resistettero. Parlarono dai loro giacigli, perché troppo deboli per recarsi in tribunale.

Durante il processo venne fuori che loro, i dirigenti, sapevano. Esisteva un protocollo di sicurezza che imponeva solamente agli operai maschi d'indossare grembiuloni di piombo e di maneggiare il radio con apposite pinze ricoperte d'avorio. Alle operaie, invece, avevano concesso abiti in cotone o lana e un pennellino perché, con le loro piccole mani, si imboccassero di morte.

L'azienda pagò per falsificare le autopsie. Fornì studi e analisi pieni di menzogne. La causa dei decessi doveva essere tenuta segreta.

Ma le cinque ragazze vinsero e ottennero un risarcimento extra-giudiziale, che, però, non riuscirono a vedere mai. Era il momento della Grande Depressione ed erano state accusate di voler distruggere una delle poche aziende floride. Il loro sacrificio, però, fece sì che i giornali, non solo del New Jersey, ma dell'America e del mondo tutto, raccontassero la verità. E il processo segnò una svolta epocale, perché si riconobbe, per la prima volta, che il datore di lavoro è responsabile per la salute dei suoi dipendenti. L'azienda chiuse nel 1941, in bancarotta. Nessuno era più disposto a lavorare nelle sue fabbriche.

Io non la rividi mai più. Lei non seppe nulla. Non fece in tempo. Fu la prima. Forse perché aveva già tanta luce dentro, troppa, per un corpo così piccino.

Si chiamava Amalia Grace, morì il 14 febbraio del 1922. Scrissero sifilide, sul certificato, una malattia venerea infamante per una donna.

La vidi uscire da casa, per l'ultima volta, in un pomeriggio cupo come la notte, completamente avvolta in un abito d'oro... «Molto Crazy blues» avrebbe detto lei. Un fuscello.

L'avevo abbracciata una sola volta.

Nel 1927, durante il processo per verificare la vera causa della morte, riesumarono il corpo.

La verità l'urlò la luce. Il radio ha un tempo di dimezzamento di 1600 anni. Quando aprirono la bara, il suo corpo brillava ancora.

Mamie Smith, la prima stella del blues, tanto amata da Amalia, morì il 16 agosto del 1946, non per via del radio ma sola, dimenticata e abbastanza povera da poter essere seppellita in una fossa comune.

Furono uccise tutte dalla loro luce.

E continuano a brillare, ancora oggi.

Per non essere dimenticate.

◇◇◇◇◇◇◇◇◇◇◇◇◇◇◇◇◇

QUINTA GIORNATA

ovvero «A fin di bene»

Immobile e mogia, di pietra gentile, oggi, Villa Peyron sembra avere un'anima malinconica.

È per via del giorno, il quinto, il penultimo, che si sa, è assai peggio dell'ultimo, perché lascia uno spiraglio, che, però, va sempre a buio.

C'è una consapevolezza sorda nella luce delle sette e trenta di queste colline, che sa di fresco ma pare abbia la gola strozzata come quella della moka della Lauretta che spruzza caffè bollente come un vulcano buono: ha fatto così, nelle ultime quattro mattine, svegliando tutti con estuari mori, ma oggi che la partenza è vicina, quel rumore avvolgente di colazione sembra un grido, e la macchinetta, una sirena che urla abbandono.

Tutto è più opaco in giro. Quando bisogna partire senza volerlo, ogni gesto diventa un'impresa avvilente: piegare un maglione, controllare i biglietti, immaginarsi un futuro.

Lo sapevano sarebbe andata così, sanno contare fino a sei, suppongo questi umani, no? Eppure, il cuore – lo dice l'anatomia mica io, anche se sono un gatto onnisciente – è un muscolo involontario. Va da sé. E quando va, chi lo sa.

È l'ultima volta assieme, così, in questa casa che li ha costretti e protetti, divertiti e fatti impazzire, come solo una madre del Sud sa fare.

L'epilogo ha bisogno di essere grandioso, quasi dipendesse tutto da quello. Con un finale imponente si perdona ogni cosa, anche la nostalgia. È il bacio sulla fronte, come fosse una stupida medicina.

Gli effetti già si vedono. Perché perfino a Mario, tanto insofferente all'esigua solitudine che in quel frullato di anime distoniche si respira, viene in mente una vecchia canzone americana che ha sentito cantata da Nat King Cole e che ha amato forte. Faceva così.

For all we know
We may never meet again
Before you go
Make this moment sweet again.

Mara è seduta sul letto, in camera. Il suo trolley in ecopelle e latex preparato con pazienza d'estetista le sta accanto e la fissa incredulo pure lui: già si riparte. Il piede ancora le fa male, ma un po' di sollievo le viene dal piccolo calendario che tiene davanti alla faccia e che legge con attenzione isterica come fosse il bugiardino di un medicinale salvavita: il suo compleanno sarà domami, un venerdì. Il suo giorno fortunato. Glielo ha detto qualche mese fa anche una cartomante di Brera, interpellata d'urgenza. Qualcosa di buono deve per forza accadere!

Marlene si specchia e intona qualcosa che pare una ninna nanna, si tocca le lentiggini del viso, si concentra sui capelli ribelli quanto lei, carezzandoli come trofei di guerra. Nel grande salone al piano terra invece Angela e Gustav sono seduti sullo stesso enorme divano ma a qualche cuscino di distanza, anche se sicuramente più vicini rispetto a qualche giorno fa. Lei stringe un libro tra le mani, lui ha le braccia incrociate, le mani infilate sotto le ascelle nel cotone finissimo della camicia e guarda fuori. Come se la soluzione a un enigma che lo tormenta fosse proprio nel giardino di Villa Peyron. Ogni tanto si lanciano un'occhiata maliziosa e pungente. Poi tornano a fare quello che fanno: pensarsi in silenzio. Se solo si tenessero la mano, sarebbero una illustrazione perfetta in stile "*Love is...*".

Clara si dà il rossetto fresca di doccia, abbracciata da un accappatoio bianco che diventa un tutt'uno con la sua pelle di latte. Albert, ancora nel letto, molto arruffato, sistema con il solo occhio già sveglio l'orologio da polso che aveva poggiato sul comodino la sera prima. A entrambi, così, ognuno a proprio modo, sembra di fare qualcosa per iniziare al meglio la giornata: con ordine e pulizia. Le loro illusioni, fino allora piene solo di tanti disagi, sembrano finalmente aprirsi anche ai sogni.

I piedi di Vincent sono scalzi e camminano in giardino. Lui li osserva molto lentamente dall'alto della nuca. Pensa sempre che se avesse un figlio non ci sarebbe nulla di male se camminasse scalzo: la terra non è sporca di per sé. È ancora in mutande, ma non si vergogna. Guarda i propri passi e pensa alle prossime mosse, come se fossero i piedi a deciderle.

«Enrico la poteva conoscere però questa tedesca, la Marlene, no?» borbotta Lauretta mentre impiatta le brioche per l'ultima volta a quelle anime che un tempo erano forestieri e che ora son pantofole.

Non sa proprio a cosa attaccarsi questa mattina per un po' di tragedia.

«Mio figlio è un ragazzo a modino, sai?»

Ci risiamo. Continua a voler interloquire con me. Me lo dice ad alta voce, guardandomi come se mi dovessi accoppiare io con Enrico. Per carità. Preferisco il culo. Mi lecco con una zampa molto tesa in segno di disprezzo.

Lauretta pigia le verdure nella pentola un po' come vorrebbe fare con la vita del figlio.

«È a fin di bene, sai? Son la mamma!»

E me lo dice ormai accovacciata come per farmi capire meglio di cosa stia parlando. Ma io non sono stupido né sordo. Sono un gatto. Per fortuna.

«Io la capisco signora Lauretta!» irrompe Mara con passo di zeppa, a sorpresa, in cucina.

Lauretta per lo spavento lascia cadere due brioche. Una mi precipita sulla testa sporcandomi tutto di glassa. La odio. Mi ero appena fatto toelettare da lingue femmine.

Sì, ho i miei giri. Non penserete che possa davvero raccontarvi tutto tutto.

Stolti.

Comunque, l'ho agguantata lo stesso, quella brioscia calda. Non si sa mai.

A me va sempre bene, in un modo o nell'altro.

«I genitori molto spesso fanno così: lo capisco. Intervengono nella vita dei propri figli a fin di bene» continua Mara che nel frattempo si abbassa con le ginocchia appicciate per via di una gonna molto corta e fasciata, e con una mano raccoglie l'altra brioche dal pavimento e, come fosse la cosa più naturale del mondo, inizia a mangiarla.

"Anche la mia mamma ha sempre fatto così!" pare dire Mara con la bocca piena di zuccherini e parole.

«Anzi» prosegue illuminata, «ora che ci penso è perfetto! *A fin di bene!* È il tema di questa ultima giornata!» urla contenta. «Chiamiamo tutti gli altri!»

Dopo aver deglutito l'ultimo boccone di brioche, con Lauretta di spalle ancora spaventata, Mara esce dalla cucina e convoca tutti come una pin up davanti alle truppe.

«Ragazziiiii!»

MALOCCHI, SANTI E MARITI

Oratrice: Mara

Grazia è sarda. Ha la voce roca e l'artrite alle dita. «Preferisco parlare che scrivere, ma scrivo lo stesso.»

Lo ripete sovente.

Testarda. Come la sua isola.

Marghine è il territorio in cui si trova Bolotana, il paese in provincia di Nuoro, dove è nata.

«Essere sardi significa portare con sé l'identità, le tradizioni e la storia. Riconoscere da lontano il profumo del mirto, respirare il mare. Avere un bagaglio policromo e impregnarne corpo e spirito».

Bolotana, però, è distante dall'acqua salata, si trova nell'entroterra, nella pancia dell'isola, ed è un groppo di tradizioni, riti e incantesimi.

Da bambina, Grazia aveva trascorso il meglio dei suoi giorni a casa dei nonni, tra pane carasadu e *casu* (formaggio) e precetti di saggezza che, come le brave piccine, provava a mettere in pratica con tutta se stessa.

Era ammaliata da ciò che la circondava, dalle attività che si svolgevano in casa, ma soprattutto da quelle all'aperto, dove la vita masticava le esistenze dell'intero vicinato a bocca aperta. Si giocava a *cua cua* (nascondino) mentre le mamme e le nonne, sedute sull'uscio, facevano l'ordito, *tessiant sos tapetos in su telarzu* (tessevano i tappeti al telaio), filavano la lana, *faghiant sas randas a uncineto* (facevano i pizzi all'uncinetto), sbucciavano le patate per la cena o le mandorle per i dolci, *sos amaretos* e *sos giorminos* (gli amaretti e i bianchini). E dopo aver mangiato – d'inverno attorno al focolare, d'estate nel cortile – i nonni raccontavano ai più piccoli i *sos contos de foghile*, che erano favole e leggende, nate proprio *pro tennere ischidos sos pizzinnos,* per tenere svegli i bambini. Spesso avevano un contenuto macabro e terribile, ma, sempre, serbavano in grembo, un insegnamento da cullare.

E così, Grazia, durante il giorno, apprendeva con la pratica, e la sera, ascoltando gli anziani, imparava attraverso la parola.

Per far sì che i bambini fossero attenti si inframmezzavano i racconti di contenuto morale e formativo con storie più ghiotte, di carattere fiabesco: le *sasparistoria*, trasmesse, sempre, oralmente.

In Sardegna, sino a fine Ottocento il novanta per cento degli abitanti non sapeva scrivere, ed è per questo che si tramandava di bocca in bocca. Agli inizi del secolo scorso, la parola scritta aveva spazzato via molta della memoria orale collettiva che i sardi avevano serbato intatta, per anni.

Quando si declamava nessuna parola poteva essere cambiata, e se qualcuno sbagliava, o sostituiva un nome, un oggetto, doveva essere subito corretto perché nulla mutasse e, quindi, si perdesse.

Ma Grazia quel mondo magico e incantato non lo aveva mai dimenticato. Tra i personaggi preferiti che le saltellano ancora tra i capelli, neri come la pece, contro ogni logica temporale, c'è Maria Ortunaledda, la contadinella furba, una specie di Bertoldo in gonnella, che riesce a conquistare il principe grazie alle sue risposte astute, e a cui Grazia pensa spesso quando vuole sentirsi temeraria; le *janas*, fate piccole e buone con cui ancora si confida, che vivono nelle *domus*, ovvero le grotte scavate nelle rocce di cui è disseminata la Sardegna. E infine, ci sono *le cogas*, streghe grandi e malvagie che, con altri spiriti spaventosi, in particolari momenti dell'anno e del ciclo lunare si incontrano nelle tombe dei giganti, e quelle, le hanno da sempre fatto davvero paura.

Un sentimento che è da abbracciare, necessario, soprattutto nella vita di un bambino, perché di essa ne è parte fondante. Serve.

Il coraggio è egemonia, dominio, e mai assenza di paura.

Grazia mi ripeteva spesso: «Sono lacci stretti, fortissimi, quelli che uniscono i mondi magici alle credenze e alle divinità del popolo nuragico. Nell'entroterra della Sardegna esiste ancora oggi, anche se in misura minore, una realtà fatta di pratiche, di unguenti, pozioni e formule incantate. Alcune donne hanno poteri straordinari. Sono maghe.» Questo mi aveva detto, una volta, Grazia.

Quando aveva otto anni si era ammalata mentre era a casa della nonna Alenixedda, una donna minuta e silenziosa, con le mani forti e tutte storte. Era rimasta lì con la febbre alta diversi giorni. La donna, preoccupata per quel calore che non passava, aveva avvolto la bambina nel suo scialle e l'aveva portata da Tia Zulia, una vicina di casa che *abberbaia sabba*, ovvero "rendeva l'acqua pura".

Tia Zulia era solita recitare parole misteriose per purificare. E quando lo faceva in effetti qualcosa accadeva sempre. Portandola lì, la nonna chiedeva una benedizione. Appena Tia Zulia aveva visto Grazia, aveva preso un bicchiere d'acqua, ci aveva messo del sale e, bagnandosi le dita, aveva cominciato a pronunciare la formula, toccando al contempo più e più volte fronte, mani e piedi della piccina che, alla fine, era stata costretta anche a bere l'acqua salata. Poi d'improvviso Tia Zulia, stanca e arrabbiata, era caracollata sulla sedia. E, col grosso sopracciglio corrucciato, aveva urlato che, sicuramente la bambina aveva il malocchio! *De sugru!*

Così aveva mandato Alenixedda all'uscio per vedere chi stesse passando in quell'istante perché quello, di sicuro, era il colpevole del fattaccio. Un attimo dopo la nonna, rientrata, aveva proferito nome e cognome: «Mertzioru Ibba!».

Mertzioru era figlio di un pastore che, manco a dirlo, Alenixedda ben conosceva e che, da quel momento, venne considerato l'untore.

Quel bambino sarebbe stato il responsabile dei mali di Grazia fino al giorno in cui non le avesse, spontaneamente, portato in dono un agnellino appena nato.

Così disse Tia Zulia. E tutti le credettero.

Che poi, a dire il vero, era consuetudine nel paese, appena le pecore figliavano, donare qualche agnellino ai bambini.

Ma le cose andarono in modo diverso.

E comunque la febbre passò.

Grazia crebbe. Diventò signorina. Ma l'agnellino del povero Mertzioru non arrivò. E nonna Alenixedda, in attesa dell'aspersione del malocchio, aveva continuato a guardare malissimo quel ragazzino pastore.

Malissimo proprio.

Anche quando fu chiamata lassù.

Fino alla sera di San Giovanni di molti anni più tardi.

Durante la celebrazione di questo santo, che si tiene il 23 e 24 giugno, si respira un'incredibile atmosfera di misticismo pagano: la diffusione del culto è legata al ciclo solare e alla fecondità.

Grazia conosceva la tradizione a menadito: si accendevano dei falò, chiara immagine di origine fallica e poi, due giovani, dopo aver saltato a croce il fuoco per purificarsi, si dovevano recare in silenzio presso una fonte, bagnarsi, bere l'acqua ritenuta magica, tenerla in bocca, per poi tornare al luogo da cui si era partiti. Così, si diventava comari o compari per tutta la vita. Fratelli e sorelle d'anima.

Bolotana era sempre stata ricchissima di riti divinatori.

E Grazia abitava a nord, proprio vicino alla chiesa di San Giovanni, che ancora oggi rimane aperta per le funzioni religiose in suo onore.

Avrà avuto diciotto anni. Era la sera del 23, quella della

veglia, in cui le ragazze vanno nei campi a cercare una pianta dai fiori gialli, l'elicriso, con cui compongono mazzolini da essiccare che, alla fine della festa, ridotti in polvere, sistemano in dei sacchettini. Si dice abbiano un potere magico. Alcune li tengono per tutto l'anno dentro il reggiseno.

Grazia e le amiche d'infanzia, le comari, Anna, Franca, Elena ed Eliana, se ne stavano riunite nel cortile che circonda la chiesetta per assistere ai riti purificatori. Bevevano acqua, si irroravano le fronti, le speranze e gli sguardi.

Le ragazze chiedevano alle forze celesti di accasarsi.

Speravano di trovare il fidanzatino, il futuro marito, alcune addirittura l'amore.

Per Grazia quello fu l'ultimo San Giovanni da signorina.

Saranno stati i mazzolini di elicriso molto molto gialli, la benedizione di Tia Zulia di tanti anni prima o il santo attento alle preghiere recitate a pugni stretti.

Mertzioru, Melchiorre apparve all'improvviso. Anche lui, ormai, era un giovine. Diventato bello. E aveva un agnellino appena nato sulle spalle.

Nonna Alenixedda non visse abbastanza per saperli sposati, ma si sarebbe disegnata una croce col pollice sulla fronte, a sapere che l'untore, col santo di mezzo, sarebbe diventato marito.

◇◇◇◇◇◇◇◇◇◇◇◇◇◇◇◇◇

Se ne sta là.

E mentre quatto quatto passeggio disinvolto e vago col mio codone alzato che pare il pennacchio di un cappello da alta uniforme dei Carabinieri, la vedo.

Ho sempre tutto sotto controllo, IO.

Angela se ne sta in disparte, proprio come quando ci si vuol far notare. Come spera che quel bacio dello svedese non sia stato imbevuto di alcol, ma di cuore. Da quell'istante, difatti, tra i Marcuse, gli Adorno e tutti i suoi ideali, l'unico che le fa battere il cuore, in particolare quando è sovrappensiero, è quel ragazzo scandinavo che l'ha offesa a morte, ma che, senza ammetterlo neanche a stessa, ha perdonato, solo per come la fa sentire quando la sbircia di nascosto.

Angela è seduta per terra, sulla ghiaia, in modo aggraziato e faticoso, da calamita. Di fronte a lei, si sbrodolano terrazze di giardini a strapiombo sulla città. Sono le diciotto circa.

Non perché son gatto di parte, ma Firenze, ora, potrebbe dire, serenamente, al mondo intero: «Baciami il culo».

Impacciato quanto biondo, Gustav si avvicina. Giuggiolone. Ma guardatelo come ciondola. Le si siede accanto. Per terra. Coi suoi pantaloni color avana con la piega. Ah, le femmine. Ah, l'amore!

Gustav le mette in mano un pacchettino.

«È cioccolato» le dice.

Angela lo guarda.

«È fondente. Il mio preferito è il cioccolato bianco, ma ho pensato sarebbe stato fuori luogo, dopo quello che è successo.»

«Be', lo è di più il fatto che pensi sarebbe stato un problema portarmi del cioccolato bianco.»

Le ridono anche gli alluci.

«Lo sapevo. Ho sbagliato un'altra volta. Ma io penso che la verità sia sempre un buon inizio.»

«È stata molto toccante la storia che hai raccontato, su Amalia, su Mamie Smith, su di te.»

«Sì. Grazie. E volevo anche dirti che non sono razzista, anzi... E mi dispiace che quando ero ubriaco ho... Insomma, è veramente deplorevole.»

Angela ha staccato dei grossi pezzi di cioccolato. Ne sta masticando quattro. Grossi come appartamenti.

«Hai la bocca sporca» le dice lui, togliendosi il fazzoletto di stoffa dalla tasca e porgendoglielo.

«Non importa, è fondente, no? *Ton sur ton*.»

Lui sorride. Lei pure. Coi musi pieni.

Sciolti.

Campana. Gong.

«È prontooo! Indo vu siete?? Via, fate i bravi, non mi fate sgolare! Mi pare d'essere tornata a quando chiamavo i' mio Enrico per la merenda, ma lui c'aveva otto anni! Venite! È pronto! La racconto io la prossima novella, basta che facciate presto! I' fritto va mangiato a bollore!»

È maggio, ma Lauretta ha cucinato i cenci, dolci fritti tipici di Carnevale. E pare anche un panettone.

QUINTA GIORNATA
ovvero «A fin di bene»

CHI FA DA SÉ FA PER SÉ

Oratrice: Lauretta

Se l'argomento di cui bisogna ragionare oggi è "A fin di bene", racconto questo aneddoto, che casca a fagiolo!

L'altro giorno, andò paranormalmente così: recatami in cantina per recuperare un potente apparecchio, un elettrostimolatore muscolare per la ginnastica passiva preso coi punti su una rivista sette anni or sono, m'imbatto nel vicino di casa che m'intercetta dall'interno del suo seminterrato e mi dice: «Guarda!» facendomi penzolare davanti alla faccia un pipistrello meccanico di quelli da appendere al soffitto. «L'ho riaggiustato per mia nipote!» Lo accende e la bestia, a perpendicolo, sbatte le ali, fa rilucere gli occhi di rosso sangue ed emette note dell'orrore anni Settanta.

«Mi diverto così» ironizza lui, sospirando serio.

Io allora gli rispondo: «Te ci scherzi, ma dà soddisfazione riaggiustare le cose...» eccetera eccetera, frasi di circostanza. Quel che non sapevo era che questo "sinistro" accadimento fosse premonitore di quel che poi sarebbe successo.

Recupero l'apparecchio che cercavo e mi accorgo, immantinente di una strana incrostazione ferrosa: la placchetta di metallo delle batterie, a contatto con una delle pile, si era totalmente dissolta. Questa fatale scoperta è avvenuta durante la pulizia "guidata" del vano batterie, dopo che m'ero fatta digitare su l'internèt, da' i' mi' figliolo Enrico, che lui è un genio, la frase: «batterie ossidate come recuperare l'apparecchio elettrico».

In breve, l'oggetto pareva essere compromesso irrimediabilmente ma io non mi son data per vinta: volevo usare l'"elettrostimolatore scolpisci muscoli in 10 minuti" per il blocco alla schiena da aria condizionata che mi tormentava da giorni! Quindi ho preso un'odiosa sveglietta digitale dei cinesi che trillava quando pareva a lei e l'ho smembrata. Il sacrificio alchemico. Una vita per una vita. Dunque, ho svitato viti, rimosso placchette con molle e con bozzi, ho tagliato, scappellato, sfilacciato, riallacciato e isolato fili elettrici, ho sostituito, rimontato, riavvitato, poi con fremito ho riacceso l'apparecchio e: ero TESLA! Ero la Dottoressa Frankenstein. Fun-zio-na-va!

Avevo ragione! Che soddisfazione riaggiustare le cose.

Il mal di schiena resta, a oggi. Ma migliorato... Devo dire parecchio migliorato.

◇◇◇◇◇◇◇◇◇◇◇◇◇◇◇◇◇◇

Le donne sono gatti. Non riesco a smettere di pensarlo mentre guardo quelle due: Clara e Angela. Così diverse, eppure così ugualmente sorprese da queste giornate di vita piena che si sono dovute (e volute) conquistare: una come una micia molto fresca di toeletta e l'altra come una randagia incazzata.

Le donne sono gatti. E, una volta tanto, non tiro in ballo peli e cerette. Sarebbe un paragone talmente facile che neanche dopo un doppio latte riuscirei a perdonarmi.

Eleganti, sinuose per natura, con quegli occhi che si spalancano al buio e che filtrano la luce quando serve. È una metafora ovviamente, capiamoci. Sono i più felini degli umani, le donne. Avete mai letto Rapsodia su una notte di vento *di Thomas Stearns Eliot? Non è un caso che Andrew Lloyd Weber ci abbia tirato su* Memory, *la canzone regina dell'immortale* Cats, *il musical.*

Guardatele, Clara e Angela, in quelle posizioni scomode

che tengono a lungo. Resistenza sorprendente e capacità di adattamento "alla me", penserete?

Sì, ma loro hanno anche un piano. Sanno finalmente dove si va. Perché sotto i cerchietti e i ricci c'è un midollo di femmina. E di gatta. Che sa.

Ora parla una delle due. La fiorentina.

Eccola. E sarà una novella che ne vale almeno due!

QUINTA GIORNATA
ovvero «A fin di bene»

MI CHIAMO SERAFINA. VOGLIATEMI BENE.

Oratrice: Clara

Gattaia è una località piccina come una manciata di fiorellini Non ti scordar di me, blu come il bel Danubio, adagiata nel comune di Vicchio di Mugello, in provincia di Firenze.

A Gattaia, da scheda di presentazione, risiedono oggi centotrentaquattro abitanti: sessantotto maschi e i restanti sessantasei femmine.

Sessantaquattro individui celibi o nubili (trentasei celibi e ventotto nubili), quarantacinque coniugati o separati di fatto, cinque separati legalmente, sette divorziati e tredici vedovi.

Per essere proprio precisi.

A Gattaia ci sono complessivamente novantuno edifici, dei quali solo ottantotto utilizzati. Cinquanta costruiti prima del 1919, quattro tra il 1919 e il '45, dodici tra il 1946 e il '60.

Insomma, una matta, matta baraonda.

Nella frazione di Gattaia non è mai esistita una banca. Né una farmacia. Né una parrocchia.

Ma, a Gattaia, sorge la chiesa di Santa Felicita al Fiume, detta la Chiesa Vecchia, romanica e piccola, a cui tiene compagnia, coi suoi schizzetti, il torrente Muccione. L'iscrizione sulla sua porta dice: «A.D. 1383», anche se è sorta nel XIII secolo. È saggia e anziana e, un giorno, se qualcuno mi piglia e mi fa la proposta in ginocchio, è là che voglio essere impalmata.

A Gattaia campeggia, di fronte all'unica bottega, sul muro che accompagna la strada "panoramica", un cippo, una grossa targa con scritto:

DA GATTAIA FIN DALL'INIZIO BASE PARTIGIANA
DOVE UNITI COMBATTERONO IL TRADITORE FASCISTA
E L'INVASORE NAZISTA
PARTIGIANI E POPOLO IL 6 MARZO 1944
UNENDO LE LORO FORZE COI PARTIGIANI DEL MONTE GIOVI
SCESERO A LIBERARE DOPO ASPRA BATTAGLIA VICCHIO DI MUGELLO.
NEL VENTENNALE DELLA RESISTENZA
A RICORDO E ONORE DI COLORO CHE VI PARTECIPARONO

OTTORINO QUITI N 8.9.1921
ADRIANO SANTONI N 11.7.1923

DEL POPOLO DI GATTAIA
FUCILATI DAI NAZI-FASCISTI AL CAMPO
DI MARTE DI FIRENZE IL 22.3.1944
IL LORO SACRIFICIO SIA DI AMMONIMENTO
CONTRO OGNI VIOLENZA E BARBARIE

Da qui partì l'operazione di liberazione di Vicchio di Mugello.

La targa in marmo ricorda la liberazione del paese, il 6 marzo 1944, prima che i fascisti la riconquistassero una settimana più tardi. Quella in ottone, sovrapposta, ci parla invece di Ottorino Quiti e Adriano Santoni, ventun anni entrambi, accusati di renitenza alla leva repubblicana fascista e fucilati al Campo di Marte, a Firenze, perché avevano liberato il loro paese e avevano resistito.

Insomma, a Gattaia sono sempre stati "pochi ma parecchio boni", come si dice da quelle parti. E anche da queste. E non si sono fatti mancare nulla.

Questo minuscolo paesino toscano mi ha sempre fatto simpatia per via del nome: non ci sono mai stata, in verità, e non ho mai fatto ricerche toponomastiche che, comunque, in nulla avrebbero scalfito la mia ferrea certezza riguardo le sue origini.

L'ho sempre immaginata così, Gattaia: un grosso campo felice, incorniciato da poche case, coi muri in pietra, sani, genuini, piena di ciuffi d'erba e fiori apparentemente incolti e apparentemente alti, da cui si vedono spuntare solo musi di gatto. Un'infinità.

Molti più mici che umani. Mi pare di scorgerli, tutti piccolissimi, che fanno capoccella tra fili di prato e i piscialetto gialli (con cui, peraltro, si possono fare ottime insalate e marmellate, sapete? Non fatevi infinocchiare dal nome dedito solo al colore del fiore).

Un paese di gattini miagolanti latte. Un paradiso.

Gattaia deve quindi, chiaramente, il suo nome al fatto

che, nonostante gli umani valenti a cui ha dato i natali, essa, fin dalle origini, fosse un *Luogo Gattesco.* Da lì, forse, derivano anche l'ardimento, la virtù, la bontà di chi v'è nato e vissuto, perché, si sa, i gatti, se avessero le ali, non si accontenterebbero di essere uccelli: sarebbero angeli.

Mi pare di aver ben esposto la mia incontenibile passione per i parlanti in lingua Miao.

Quirino Francini, detto Nonno Quirino in quanto mio nonno, era ivi nato il 16 maggio del 1920 e aveva diciannove anni allorché lasciò aromi e felini e partì per combattere in Libia. Ci rimase quattro anni. Dal 1939 al 1943. Quando fece ritorno disse che, in certi periodi, si era nutrito solo di datteri, e ripeteva che se non ci fossero stati quelli, probabilmente, non avrebbe mai rivisto Gattaia. Da qui, la smodata gratitudine, durata un'intera vita, per quelle piccole bombe di zucchero, che poi però, non mise mai più in bocca nemmeno una. Chissà se per devozione, come di fronte a una reliquia, o perché quel gusto gli sapeva di guerra.

Quando ricomparve in paese, era talmente magro che la Giuliana, mia nonna, che lo aveva aspettato, quando lo vide, gli disse: «Madonna mia, o come ti sei ridotto? Brutto sei! Non ti riconosco! Mi pari ciucciato dalle streghe!».

Gli unici che gli si strusciarono e gli si raggomitolarono in grembo, incuranti della magrezza e della guerra, furono i felinotti di Gattaia. Solo pochi, invero, rimasero, per un attimo, orbi di miagolii.

La Giuliana e Quirino si sposarono, tra piscialetto e gnocchi di patate: lei aveva chiuso un occhio e lo aveva rimpinzato al meglio. Il nonno, chiaramente ripresosi, fece il suo dovere e così nacque, in quel luogo gattesco, il loro primogenito, Giancarlo, che mi è assai babbo.

Quirino, divenuto padre di famiglia, dopo un ventennio di macerie, scelse un lavoro in linea con la sua idea di vita, intesa come rinascita e ricostruzione: fece il muratore. Divenne, in breve, abilissimo e dimostrò un certo estro che, diciamolo, ai Francini non ha mai fatto difetto. Così nel 1948 decise, con la Giuliana e Giancarlino, di trasferirsi a Roma, nella capitale. La famiglia si sarebbe allargata e, a Gattaia poi, Quirino aveva già costruito tutto il possibile.

Scelsero Vitinia, una località a sud di Roma, invero un poco paludosa ai tempi, ma fertile di speranze. La casa venne ovviamente forgiata dall'abile Francini.

Mi racconta il mio babbo, Giancarlo, che per prendere le misura delle fondamenta, il nonno avesse usato lui come metro. Un nido fatto proprio a immagine e somiglianza francinesca. Venne su delizioso e, ben presto, si riempì di altri due pargoli, la bella Emanuela e poi il giovane Claudio, che essendo il terzogenito, per sempre, rimase Giovane Claudio.

La nonna Giuliana faceva la sarta, la professione più materna che esista, e la casa era tutta un vocìo di bimbi, un tramestìo di sandali e una dolce nenia a pedale della Singer.

Le bocche dei Francini pigolavano spesso, ma Quirino con la sua prode cazzuola, a Roma, s'era ormai fatto un nome e aveva dato vita ai caminetti, alle case e alle sedute in marmo per le chiappe delle menti più prelibate dell'imbrunire degli anni Quaranta e dei Cinquanta tutti. All'epoca operava di fino a casa di Vittorio De Sica.

Le abitazioni erano grandi, come i personaggi che vi dimoravano, e i lavori potevano durare mesi e mesi. E mesi. Diventavi quasi uno di famiglia. O parte del mobilio. Ma questo capita indipendentemente dall'attività che svolgi e dalla quantità di tempo che trascorri con qualcuno.

Quirino era un toscano silenzioso, col cicchino sempre in bocca, tanto magro e meticoloso quanto saggio. Lestissimo, in poche mosse riusciva a creare, con la carta di giornale, i famosi cappelli che nell'immaginario di tutti noi nascono direttamente in testa ai muratori. Tà, tà, pronto. Li confezionava per tutti.

«A Quiri', daje che ce devi da battezza', sinnò qui nun iniziamo, ce lo sai!» così sbraitava ogni mattina er sor Giulio, capocantiere, pretendendo il cappello forgiato solo dalle faconde mani der Francini.

De Sica, come tutti i signori veri, lo era soprattutto con i muratori, e spesso, nelle pause, si intratteneva a parlare col nonno. Gli domandava dove fosse nato, perché si fosse trasferito, chiedeva della moglie e dei bambini. E Quirino gli raccontava tutto, della guerra, di Gattaia e anche dei datteri.

Mi piace pensare che quello di De Sica fosse un afflato tale che qualche minuzzolo di ciò che gli aveva narrato e soprattutto di ciò che era il nonno, poi fosse finito in Natale Pilon, quel giovane muratore emigrato a Roma, protagonista del suo film *Il tetto*.

In un'Italia ancora vociante di dopoguerra e detriti, Natale e Luisa, sposini di fresco, provano a vivere con la famiglia di lui ficcati, tutti in una sola stanza. Ogni volta, per fare l'amore, sono costretti a uscire, e a consumarsi appoggiati ai muri. Natale, allora, decide di costruire una baracca da sé che, però, deve essere finita in una sola notte, tetto compreso, perché solo così, all'indomani, i vigili non ne potranno disporre l'abbattimento. La pellicola si chiude sui sorrisi degli sposini, convinti di aver raggiunto un paradiso che, forse, per altri sarebbe un sempiterno inferno.

Ma torniamo a noi. Quirino, una mattina di fine maggio, coi lavori della magione De Sica circa a metà, verso mezzogiorno addentava godurioso il suo panino con la mortazza annaffiato da un quartino di rosso: il pranzo se lo servivano presto i muratori, perché il lavoro principiava all'alba e alle dieci si sarebbero già imboccati con un badile. De Sica, allora – sempre splendidamente vestito, uno di quelli che, come dice la mi' mamma, sarebbero eleganti anche con una balla di fieno addosso – ormai affezionatosi a quello stenterello pregiato di Quirino, gli si era accostato e, abbassandosi un poco, aveva chiesto con bel garbo: «Senta Quirino, ai suoi bambini, per caso, piacciono i gatti?». Figurarsi se al nonno, con quei natali che aveva, a sentir parlare di felini non gli arsero gli occhi.

«Sì, commendatore» aveva risposto con la rosetta in mano che rideva anche lei.

«Sa» aveva continuato De Sica, «la nostra gatta ha fatto dei cuccioli e avrei piacere di regalarvene uno, posso?»

«Sì, commendatore» e s'era fatto scendere il boccone in

corpo solo in quell'istante, dopo aver finito di pronunciare l'"-ore", di commendatore. Era quasi soffocato, ma gli era parso un segno di rispetto anteporre la risposta al completamento della sua attività mangereccia.

De Sica, allora, con espressione soddisfatta, ma mai quanto quella del nonno, gli aveva messo una mano sulla spalla e poi s'era avviato nel grande salone, come scivolando.

Nell'immaginarlo, il mio pensiero vola, rapidissimo, a Michael Caine nel film *Miss Congeniality* (*Miss Detective* in italiano). Sandra Bullock interpreta Gracie Hart, una rozzissima agente dell'FBI che si infiltra tra le concorrenti di Miss America e, per risultare credibile, deve trasformarsi nell'aspetto e nel portamento in una di loro. Il suo mentore e curatore di immagine è Victor Melling, un eccelso Michael Caine, che nell'insegnarle come camminare in modo sublime, le ripete incessantemente: «*Glide! Glide! Simply glide! It's all in the buttocks*», "Scivola! Scivola! Devi semplicemente scivolare! È tutta una questione di chiappe!"

Quirino, dopo aver finito tutti i bocconi della rosetta che gli erano rimasti, s'era rimesso a lavorare senza pensare al dono che lo aspettava, anche se un'euforia da ultimo giorno di scuola gli borbottava in pancia.

Ed ecco le cinque di pomeriggio.

Ed ecco un portalavoro da cucito (che è il luogo in cui abitano gli strumenti per rattoppare e ricamare: ago, filo, forbici, bottoni, nastri) fatto di panno e vimini intrecciato a forma di casetta, la stessa che ognuno di noi, che ogni bambino dell'universo, ha disegnato per buona parte dell'infanzia: col tetto di tegoline rosse, i muri bianchi, le finestrelle, la porta, le persiane verdi e il comignolo. Dentro un ciuffo di peli bianchi, del rosa, due occhi gialli d'ambra, graffiati di metallo, e dei baffi troppo lunghi per poter essere sostenuti, che si piegavano dolcemente, come grano spruzzato dal vento.

A fine giornata, in quell'ora che volge il disio, Vittorio De Sica teneva quella casetta ripiena, con due mani, e la porgeva a Quirino, come un padre al figlio col suo dono più bello, la mattina di Natale.

«Eccola qui» aveva detto solamente, con quel pudore che ha la benevolenza quando è bene vero.

Quirino aveva preso la casetta, abbracciandola, e l'animale per guardarlo aveva alzato il muso. Lo stesso aveva fatto il nonno abbassando il suo. Fu il loro primo bacio.

«Grazie, commendatore» disse il nonno, vergognandosi un po' per quella sfrontatezza felina.

«Ma si figuri, Quirino.» E con l'indice, assai meno potente degli occhi, Vittorio puntava il cestino. Dalla casetta si affacciava, infatti, un bigliettino che il nonno, reggendo tutto con una mano sola, aveva acchiappato e aperto: «Mi chiamo Serafina. Vogliatemi bene».

De Sica guardava il nonno e annuiva muto e felice.

«Ecco» aveva poi aggiunto, dopo un tempo perfetto, «dentro, avrei fatto mettere anche delle fettine di manzo per la gattina. Spero vadano bene.»

«Certo, grazie» aveva detto il nonno, ormai congedantesi sull'uscio.

E così, questo muratore secco e stanco, se ne tornava a Vitinia, dalla sua famiglia, con in mano una casetta colorata, con dentro una micia dal pelo macchiato, proprio come i suoi abiti da lavoro. Due capolavori.

La gattina ebbe grande successo, le vennero fatte moltissime feste, fu coccolata, nutrita e divenne subito la regina della casa.

Serafina, però, non ebbe modo d'assaggiare le fettine di carne, forse qualche grassarello a esse' boni, ma non credo. Quirino era un muratore lesto di cazzuola ma, negli anni Cinquanta, la miseria lo era più di lui. Mi si riferisce che, spesso, la colazione venisse saltata a piè pari. A pranzo e a cena c'erano pasta e fagioli – la pasta sempre fatta in casa –, polenta, alici fritte e verdura poca, cicoria per lo più, perché la Giuliana ne raccoglieva caterve nei campi attigui a casa, insieme alla signora Tina, amica di pedale e mestoli. La carne, in tavola, invece, accanto al mai.

I lavori a casa De Sica erano progrediti senza intoppi, in un'aria di primavera grufolona e giovincella, e sarebbero durati per molti mesi ancora. Ogni giorno, a metà pomeriggio, Vittorio, scivolando, si avvicinava a Quirino, con quell'abitudine che è carezza, e gli chiedeva: «Come sta Serafina?».

«Bene, bene, commendatore» rispondeva il nonno, mentre gli altri muratori, er Sor Giulio per primo, a capo chino, ridevano sotto i baffi.

«Ma le è piaciuta la carne? La mangia volentieri?» s'informava premuroso.

E Quirino rispondeva: «Tantissimo, commendatore» timido ma compiaciuto.

Allora De Sica, con gesto tra lo ieratico e il cavalleresco, come spostandosi un mantello immaginario, si voltava e comandava al suo uomo di fiducia o al maggiordomo: «Carne per Serafina, la gatta! Ne facciamo cinque etti che deve crescere! Rapidi!» con quella voce che solo a pensarla ti tampona tutta.

Serafina crebbe sana. Divenne una gattona bella e balordissima. Le fettine di manzo, però, non le toccarono mai. La famiglia Francini non mangiò mai tanta carne come in quel periodo. Grazie a Serafina.

Due modi esistono di sfuggire alle miseria della vita: la ricchezza e i gatti. Essi hanno affondato e impresso zampe furbe d'amore e svogliate di pregio in tutta la storia della mia famiglia, sulle gote e nelle nostre pance. E mi piace pensare che Serafina e tutti i gatti e le gatte e gli animali che dentro ognuno di noi hanno camminato e camminano, ci inizino alla vita come ha fatto il cagnolino Flaik con Umberto D., il protagonista, per me, del più grande capolavoro di Vittorio De Sica.

Umberto è un uomo anziano, piccolo, mite e pieno di una dignità educata che non fa più pendant con l'Italia del Dopoguerra. Lui dopo aver lavorato una vita eretto, si trova solo perché abbandonato, e prova ad andare avanti con la sua andatura dolcemente sbilenca e con indosso il suo vestito buono. Sfrattato, povero, in un mondo screanzato, orbo e boccalone, il suo unico amico è Flaik, un cagnolino, la cui sorte gli importa più di qualsiasi altra cosa. Dolorosa e crepante, la scena in cui gli insegna a tenere il cappello in bocca per chiedere l'elemosina, mentre lui rimane nascosto e turbato di vergogna. Umberto capisce di essere inetto, disadatto a sopravvivere e decide di suicidarsi. Prima, però, cerca una pensione per Flaik, prova a regalarlo a una bambina e, quando ogni tentativo fallisce, in un parco pieno di gente accartocciata e afona, s'avvia verso le rotaie del treno che gli fischia alle spalle come una sirena. Si accovaccia in un cespuglio perché Flaik non lo segua, ma l'amico lo trova e allora Umberto decide di portarlo con sé e se lo abbraccia forte, mentre supera la sbarra del passaggio a livello, e noi vediamo il suo viso con gli occhi, due spilli ficcati nella faccia e poi ancora la campanella, impaurita come il suo cuore e il treno che viene. Flaik si divincola, abbaia e fugge. Rimane solo il vento imbiancato di polvere, che pare già il Paradiso, a investire questo piccolo essere umano, che si ricorda di essere tale perché, voltandosi, cerca l'amico. Ne ha compassione, non pensa ad altro, sente e basta, senza matematica. E allora lo rincorre in quel parco in cui poco prima tutto era una primavera malvagia e gli occhi di Umberto sono, ancora spilli, ma dalla capocchia di brillante, disperati, assetati solo della fiducia di Flaik. E quando lui gli lancia una piccola pigna e il cagnolino la prende in bocca, il sorriso di Umberto, il suo urlare gioioso «Corri! Corri!» sono i nostri, quelli di quando eravamo bambini, quando ci bastava la vita per essere felici.

Gli animali giocano con dei fili colorati, a noi invisibili, con cui provano a guidarci. Bisogna prestare orecchio alla loro assoluta onestà emotiva, alle loro zampe, alle loro esplosioni famose delle fusa e a quelle code che, mosse, sono scrosci di risate.

Tutte le amo, le bestie. Perché mi somigliano. Ma il gatto di più. Perché m'è padre e madre. O forse no. Fratello e sorella. O forse no. Amico e amica. O forse no.

Il gatto è gatto, e questo mi basta. Mi perdoneranno i passerotti, gli asinelli, le rondini e le ranocchie. Ma quando alla casa mia vola via il tetto, e non c'è aria che mi guarisca, io guardo il gatto.

Grazie Serafina. I Francini t'amarono assai.

◇◇◇◇◇◇◇◇◇◇◇◇◇◇◇◇◇

La Francia e la Germania. Le brioche e i crauti, il bidet e lo zoo di Berlino, Chabrol e Fassbinder, Boris Vian e Wagner, il roquefort e Lutero, la Bastiglia e i würstel, Giovanna d'Arco e il cabaret, Lacan e lo strudel, Marlene Dietrich e le Birkenstock, Brecht e la baguette, Dior e I dolori del giovane Werther.

Scusate mi sono fatto prendere la zampa, mi son perso nelle associazioni. Tipico dei geni.

È l'imbrunire e qui a Firenze, a maggio, ditemi voi, come si può non ammutolirsi davanti a questa fagottata di roba, a questo bendidio? Soprattutto per chi non c'è abituato, per chi non v'è avvezzo.

Si può dire di amarla la bellezza, sempre, poi quando te la trovi dinnanzi, allora, o ti sudano le mani, il baffo, le ascelle e quella parte posteriore dove si piega il ginocchio a voi umani, o rimani come un ebete con la bocca a mezz'asta.

Sì, certo, per carità, la Francia, la rivoluzione, i vini e le delicatessen*; sì, la Germania, il rigore, il romanticismo e il* *caro e vecchio Hegel... Ma L'Italia... Ma, la Toscana, ma Firenze... fatemelo dire...*

Prima di chiunque altro, abbiamo scrutato, in tutta la sua lunghezza e magnificenza, la turpe e sublime natura, partendo dai bassi, calorosi e laidi inferi, fino ad arrivare agli splendenti e riparati cieli.

Pane e companatico, sacro e profano.

Abbiamo cantato la vita in tutte le sue commedie.

Quella Divina, di babbo Dante, c'ha scorrazzato in giù e in su, nel passato, presente e futuro, insegnandoci, grazie al caro Dio con la sua torcia accesa, che la vita è un girotondo e che si ripesticcia e si ripassa, sempre, da dove s'è principiato. E poi la Commedia Umana, del Ser Boccaccio, che pur ci ha traghettato in alto e in basso, c'ha infilato di sguincio tra mostri, santi, finocchi e madonne, ma, stavolta, in quello sterminato creato che è l'Uomo, mostrandocene il frittatone saporito che lo compone.

Ecco, m'è già venuta fame. Essere filosofico mi spossa e pensare mi fa consumare troppe calorie.

Comunque, Francia e Germania, Vincent e Marlene, dicevamo.

Questi due hanno qualcosa nel petto. Dei segreti. Dei buchi. E noi gatti siamo abilissimi nello scovarli. I fori, i pertugi. Ci piace raggomitolarci lì dentro. Tapparli. Per questo voi umani ci amate così tanto.

Però i buchi fanno male. E ti salvi solo se ci fai passare la luce.

Ma vediamo cosa si diranno questi due ragazzi del vecchio continente.

Vincent e Marlene sono seduti vicino al laghetto. Lei mastica la gomma ed è molto bella. Scalza. Ha i piedi piccoli. Con lo smalto rosso. Sembra una bambina che ha usato i trucchi della mamma ed è scappata di fretta per non essere scoperta. Vincent le siede vicino, fuma una sigaretta fatta a mano col tabacco, secca secca e un po' storta. Artigianale. Come le migliori paure.

Stanno zitti ormai da dieci minuti. Come si vede che non sono italiani.

«Pensi, o sei triste?» le chiede lui.

«Mi capita solo di fare tutte e due le cose insieme» gli risponde Marlene, con più benevolenza nei confronti della sua gomma.

Vincent annuisce. E dopo un solido silenzio, attacca: «Penso che, a volte, è come se l'eccedenza di un amore riporti continuamente in vita il dolore provato nel momento in cui quello è andato smarrito. Come fossimo fantasmi che rimangono in un luogo, in una stanza, anche quando è vuota. Non ne usciamo, non ne vogliamo uscire, ci sediamo e aspettiamo caparbi, il ritorno di qualcosa che desideriamo ancora follemente. E anche se la possibilità che questo accada è nulla, ci abbarbichiamo a quelle mura, per dare dell'eterno a un amore a cui vogliamo rimanere ostinatamente fedeli.»

Lei: «È così. Ognuno ritiene il proprio sentimento immenso e ineguagliabile, talmente tanto che gli nega l'aldilà, la morte e lo tiene in vita, cristallizzato in un tempo felice che fu. Ed è lui solo il discrimine, la metafora, il principio e la fine: gli eventi accaduti prima sono ere lontane, quelli avvicendatisi dopo avanzi di vissuto dal rumore sporco d'autostrade d'agosto.

«Sono amori che si fanno ombra perché hanno rinunciato alla luce, immemori di ciò che erano. Si vedono con un volto diverso da quello che realmente possedevano e continuano a modificare l'attuale, rincorrendo col bisturi i tratti di un sogno che ormai è allucinazione. Forse, dovrebbe darci sollievo sapere quanti fantasmi esistono, che, come i nostri, amano a lutto per prolungare qualcosa che deve essere senza tempo...?»

«Sai, Marlene, spesso mi sento più come il lenzuolo di un fantasma che, col tempo, si sporca e tradisce la stanchezza della propria infelicità.»

Lei, dopo essersi sputata la gomma in mano: «Dio. Che tristezza». E poi sbotta in una risata.

Vincent la segue: «Davvero... senza una gioia mai. Sempre tutto male. Ma, almeno, siamo consapevoli! E parecchio simili».

«Due disagiati, direi!»

«Di grande fascino, però, concediamocelo.» E poi, dopo aver inspirato della buona aria italiana, il francese aggiunge: «Dovremmo capire che la memoria non è un'attesa infinita che ferma, ma un ricordo che vive dentro e tutto muove».

Dalla Villa una campana suona all'impazzata. Come un gong.

Una nuova invenzione del General Lauretta per richiamar la ciurma.

Quella donna.

QUINTA GIORNATA
ovvero «A fin di bene»

LE MATITE SPEZZATE COLORANO ANCORA

Oratrice: Marlene

Mia nonna si chiamava Mirjam e da bambina aveva imparato a disegnare fiori e a fare collage. Bellissimi. Li conservano ancora.

Friedl era il nome della sua maestra.

«Aveva occhi neri ed enormi in cui ti ci potevi tuffare come in una tazza di caffellatte. Portava i capelli corti alla maschietta.»

Anche la nonna li aveva sempre tenuti così. Perché gliela ricordavano. «Con la fantasia e i ricordi ci insegnava a reinventare tutto. "Potete costruire castelli" diceva, "ricreare il vostro mondo interiore coi materiali più svariati, anche i più poveri: le matite, i mozziconi di pastelli colorati, gli acquerelli, i fogli stampati trovati per caso, la carta da pacco o da disegno." Che era un gran lusso. "Perché, ricordate: i fiori nascono anche dai fili di cotone." Ci aiutava a esprimere il nostro sentire più profondo tramite il disegno. Ci educava alla libertà.

«Creare coi materiali di scarto significava dimenticare, smemorarsi del convenzionale appreso con la vita, abbandonare la realtà che ci cingeva, cosicché il compito di figurare, del rappresentare di noi bambini, ci riconduceva solo a noi stessi.

«Avevamo anche un giornale, sai, Schatzi.» Mia nonna mi chiamava così. «Lo si leggeva tutti insieme, di nascosto, il venerdì sera. E ho ascoltato tanta di quella musica meravigliosa e, ho anche imparato a leggerla. C'erano intellettuali, direttori d'orchestra, pianisti, violinisti, tanti quasi quanti eravamo noi bambini. Sono stata fortunata. E il tifo l'ho preso solo una volta. Ho assistito alle prove di decine di spettacoli: opere sinfoniche, musica da camera, canti religiosi, musica classica, popolare, swing, composizioni di Bedřich Smetana, Beethoven, Mozart, Brahms, Puccini, Verdi, Bizet. E ho anche recitato. Eh, sì.

«Nella primavera dell'ultimo anno, in occasione di una visita importante, abbellirono parecchio in alcuni punti. E fecero spazio. Eravamo troppi e troppi, impresentabili, dissero.

«Costruirono nuovi edifici con i bagni, un parco giochi, un auditorium per la musica, vennero piantati fiori e alberi, aperti negozi e perfino un caffè. Anche se per poco. Noi bambini, quel 23 giugno, lo ricordo ancora, eseguimmo un'opera musicale, davanti a persone venute apposta a guardare. *Brundibár* si intitolava.

«Era una storia infantile dalla trama innocente, con una musica vitale e malinconica. I due fratellini, Aninka e Pepiček, orfani del papà, morto in guerra, cercano un sistema per raggranellare qualche soldo perché il dottore ha detto loro che la mamma malata ha bisogno del latte per guarire. Allora, decidono di intonare nella piazza del mercato una bella canzone per rallegrare i passanti e raccogliere i soldi. Ma il perfido Brundibár, suonatore ambulante di organetto, vuole il quartiere tutto per sé e, malvagio, li caccia via con l'aiuto del gelataio, del lattaio, del panettiere e della polizia. Scende la notte e i fratellini rimangono soli, sperduti e sconsolati, ma con l'aiuto di tre animaletti, – un impavido passerotto, un astuto gatto, un saggio cane – e dei bambini del paese, riescono a cacciare Brundibár, a cantare nella piazza del mercato, e a guadagnare abbastanza per comprare il latte alla mamma.

«Lo rappresentammo ben cinquantaquattro volte, Shatzi!

«Come sfondo c'erano dipinti di palazzi, in primo piano una recinzione con dei pannelli raffiguranti il gatto, il cane, il passero con dei buchi al posto delle teste perché noi bambini ci potessimo infilare le nostre. Eravamo cantanti bravissimi, ma avevamo tutti un rimpiazzo. Eccetto Honza, che era davvero insostituibile. Ela interpretava la parte del gatto e Greta quella di Aninka. Nel coro dei bambini, dove c'ero anche io, i cambi furono frequenti, a causa delle malattie e delle partenze. L'ultima rappresentazione la facemmo a settembre. Ero stanca e soddisfatta. Alla fine, salutai la maestra Friedl, Greta, gatti, musica e passerotti e andai a letto.

«Fu l'ultima volta che cantai. Non li vidi più.»

Mia nonna era una bambina di Theresienstadt, conosciuto anche come ghetto di Terezín.

La città si trova oggi nell'attuale, Repubblica Ceca, ma

nel 1939 fu annessa alla Germania nazista. Dal 24 novembre 1941 divenne un campo di concentramento, attivo fino al 9 maggio del 1945, giorno della Liberazione.

I campi di concentramento sono stati numerosi e diversi. Ma il ghetto di Terezín, che, paradossalmente, al centro del suo cuore aveva una fortezza con la forma di una stella di David, fu luogo unico e miracoloso per due motivi: era fatto di bambini (circa 15.000) e d'arte. Lì gli ebrei potevano leggere, disegnare, suonare e imparare.

In quel luogo vennero ammassati i migliori scrittori, musicisti, compositori e accademici dell'epoca: Hans Krása, Gideon Klein, Rafael Schächter, Alice Herz-Sommer, Viktor Ullmann, Martin Roman e Pavel Lipensky.

I piccoli, invece, arrivavano quasi sempre soli. Molti morivano durante il viaggio.

«Vedi, Shatzi, noi non sapevamo. Se avessimo capito non saremmo sopravvissuti. A posteriori quel ghetto venne anche chiamato "Repubblica delle farfalle". Il connubio di bambini e arte fece il prodigio di Terezín. I deportati adulti educarono noi piccoli detenuti a dipingere, cantare, ci garantirono un'istruzione adeguata. Friedl, che era stata un'insegnante di arte, creò una classe di disegno. Ci fece mettere su carta malinconie, paure, angosce, sentimenti inesprimibili, ma anche scene di vita quotidiana del ghetto. La nostra memoria poteva, così, essere riconnessa a cari ricordi: la famiglia riunita intorno alla tavola, il primo giorno di scuola, un cagnolino, la cartella, la mamma. Ricordi rassicuranti, capaci di far percepire la vicinanza affettiva anche nell'assenza fisica. L'educazione ci imboccava, ci dava la possibilità di mantenere un equilibrio emotivo. Le innumerevoli sofferenze patite trovavano liberazione nel canto, nella poesia, nella speranza.»

Quella realtà artistica, però, nascondeva un campo di concentramento sovraffollato, in condizioni igieniche inumane. E, diabolicamente, molto altro.

Terezín è stato un surreale mondo di cartapesta, fatto di colla, sangue, musica e disegni, costruito e adoprato da quella mostruosa macchina che fu la propaganda nazista che voleva mostrare a tutti un luogo, in cui gli ebrei vivevano meglio dei poveri ariani che combattevano sotto le bombe.

La vera propaganda non è mai completamente falsa, deve rifarsi a elementi di verità, scambiare una parte per il tutto, per essere efficace e farsi credere. La propaganda si china a raccattare soldi non suoi ma racconta di inginocchiarsi per pregare. Terezín doveva apparire un ghetto sano, vitale, popolato da ospiti a cui era garantita una vita dignitosa.

La Croce Rossa venne a controllare. Alla vigilia dell'arrivo della delegazione, per salvaguardare l'estetica, 7500 prigionieri vennero ritenuti impresentabili: erano troppi, troppo denutriti, troppo maltrattati. Vennero deportati ad Auschwitz a morire nei crematori.

Settemilaecinquecento.

Furono allestite belle scenografie con negozi finti, e caffè, venne rabberciato un parco giochi, e si piantarono perfino alberi e fiori. I prigionieri dovevano recitare gioia e mostrare gote gonfie di sorrisi e cibo.

La visita si tenne il 23 giugno 1944. I bambini recitarono il *Brundibár*. C'era anche la nonna.

Il delegato della Croce Rossa fu contento. Disse che Terezín era un luogo accogliente, «una normale città di provincia», e che la «macchina dello sterminio non esisteva».

«Schatzi, noi bambini facevamo la nostra parte, ma anche i grandi – che erano, poi, dei formidabili musicisti – dovevano essere usati e sfoggiati. E nell'estate del 1944 vidi, di nascosto, appiccicata a una tenda sudicia e bucata che però mi sostenne, qualcosa che non scorderò mai. Ero piccola, non capivo, quella era la realtà che vivevo, il mio quotidiano, eppure quel giorno, di fronte a quello spettacolo, sentii un'emozione, un'ondata di qualcosa che poi seppi definire orgoglio e che mi fece stringere i pugni e ansimare con un groppo.

«Fu la più drammatica messa in scena di tutto il Novecento. Trasformarono l'ospedale in teatro, sgomberarono i malati come fossero sacchi di panni sporchi.

«Eichmann, uno dei più alti gerarchi nazisti, avrebbe assistito.

«Il direttore d'orchestra, Rafael Schächter, quando lo seppe, disse al comandante del campo che, sul palco, nessuno dei suoi musicisti avrebbe fatto l'inchino al pubblico.

«Scelse di eseguire il *Requiem* di Verdi, un'opera scritta da un italiano, ispirata alla liturgia cattolica, rivolta ai suoi defunti e cantata in latino. Quanto di più lontano dalla tradizione ebraica potesse esservi.

«Avevano solo un pianoforte malconcio, strumenti raccogliticci e un'unica copia della partitura.

«Impararono tutto a memoria.

«Schächter, il giovane direttore d'orchestra, attuò in parte un rovesciamento temporale della grande opera verdiana. Rivolse il terrifico "*Dies irae*" del *Requiem* contro coloro che li ascoltavano in prima fila: quando l'ultimo deportato fosse morto nelle camere a gas, il giorno del giudizio e della punizione sarebbe giunto per i persecutori ancora in vita e l'ira di Dio si sarebbe scagliata contro di loro.

«Quegli uomini che sapevano di andare a morire eseguirono un canto di ribellione: Schächter, i musicisti e tutti gli ebrei presenti erano consapevoli del contenuto di rabbia e dell'aspettativa di riscatto di cui era espressione il capolavoro di Verdi.

«Eichmann, invece, ghignava ritenendo "folli" quei giudei scheletrici e rattoppati che "si cantavano da soli il *Requiem*".

«Non capì che quella fu la loro "vendetta" contro il male, contro l'ingiustizia.

«Fu un testamento.

«Un'orchestra di deportati ebrei che suonava di fronte ai più alti gerarchi del Terzo Reich, augurando loro punizione eterna, divina e terrena.

«"Canteremo ai nazisti quello che non possiamo dire loro" ribadì Schächter.

«Suonarono in modo magistrale... lo spettacolo fu di una potenza inaudita... e mai, mai, potrò scordare l'enfasi, l'orgoglio e la forza con cui il coro tutto innalzò l'invocazione: "*LIBERA NOS!*".

«Freidl Dicker-Brandeis, la mia maestra, venne trasferita

ad Auschwitz. Fu uccisa nelle camere a gas il 9 ottobre 1944 con la maggior parte dei suoi bambini.

«Il direttore Rafael Schächter e tutta la sua orchestra morirono nei forni crematori.

«Più di 140.000 furono i deportati che transitarono a Terezín: di questi, circa 33.000 perirono e altri 88.000 furono deportati nei campi di sterminio. 15.000 erano bambini. Ne sopravvissero meno di duecento.»

Una era Mirjam, mia nonna.

«I miei amici del *Brundibár*, il protagonista Honza Treichlinger, Ela Stein Weissberger, e Greta Hofmeister Klinsberg, che interpretavano il gatto e Aninka, furono deportati e uccisi un giorno di settembre.

«Friedl riuscì a nascondere in una valigia i nostri disegni, li catalogò con nome e data, prima di andarsene.

«Loro vissero. Miracolosamente.

«Io li ho rivisti, sai, Schatzi?... erano le nostre farfalle, i fiori, e le nostre paure. Furono quegli adulti a regalarci un'infanzia che ci fece disegnare.»

Terezín coi suoi bambini e la sua musica non fu requiem, ma inno. Non fu ira, ma giustizia.

Fu una matita spezzata che colora ancora d'arcobaleno. Per sempre.

◇◇◇◇◇◇◇◇◇◇◇◇◇◇◇◇◇

SESTA GIORNATA

ovvero «Non dire gatto»

L'ouverture del Guglielmo Tell *di Rossini suona, rimbomba, in tutta la casa, possente: è lo stesso pezzo che dà il ritmo alla straordinaria scena dell'orgia in* Arancia meccanica *di Kubrick.*

Lo so, sono un gatto porco. Perlomeno un porco cinefilo.

Entro in cucina baldanzoso, abbastanza ingrifato, con tutte quelle posizioni della felicità ancora in mente, e mi trovo il grosso panettone della Lauretta davanti. È piegata, prona al forno, intenta a produrre sfoglie, pane, brioche e carboidrati caldi, e, di terga, mi domanda: «Hai visto, Rollone, che musichina ho messo, eh? Grandiosa!».

Mi sono ingoiato i coglioni. Due volte.

Nella cucina di Villa Peyron sono tutti presenti.

È il momento del congedo. Del ritorno alla libertà. Forse.

Il sesto giorno, anziché raccontare novelle, ognuno scriverà una lettera immedesimandosi in me, diventando un gatto, rubandomi voce e baffi. Solo quelli, figuriamoci, io sono perfetto e loro inciampano già al primo gradino della perfettibilità.

Ognuno vergherà la propria storia alla vecchia maniera, con carta e penna, facendone nove copie, una per ciascun partecipante. Tutte verranno messe in un vaso, poi prese, portate via e lette quando ormai i giardini, la villa e le terrazze saranno rimasti alle spalle, ma, credo, anche dentro ognuno.

Sarà così interessante vedere come se la caveranno, non tanto a calarsi nei felini panni, quanto a svestirsi dei propri.

Lettere che saranno confessioni, vedrete, doni, in cui l'essere gatti li renderà, finalmente, liberi.

È stata, questa, una cattività parecchio buona che non li ha pigiati a forza, ma fatti cuocere, pianino pianino. Come si fa col ragù. «'O rraù adda pippia' chianu chianu» diceva Eduardo. "Il ragù deve cuocere piano piano". "Pippiare" per via dello sbuffo che libera una bolla di sugo per volta.

Che gran senso della vita, questi napoletani. Glielo invidio. Insieme a Napoli.

Ve li ricordate come erano solo cinque giorni fa? Guardinghi e ognun per sé? Ora sono tutti vicini come se le parole che si sono detti, quelle novelle che hanno spaziato dalle piramidi alle Americhe, dai ghetti alle camicie da notte, dai profumi alle tagliatelle al burro, dai morti che parlano – che grazie a Dio tanto morti non sono – alle villeggiature, dalle poetesse alla luce, li avessero resi un canto gregoriano.

Io sapevo già tutto, ovviamente, ma mi sono rallegrato lo stesso con questa brigata umana. Dovrei scriverci un libro...

Sinceramente il Boccaccio Giovanni, quello del Trecento, cosa ha più di me, cosa? Io ho anche il vantaggio dell'esperienza di sette secoli in più!

Me li guardo tutti, non come figli, per carità, ma un po' mi fanno tenerezza. Mi sento anch'io parte di questa ciurma. Non voglio dire mi dispiaccia che finalmente si tolgano dagli zebedei, perché dopo tre giorni, si sa, l'ospite comincia a puzzare, però sono pago del piccolo tratto di strada che hanno compiuto.

Mara la sarda è, sì, caduta dalle zeppe come dalla vita più e più volte, si è fatta male, si è bendata, ma ora sa che le ferite son medaglie. Vincent, il francese, ha imparato a sbuffare meno e a respirare di più; mentre Mario, così amaro e caustico, ad amare con minor tenacia la propria solitudine e con maggior gratitudine la vita. Albert, sempre poeticamente malmesso, ha trovato, nei cerchietti e in una pesca fiorentina incrinata, una mattonella perfettamente combaciante con la propria, e insieme, forse, potranno sanarsi. Gustav, il gelido, è riuscito a mostrare il calore che ha dentro, aprendosi, come uno di quei soufflé che devi rompere col cucchiaino perché, languido, il cioccolato possa scivolare libero. Marlene ha sputato la gomma e, golosa, assapora e si gusta ogni cosa di più. Angela, grondante di verità, si è scontrata con un iceberg e ha preso fuoco. Clara si è sentita bella con un solo sguardo, che l'ha fatta felice più del rossetto ciliegia. E poi c'è Lauretta, cuoca, bocca, orecchie, una donna che ti nutre anche senza cucchiaio, la mamma italiana che ogni bambino si meriterebbe. Per una quindicina di giorni. Non di più.

Eccoli. A turno, sull'uscio della cucina.

Lauretta: «Queste sono le mie letterine. Le ho vergate di mio pugno. Ognuno leggerà la propria. In silenzio, mi raccomando, ovunque sarete! Perché con tutto questo novellare la gola ormai è riarsa e il vino l'è finito!».

Clara: «Ho fatto la valigia. Non ho piegato né gonne, né golfini. Li ho messi là, come venivano. E mi sento bene. Libera. Come adesso. Che sono senza reggiseno».

Mara: «È come se una forza esotica e misteriosa mi avesse detto cosa scrivere. E io l'ho ascoltata, sapete? Ve l'ho detto che credo nelle stelle? Però, prima di andare, metto il correttore. Non si sa mai».

Gustav: «È stato bello. Molto bello».

Mario: «È come una pagina di diario, non facciamone una tragedia. Se proprio non vi piace, trasformatela in un aeroplanino di carta e lasciatela volare. Io farò lo stesso. Dopo tutti questi giorni ho ancora i piedi gonfi, ma meno. Devo dire meno assai».

Marlene: «La libertà è un foglio bianco che va scritto e disegnato perché resti e sia ricordato. Domani tornerò a casa e ho deciso: mi taglierò i capelli. Alla maschietta».

Vincent: «Ho amato molto. In questo caso parlo di voi. Sono stato bene, nonostante sia francese. Metto qui. *À bientôt*».

Angela: «Non sempre vi ho capiti. E allora mi sono sforzata. Non perché io sia gentile, ma perché sono testarda. Me lo hanno insegnato Herbert (Marcuse) e Jim. Che mi porto via in valigia insieme a voi. E al mio grosso bicchiere».

Albert: «“La cura per ogni cosa è l’acqua salata: nel sudore, nelle lacrime o nel mare.” Le ho provate tutte e tre. E insieme fanno poesia. Con permesso».

Sono così curioso di vedere come se la caveranno a camminare con le mie zampe, ad ascoltare con le mie orecchie, a pensare col mio cervello!

Bisogna essere onesti, bisogna dire la verità, quando si è gatti.

Farà loro un gran bene. Se la meritano, un po’ di libertà.

E l’ultima giornata non potrebbe avere altro titolo: “Non dire gatto”.

SESTA GIORNATA
ovvero «Non dire gatto»

CALL ME BY YOUR NAME

La Gatta Angela

Sono una gatta nera e questo mi pare si sia capito fin dall'inizio. E mi pare sia chiaro anche quanto sia fiera di esserlo.

Comunque, riflettevo: è incredibile come anche nell'essere gatta, l'*essere nera* comporti ben più problemi dell'*essere bianca*. «Porti sfortuna! Non attraversare la strada che ci attacchi la jella! Quella bestiaccia è aggressiva! È pericolosa! Mi fa paura! Mettiamola sotto!»

Ci si deve attrezzare quando si nasce neri. E femmine.

La verità è che sono gatta, ma *non* sono Angela.

Nera sì, Angela no.

Mamma è di un bel color castagna e ha occhi grandi e gialli.

Mio padre Charles, invece, è bianco. Proprio bianco, con occhi azzurri. Proprio azzurri.

Credo si chiami ancora così, lo spero per lui.

Non l'ho mai conosciuto, ho soltanto visto la sua foto incorniciata vicino alle ciotole del latte e dei croccantini.

Mia nonna ha davvero un nome straordinario, Ella, bello quasi quanto quello della mamma che è Etta.

Lei lavora come bidella ed è tanto buona. Fin troppo. Ha sempre mantenuto un carattere pacioso e accomodante, anche quando il candido Charles se n'è andato con una micia, non bianca, ma dal lungo pedigree.

Etta ha sofferto moltissimo. Me la ricordo, la sera, di spalle, sulla soglia di casa, eretta, con la coda a forma di S, che non ho mai capito se stesse per "Speranza" o "Sofferenza". Lo aspettava, anche se a me diceva di voler solo indovinare che tempo ci sarebbe stato il giorno venturo. Ha sempre avuto parole benevole per lui, perché, ripeteva, Charles le aveva donato la cosa più bella della sua vita: me.

Non ho mai compreso la sua indole di serena pacificazione verso il mondo: era sola, lavorava tutto il giorno e naturalmente si occupava della sua piccola. Eppure, io me la ricordo sempre felice e sorridente.

Il mio vero nome è Wynette. Nettie, per tutti. Mi piaceva all'inizio. Poi, quando presi coscienza del motivo per cui la mamma me lo aveva affibbiato, lo odiai, e non perché non mi soddisfacesse, ha anche un bel suono, ma per ciò che significava. Mi aveva chiamata come la sua cantante preferita. E fin qui nulla di male. È cristallina la nostra tradizione di famiglia: la mamma si chiama Etta, per Etta James, che nonna adorava, che a sua volta portava il nome di Ella, in onore dell'immensa Fitzgerald. Tutte regine di blues e di riscatto.

Tammy Wynette, invece, era il nome d'arte di Virginia Wynette Pugh, la First Lady della musica country.

La sua canzone più nota, la preferita di Etta, che metteva e rimetteva nel giradischi senza sosta, è *Stand by Your Man*. Il più grande successo della storia del genere country. Ascoltatela.

«*Sometimes it's hard to be a woman, / Givin' all your love to just one man. / You'll have bad times, and he'll have good times, / Doin' things that you don't understand. / But if you love him, you'll forgive him / Even though he's hard to understand / Stand by your man*», "A volte è difficile essere una donna, dare tutto il tuo amore solo a un uomo. / Avrai momenti difficili, lui ne avrà solo di belli. / Si comporterà in maniera incomprensibile, / ma se lo ami, lo saprai perdonare, anche se è difficile da capire, / tu resta accanto al tuo uomo."

Ora, io mi chiedo, ma è possibile che una gatta marrone, abbandonata dal marito abbia come cantante preferita una gatta bianca, famosa per una canzone che è il vessillo del patriarcato, della sottomissione della femmina, che deve ingoiare, sopportare, essere fiera di stare accanto a un maschio che la tratta di merda, e per il quale, addirittura, deve mostrare al mondo il suo amore imperituro? Non potevo perdonarglielo.

Io volevo essere Angela Davis, il simbolo della rinascita e dell'uguaglianza razziale! Lei che aveva mostrato alle gatte di ogni colore, la strada per poter cambiare la propria vita. Volevo il nome di una che urlava: «*I am no longer accepting the things I cannot change. I am changing the things I cannot accept*», "Non voglio più accettare le cose che non posso cambiare: voglio poter cambiare le cose che non accetto!", non di una che consigliava di restare comunque accanto al proprio uomo!

Mi si arruffa il pelo.

Poi... venendo qui... ho avuto modo di riflettere. Non cambio il mio credo, certo, però ho conosciuto Gustav, bianco, maschio e con gli occhi azzurri. Il destino. E ho ripensato alla mamma... e a Wynette.

Nettie era cresciuta nel Mississippi, nella fattoria dei nonni. Il padre era morto e la mamma l'aveva abbandonata. Aveva raccolto cotone fin da piccola e imparato da sola a suonare gli strumenti che le aveva lasciato il papà. Possedeva un vecchio giradischi, come la mia mamma, con cui ascoltava Patsy Cline, George Jones, e sognava, di diventare una stella. Si sposò povera e giovanissima, viveva in case senza acqua corrente. Lavorò come cameriera, receptionist e operaia. Frequentò una scuola di bellezza e divenne parrucchiera. Una volta famosa, rinnovò la licenza professionale per tutta la vita, "non si sa mai", avrà pensato. Lasciò il marito che non la sosteneva. La terza figlia contrasse la meningite spinale e Nettie lavorò anche di notte per curarla. Venne continuamente rifiutata dalle case discografiche. Poi, finalmente, il contratto con la Epic Records la rese una stella. Soprattutto grazie a quel pezzo per cui venne derisa e osteggiata dal movimento femminista per il contenuto ritenuto da "donna schiava, zitta e lava". Lei lo difese sempre, con fierezza, insieme alla sua storia.

Subì svariati interventi nel corso della vita, ma continuò a esibirsi con gioia, per il pubblico che tanto l'amava.

Ora l'ho capito: Nettie non fu una piccola donna che se ne stava in piedi, accanto al suo uomo, no. Era come la mia mamma: capace di comprendere la vita nelle sue storture e di amarla, sempre, pazzamente.

E poi, se la riascolto bene... la canzone a un certo punto, quasi nel finale, dice proprio così:

«*But if you love him, you'll forgive him / Even though he's hard to understand / And if you love him, oh be proud of him / 'Cause after all, he's just a man*», "Ma se lo ami, perdonalo / anche se è difficile da comprendere / e se lo ami, oh sii fiera di lui / perché, dopo tutto, lui è solamente un uomo."

Rivoluzionaria, Nettie!

Lo ammetto: rivoglio il mio vero nome, Wynette!

Angela, comunque, rimane eh.

Lo devo dire a Etta, la mia mamma. Sarà felice.

◇◇◇◇◇◇◇◇◇◇◇◇◇◇◇◇◇

SESTA GIORNATA
ovvero «Non dire gatto»

TAMBURINA

La Gatta Clara

Lo so! Adesso dovrei essere una gatta e scrivere a tutti voi! Ma in queste lettere bisogna essere liberi e sinceri, no? E allora io voglio parlare solo a te, Albert, che non mi fai sentire una micia ma un coniglio! Sì! Mi fai sentire come Tamburino, l'amico di Bambi, nel cartone animato della Disney, quello del 1942, ricordi? Il mio preferito!

Lo so, vi sembrerò matta. Parlo di emorroidi e di conigli. Ma è poesia anche questa.

Quel batuffolo di roditore si chiama Tamburino perché batte la sua zampona in terra, la tamburella, appunto, con vivacità, tutte le volte che si emoziona davvero.

E c'è un momento, nel film, in cui incontra una coniglietta che gli appiccica un bacino grasso sulla bocca, e la sua reazione, l'emozione – quando capisce, quando sente, di suscitare quell'interesse, quel trasporto in un'altra creatura – è talmente forte che il muso gli si gonfia e le sue zampone impazzite battono come popcorn. Ecco, quella, per me, è la più bella delle scene d'amore di tutto il cinema.

Perché disegna perfettamente ciò che accade quando si è felici.

Ed è come mi fai sentire *tu*, quando mi guardi. Perfetta. Solo che al posto della zampa, a me, tamburellano cerchietto e cuore.

Così tanto che pare un Carnevale. Così tanto da diventar poesia.

Ho sempre vissuto con la speranza, ma senza il sogno di un amore.

Fino a ora.

◇◇◇◇◇◇◇◇◇◇◇◇◇◇◇◇◇

SESTA GIORNATA
ovvero «Non dire gatto»

VISTA DAL CIELO

Il Gatto Mario

Sono un gatto napoletano, solitario, ironico, burbero, sovrappeso e so anche leggere. Molto bene.

Tu, Pietro, me lo hai lasciato scritto dietro a una foto, in camera nostra. Dentro a un cassetto. Molto tempo fa. A Milano.

Era una delle nostre domeniche. Una domenica della vita.

Fra un tetto e il successivo, io guardavo, col pelo arruffato dal venticello, i fiumi di asfalto con dentro migliaia di piccoli uomini a bordo di minuscole automobili colorate che viaggiavano a velocità incredibili: un gigantesco distributore di gomme americane rovesciato sulla città. Non so dove andassero. Ma l'importante è sempre andare. Fare qualcosa è meglio che non fare niente.

Stolti. Noi gatti sappiamo che fermi non significa immobili.

In via Vigevano, un'automobile rossa aspettava a un semaforo. In corso Colombo il tram, numero nove, aveva svoltato a destra, e poi aveva sorpassato una bicicletta parcheggiata davanti a un vecchio cinema trasformato in multisala. Tra i manifesti affissi ce n'era uno nuovo, rosso, con i titoli neri. Mi sono sempre piaciuti i colori della vita: sangue e buio. Nessuno dei passeggeri l'avrà notato: avranno continuato a leggere il giornale o un libro, a lamentarsi degli anni o del caldo che non passa mai, a contare le fermate mancanti, fare qualcosa, insomma. L'importante è *fare qualcosa.*

Nessuno si sarà soffermato neanche su quella piccola finestra spalancata dalla quale li stavo osservando. Né, avrebbe potuto scorgere cosa ci fosse all'interno, ovvero una stanza con un letto avvolto da lenzuola di cotone leggero, con sopra un corpo nudo di gatto, nello specifico, il mio. Un micio di Portici, sdraiato in una Milano assolata. Quella dentro la foto nel cassetto, che tu, Pietro, quel giorno mi hai donato.

Da quella finestra spalancata la nostra stanza si riempiva di luce. Un pianoforte accarezzava i minuti che passavano. In sottofondo solo il rumore di un tram che sferragliava. Tutto, lassù, era senza consistenza, era una domenica di altri tempi. Io le ho sempre immaginate così quelle di una volta: come degli acquerelli, con gli interni d'autore in cui per tutto c'è il giusto tempo. E non c'è mai fretta di andare da nessuna parte.

La tua macchina fotografica scattava per rubarmi una piega dei baffi, un movimento degli occhi, un frammento di pensiero. Mentre mi ritraevi, finalmente, mi arrendevo alla verità del mio corpo: le mie imperfezioni non erano più una vergogna, solo la parte più reale di me che diventava tua. Mi hai sezionato in mille frammenti, li hai separati l'uno dall'altro, hai dato a ciascuno l'importanza che nessuno aveva mai dato loro: i polpastrelli rosa e morbidi, la piega sopra il naso che mi regalava un'espressione feroce nonostante il color salmone, il pelo riccio e, a salire, il collo, la zampa destra, quella sinistra.

Poi hai disposto a terra le stampe di quei pezzi di me. Mi hai ricomposto leone. Era come se il mio corpo fosse improvvisamente esploso e tu – carponi sul tappeto – l'avessi rimesso a posto con la cura che si riserva agli amabili resti.

Mentre tu mi dicevi come, ho provato a fare lo stesso con te. Ti ho rotto con l'obiettivo, come fosse un sasso che ti faceva esplodere. Immortalavo e toccavo ogni tuo dettaglio con sogno e devozione.

Poi hai sussurrato qualcosa al mio orecchio, hai poggiato il tuo corpo alla mia pancia e io non ho sentito più niente. Mi sono ripreso solo molto più tardi, mentre ci abbracciavamo tra le stampe. Due minuscole versioni dei giganti sparpagliati sul pavimento sotto di noi, che erano culla e giungla.

La nostra cara Ottavia non parla più di te, per via delle energie. O meglio, dice che «l'energia si trasmette da un corpo a un altro sotto forma di movimento. Ed è per questo che quando la tua auto ha urtato la pancia del lampione, l'energia di quel gesto, arrabbiata, si è trasferita dal suo corpo di ferro al tuo di carne, restituendoti la botta che lo aveva fatto abortire. In un colpo solo, nel buio: padre, madre e due figli».

Ha tutte le sue teorie un po' strampalate e un po' hippy, la conosci. Certe volte neanche la capisco quando parla. Mi fa così ridere. Sembra già anziana. Dice qualsiasi cosa le passi per le testa, come fanno i vecchi quando diventano veramente vecchi. Che non se ne fregano proprio più di un bel niente.

Ho già lasciato il vecchio lavoro, al demanio, in verità: i concorsi, le gare. Quello che tu odiavi, perché mi abbrutiva. Ho rinunciato al futuro che per anni avevo sognato: più mi avvicinavo al traguardo, più mi coprivano di lodi, mi promuovevano e mi mettevano coccarde, più capivo che stavo diventando quello che non avrei voluto essere. Un gatto da esposizione. Così ho abbandonato.

Sono venuto a questo corso per noi. Per ricominciare a mangiare, anche se apparecchio solo per uno.

Ora la mattina mi alzo tardi.

Faccio colazione lentamente, quando la vita intorno a me è già fuori da ore. La guardo dalla finestra, quella vicino ai fornelli.

Mi lavo tutto per bene, e verso le undici vado nello studio che era tuo. Se piove prendo il tram. Conosco gli orari a memoria. Non mi piace bagnarmi, di fuori. Quando arrivo, entro e mi metto alla finestra: la luce mi scalda anche quando è fatta di neve. Ascolto la radio che è sempre accesa. Poi inizio a guardare gli altri fotografi che scattano. A dire il vero, mi faccio ancora dare degli avanzi di polpette da Armida, la portiera, ma solo un po'. Non sono ancora pronto per rinunciare a tutti i miei vizi.

Quando abbiamo inaugurato la tua mostra era febbraio.

Il 28 febbraio del 2005. Parlava del tempo che scorre, di quello che costruisce e consuma, delle ferite che infligge, delle carezze che dona, dei suoi graffi e di come prima o poi, anche quelli, si rimarginano.

C'era una foto di un ruscello che aveva il tuo nome. Era dedicata a te. Quando Ottavia l'ha vista, nella penombra bianca della galleria, venti minuti prima che aprissimo le porte, ha pianto.

Io no. Perché ti vedevo.

Milano, 1 maggio, 2004

«Qualche volta penso a te e ho un senso di vertigine.
Tutte le cose che abbiamo fatto. Se qualcuno mi avesse
detto che questo era il prezzo da pagare, avrei accettato. E
mi sorprende che insieme al dolore e alla confusione
giunga la folgore del riconoscimento. Ne valeva la pena.
L'amore ne vale la pena».
Pietro

Jeanette Winterson, *Scritto sul corpo*

◇◇◇◇◇◇◇◇◇◇◇◇◇◇◇◇◇

SESTA GIORNATA

ovvero «Non dire gatto»

COTTON FIOC

Il Gatto Vincent

Anche da gatto confermo che scegliere è un atto di grande coraggio. Tradire, invece, è una mortificazione infinita. Perché in entrambi i casi si perde qualcosa. Tipo il sonno. E per noi mici dormire è come la mamma. Ci rimette al mondo ogni volta.

A proposito. Dal salone di Villa Peyron alla mia cuccia sono ventuno passi. Li ho contati mentre fingevo di sentire il tuo trillo, anche se in questi giorni non mi hai mai telefonato. Ho continuato a contarli ogni sera, prima di andare a dormire. Fare cose piccole aiuta a sentirsi miserabili, a consolarsi con una malinconia di cucciolo che alleggerisce la colpa. Come quando appoggio il muso sulle mie zampone mogie, alzo le pupille, abbasso le orecchie e mi penso "poverino".

Le responsabilità mi agitano. Da sempre. La Signorina Elvire, la mia maestra gatta, alle elementari, un giorno chiamò mia madre e le disse che non volevo sedermi sul banco perché se lo avessi fatto mi sarei sporcato il pelo. Lei provò a spiegarmi che non potevo rimanere in piedi per tutti gli anni delle elementari, ma la verità è che io non volevo che mia madre si preoccupasse anche della mia pelliccia. Mi aveva già cresciuto da sola, senza padre.

Allora provai a strapparmela. E mi sedetti. Fui sospeso. O, meglio, mi feci sospendere. E mia madre si arrabbiò molto di più che per una macchia. Se fossi stato un po' più sincero con lei, le avessi detto cosa mi scombussolava davvero, non sarebbe capitato nulla di male. Anche in quel caso.

La Signorina Elvire aveva una frangetta immobile e grossi occhi che parevano vetri dalle sfumature viola. Di lei ricordo un odore pesantissimo. Solo qualche anno più tardi capii che si trattava di puzza di fumo. Per me le sigarette sanno della Signorina Elvire.

Qui, al convegno, ho conosciuto Mario. Un italiano buffo e pieno di malinconia. Lui, sì, che fuma parecchio. Neanche lui si è accorto delle mie bugie bianche. Ho raccontato una novella che parla di noi. Ma non ho detto nulla di quello che è successo a marzo… Mi sono fermato prima.

Erano tutti così persi nelle scoperte di Martin. Sì, è il nome che mi sono dato! Tutto sommato mi sta bene. Tu nella storia invece, sei rimasta *Florence*. E sei uguale a te. Con una giustizia color cipria nel petto, proprio come il tuo naso. Ho raccontato la verità: che ho cambiato vita incontrandoti, che quella cartolina di Acate, in Sicilia, mi ha parlato di mio padre, ma soprattutto di mia madre, che tutto è successo in poche settimane, che a bordo della Peugeot non si stava affatto male. Ma non sapevo se dire proprio tutto. Così mi sono cambiato il nome da Vincent a Martin, e mi sono fermato a quando torno da te a Le Chambon-sur-Lignon. Felice.

Siamo ancora gli stessi, Florence, ma finalmente ci siamo scoperti sbagliati.

Gli ultimi due anni ti ho accompagnata a cercare un perdono nel passato storpio della tua famiglia, in quel paesino dove mi hai fatto atterrare con un passaggio rubato da un sorriso. Sono stati tanto perfetti questi anni che nella mia testa dovevano restare immacolati come un pelo senza macchia. Per questo sono rimasto in piedi. Proprio come facevo a scuola con la Signorina Elvire.

Ho cambiato talmente tanto per noi, che l'errore non era una possibilità da prendere in considerazione. E quando hai deciso che a Le Chambon-sur-Lignon avevamo finito, che era il momento di realizzare qualcosa di veramente nostro, di venire in Italia e di aprire un ristorante, io ho fatto l'unica scelta perfetta che un fidanzato perfetto poteva compiere avendo una creatura perfetta come te, Florence, al suo fianco: dire di sì.

Poi è successo che per il trasloco ho messo in una scatola di cartone dei cotton fioc. Mi piace tantissimo giocare con i cotton fioc, ma tu dicesti di non farlo, che non stava bene e che ero un gatto volgarissimo quando correvo come un pazzo facendoli rimbalzare e poi li prendevo in bocca. Per me era così divertente. Pensavo che il pelo mosso nella corsa e le sgommate con i cuscinetti rosa mi rendessero un gran bono.

Ho riempito due scatole intere di cotton fioc e le ho

tappate, e mi è parso, improvvisamente, di stiparci dentro anche una parte di me che non aveva più diritto di essere.

Ma invece no. Io sono anche quello, Florence. Sono anche quei cotton fioc. E non è giusto chiudermi in una scatola.

Ho trovato il modo peggiore di dirtelo. Tacendo, è vero. Finendo a letto con una gatta grigia, di nome Sophie, è vero. Ammettendo la mia colpa, è vero. «Chi confessa non è un traditore» mi ha detto Jerome, un mio amico di Bordeaux. È stato lui che ha insistito perché a questo convegno venissi comunque. Ha detto sarebbe stato un segnale di coerenza e responsabilità.

Responsabilità, appunto.

Non c'è nulla che mi agiti più delle responsabilità.

Lasciare prima Isabelle, poi la Francia, impazzire per farti felice, Florence, e ora seguirti per creare qualcosa di nostro. Non mi sono fermato un attimo a pensare a me. E mi sono dovuto spezzare, per farlo.

Tradirti è stato soprattutto tradirmi. «Il perdono è un atto di coraggio.» Jerome mi ha detto anche questo.

Adesso sono pronto. Voglimi ancora, Florence, perché vorrei portare via il male che ti ho fatto come il sole porta via le giornate al tramonto. E invece no, grazie al cielo, non posso. Perché sono anche questo. Sbagliato e con un mare di cotton fioc, liberi e assolati, con cui giocare.

Non so se ti penso bene, Florence.

Ma ti penso sempre.

◇◇◇◇◇◇◇◇◇◇◇◇◇◇◇◇◇

SESTA GIORNATA

ovvero «Non dire gatto»

PAPAVERI E PAPERE

La Gatta Lauretta

Gatta non mi ci sento proprio. Non sono aggraziata, né suadente, né felina. Bisogna essere sinceri anche quando si rischia d'andare fuori tema. E poi io ci vo da una vita intera.

Mi sento più una papera. Tonda, dondolante, coi piedi larghi, palmati e comodi, che se ne sta protetta in uno scampolo d'acqua che s'è cucita addosso.

Son proprio un'anatra, io. Infatti, ora che ci penso, non la cucino mai. Sarà per questo. Mi parrebbe di farmi uno spregio.

La mia vita è sempre stata un fazzoletto d'acqua. Ho incontrato qui il mi' marito Nando e, giovincelli, si bischereggiava tra le frasche, le stesse in mezzo alle quali, poi, abbiamo costruito la nostra casina. Dove è nato anche il mio Enrico.

Non volevo lo scopo della mia vita fosse solo la scopa, né che la mia esistenza si disperdesse in luoghi che le mie zampe palmate non conoscessero.

E così ho fatto. Il mio cantuccio è il mio regno.

Certo, se Enrico trovasse un'anatrina a modo, io diventerei un pavone che fa la ruota per la gioia.

Guardate, come nuora m'andrebbe bene anche una passerotta.

Basta ci sia l'amore, il resto è afa.

◇◇◇◇◇◇◇◇◇◇◇◇◇◇◇◇◇

SESTA GIORNATA
ovvero «Non dire gatto»

SPUTI DI STELLE

La Gatta Mara

Io, Mara, sono una gatta parecchio perspicace. So leggere i segni.

L'ho capito subito che il mio babbo se l'era portato via il mare.

A Ada, la mia amica gatta astrologa, ho memoria cadde una ciotola d'acqua sulla carta dell'Arcano senza nome, la tredicesima, l'unica a essere contrassegnata solo dal numero. Lei con i tarocchi marsigliesi non ha mai sbagliato un colpo.

Leccò l'Arcano e sentì il sale.

«È mare» mi disse.

Me la ricordo l'espressione di mia madre, Grazia, quando rientrò mettendo il naso tra le frange gialle della tenda di plastica quel giorno. Non ho mai capito se miagolasse sfiatata per il pianto o per il sole. Continuava a dirmi che il babbo stava in cielo, ma io lo sapevo che, invece, se l'era portato via il mare.

Credo non abbia neanche avuto paura. Che volete capisse

di mare un gatto che faceva il pastore? Anzi, penso a quanto gli saranno piaciute le onde. Gli avranno ricordato le sue montagne. Ma di acqua. Avrà pure riso prima di morire. Il coraggio inconsapevole dell'ingenuità. Babbo.

La mamma mi ripeteva che le stelle lo volevano lassù. Che quello era il suo posto.

Si chiamava Mertzioru, Melchiorre, come uno dei re magi, «gli astrologi che seguendo la cometa di Betlemme arrivarono a Gesù» diceva lei. L'aveva incontrato da piccola, per un malocchio che poi si era tramutato in un amore benedetto e giallo, come i fiori di elicriso a San Giovanni.

«Guarda il cielo: unisci i punti e succede la magia», così mi diceva la mamma. Voleva disegnassi le stelle per parlare con lui. Era il suo modo di farlo tornare, di comprare un'alternativa o, forse, solo qualche ora di pace. Chissà.

Lei ci credeva davvero però. E io pure, tanto che, alla fine, la luna era diventata un'amica. E quando la sera restavo fino a tardi col muso all'insù, trovavo sveglie sia l'una che l'altra: mia madre e lei. Una mi chiedeva: «*Babu comente istas*?», "Il babbo come sta?". E l'altra, mi faceva un occhiolino. Decidete voi chi.

A un certo punto, però, bisogna guarire. Bisogna andare avanti. E questa è la mia medicina.

Sì, Ada, la mia amica astrologa, è stata molto contenta quando ha saputo che sarei venuta qui, al convegno. Mi ha detto che era la scelta giusta. Io di cucina non capisco un cavolo, ma lei mi ha dato le coordinate precise del posto in cui mi sarei dovuta trovare il giorno del mio compleanno e così, mi ha assicurato, tutto si sarebbe sistemato!

«*Non dia essere prus arrenegada cun babbu! E mancu cun su mare o cun sos isteddos. Sunt tantu galanas cantu istrunzas, mi paret?*», "Non sarai più arrabbiata col babbo. Neppure col mare o con le stelle. Tanto belle quanto stronze, eh?". Così aveva detto.

La rivoluzione solare è una tecnica astrologica usata da tempi antichissimi per fare previsioni annuali. Vengono calcolati il luogo e il momento esatto in cui il Sole tornerà nella stessa posizione che aveva al momento della tua nascita. Questo evento capita una volta all'anno a ridosso del compleanno. Il cielo sopra di noi, a seconda di dove ci troviamo in quel frangente, può influenzare in positivo o in negativo l'anno che principia!

E provate a indovinare dove mi dovevo trovare il giorno del mio compleanno? Esatto! Proprio qui, a Villa Peyron! Capite? Che altro avrei potuto fare? Dovevo iscrivermi al corso e venire! Non potevo deludere Ada. E le mie disgrazie poi le ho sfamate abbastanza... son belle grasse.

Qui, poi, sta andando tutto bene. Quasi. Fammi dare una zampata al ciondolo che, così mi dondola sul cuore.

Le pietre di luna blu nascono dalle maree e le più belle e preziose arrivano a noi solamente ogni ventuno anni. Al collare ne porto una da talmente tanto tempo che potrei confonderla con una zia o una vecchia amica. Mamma me l'ha regalata: è ideale per chi è vittima delle proprie tempeste interiori, concilia il sonno, ed è allineata con il sistema riproduttivo femminile.

Io non ho figli. Non dipende da lei, ma da me. Mica uno si sveglia, all'improvviso e dice: "Sì, è oggi". Non funziona così. Il cuore è un muscolo. Ci vuole un certo allenamento. E a me, invece, piacciono le stelle.

Il babbo prendeva sempre in giro la mamma perché avrebbe curato anche la rogna con un infuso di erba gatta e un quadro astrale. Proprio come me.

Poi a Roma, una sera, ho, finalmente, capito tutto. Ero nel retro di un ristorante libanese per farmi leggere i fondi dei croccantini da Adorna, una gatta maga, portentosissima. Mi ci aveva portato Ada, ovvio.

Quella vecchia felina romana fu assai crudele. Era seduta nello sgabuzzino dei detersivi, dietro una tenda al riparo dai tavoli del ristorante e mi diceva cose feroci.

«Troppa assenza fagocita. Fai pace. Perdona. Lascia andare. Liberati» disse. E mi sputò in faccia.

Non ho mai capito se fosse stato disprezzo, parte del rituale o un difetto della dentatura di Adorna, ormai rada come le sue buone maniere. Ma apprezzai. E compresi.

La verità brucia, come il sale. E purifica.

Me lo ha insegnato la mamma. Ora devo lasciare andare, rimorsi, rimpianti e fidarmi. Di me.

Il mare, come la vita, parla una lingua antica che, spesso, non riesco a decifrare... Ma è giusto così.

«La riva è più sicura, ma a me piace combattere con le onde» diceva Emily Dickinson.

Oggi è un giorno magico. E mi sento giusta, nel posto giusto.

Buon compleanno, Mara.

◇◇◇◇◇◇◇◇◇◇◇◇◇◇◇◇◇

SESTA GIORNATA

ovvero «Non dire gatto»

GATTI COSMICI

Il Gatto Gustav

Quando ero gattino, mia nonna Liv, una vecchia micia svedese dai baffi che viravano al blu, mi parlava sempre di un preziosissimo collare d'oro, trovato sui nostri terreni nel 1827 e risalente al 400 dopo Cristo. Sopra recava centocinque figurine dedicate al culto di Odino, era considerato una delle meraviglie della Svezia, ed era esposto nella stanza d'oro del Museo di storia svedese di Stoccolma.

Ascoltando questa storia, mi era presa una piccola febbre dell'oro, oltre che una passione sconfinata per l'archeologia. Così mi avventuravo fuori col mio martelletto da esploratore per cercare reperti interessanti. In Svezia si trova tantissimo "oro degli stolti", cioè pirite, e la mia delusione era sempre piena quando tornavo a casa e mio padre Magnus mi confermava che ciò che avevo rinvenuto non valeva nulla, e che era solo "oro gatto", come si definisce, in svedese, un metallo non prezioso. Una definizione davvero oltraggiosa e fuorviante.

Scovavo però tanti fossili, li collezionavo con cura e li tenevo in bella vista in una vetrinetta nella mia stanza. Ne ero fiero. Mi davano speranza.

Cercavo, con tutte le mie forze, ricchezza e fortuna, perché tutti i gattini del mondo sognano di *essere straordinari*. Io credo.

Sono sempre stato convinto lo sarei diventato e pensavo che quello potesse essere il mio modo. Altrimenti, ne avrei trovato un altro.

Il mio cartone animato preferito, infatti, era *L'impareggiabile dottor Snuggles*.

Il dottor Snuggles era un vecchio gentiluomo, dalla faccia buffa e accogliente, coi capelli bianchi, gli occhiali sulla punta del naso, un frac blu e un grosso papillon arancione. Viveva in una casa incredibile con la sua governante, Miss Nettles, pragmatica e schietta. Il dottor Snuggles passava il suo tempo dentro il Ricky Rick, un capanno dove creava fantastiche invenzioni: una macchina per ripristinare i colori dell'arcobaleno, un gadget per combattere la depressione, una lozione ai fuochi d'artificio, una macchina del tempo. Girava con un ombrello parlante e con la Dreamy Boom Boom, un razzo di legno fatto in casa, progettato per incredibili viaggi oltre le stelle.

Parlava con gli alberi e come amici aveva gli animali: Dennis il tasso, l'affidabile assistente; Nobby il topolino insolente; Grannie Toots, l'anima di buon cuore che gestiva l'ospedale dei gatti; il Gatto Cosmico; Woogie il cammello lentigginoso, guardiano saggio e sognante della Pecora

Lavanda, che viveva nel primo colore dell'arcobaleno e cantava la ninna nanna a ogni bambino perché dormisse sereno.

Da piccolo sognavo di diventare così: un vecchio esploratore felice che parlava con le piante e non con le persone, che viveva infinite avventure con i suoi amici in giro per il mondo e oltre.

Lo amavo perché era speciale, era come nessun altro dottore. Io ero un gattino solitario, vivevo in un posto sperduto e freddo, con Liv, la nonna. Non riuscivo a comunicare con gli altri e mi perdevo nel mio mondo a contare le impronte sulla neve, a cercare tesori per poterlo raccontare a mio padre quando tornava dal bosco. Volevo essere come il dottor Snuggles.

Poi sono cresciuto. E ho capito non sarei mai diventato *straordinario*. Ho cercato di essere un gatto preciso, puntuale, senza caos, senza razzi, né tassi, né gatti cosmici. Ma non è bastato. Sono rimasto solo un gatto nel freddo.

Nel mio episodio preferito sono tutti preoccupati perché l'amico Ruscello si è prosciugato durante una giornata estiva, ma, poi, scoprono che, in realtà, si è solo nascosto in una grotta: ha visto che qualcuno rubava dei cubi d'acqua dal mare e, impaurito, temeva gli potesse capitare lo stesso. Il Dottore scova che erano stati degli alieni ad aver preso i cubi d'acqua, perché convinti la Terra fosse troppo inquinata, per poterla usare. Che meraviglia... i cubi d'acqua...! Ma ci pensate? Erano anni che non mi tornavano alla mente... E in quell'episodio loro incontrano addirittura il Gatto Cosmico!

Come è successo a me..., in questi giorni... anche io, qui, in Italia ne ho incontrata una. Proprio cosmica.

Si chiama Nettie, Angela, (l'ho già letta la sua lettera... sono pur sempre scandinavo, preciso e puntuale...).

Con lei sono riuscito a comunicare. Mi ci sono quasi azzuffato all'inizio. Mi trova divertente, l'ho capito, perché ride spesso quando parlo, e non per prendermi in giro, ma perché pensa sia speciale.

Voglio riprendere il mio martelletto da esploratore. Stare qui, chiuso in questa Villa mi ha reso felice.

Mi ha fatto sentire di nuovo come quando ero piccolo: avventuroso. Mi ha fatto venire la nostalgia di ciò che sognavo.

Mi sono ricordato come è bello *voler essere* straordinario.

◇◇◇◇◇◇◇◇◇◇◇◇◇◇◇◇◇

SESTA GIORNATA
ovvero «Non dire gatto»

OTTO CANOTTO

La Gatta Marlene

Da piccola io cantavo. Ma non era bene. Tutti mi guardavano storto. Ero sbagliata.

I gatti miagolano quando stanno male, quando vogliono qualcosa, quando hanno fame o quando sono in calore. Ma non cantano.

E quella, invece, era l'unica cosa mi rendesse felice. Placava e sovrastava il rumore del cuore che solo la mia voce riusciva a nascondere. Poi capii che non lo celava, ma l'accarezzava. Lo cullava. Per questo mi piaceva tanto.

Sono sempre stata una gatta strana, perché me lo dicevano tutti. E quindi lo ero. Ho iniziato a soffiare senza motivo, alla mia ombra sul muro, al mio riflesso allo specchio.

Un giorno, allora, ho deciso di mettermi uno straccetto in bocca. Così, anche se mi fosse venuta voglia, non avrei potuto cantare.

L'avevo chiamato Otto. Era l'unico amico col quale potessi parlare, anche se solo col pensiero, era l'unico a cui mi raccontavo, con cui sfogavo muta questa smania, questo senso di colpa, questa inadeguatezza di essere la gattaccia che ero. E poi Otto mi aiutava a stare zitta.

Per me, però, non c'era pace. Anche così, gli altri felini mi vedevano inquietante. Ancora di più. Ero incastrata nella vita. Faticavo, mi arrabbiavo, mi contorcevo. Ero diventata sgarbata. Mi sgridavano, mi urlavano contro. E io ero sempre più cupa, sempre più sola.

Allora scelsi di nascondermi. E di tenermi Otto in bocca per sempre. Così non avrei più parlato, né cantato e, forse, le cose sarebbero migliorate.

E invece, a poco a poco, sparii. Nessuno mi chiedeva più nulla. Nessuno mi vedeva più. Ero diventata invisibile.

Un giorno, me ne stavo in un angolo con Otto in bocca, tutta arruffata, col pelo rasta, e mi venne incontro, piano piano, mia nonna Mirjam, una gatta anziana e bellissima. Anche lei aveva sempre amato cantare, fin da piccola. Mi fece una carezza con la zampa bianca poi, con gentilezza, mi tolse Otto che stringevo forte tra i denti. E lo posò in terra.

Mi disse che tutti, ma proprio tutti, avevano un salvagente, uno straccetto in cui nascondersi, e che il mio era solo più visibile degli altri. Mi disse che una gatta che cantava non era un male, ma un dono, una gioia, e iniziò a intonare una melodia bellissima, una ninna nanna.

Cantammo insieme. Mi insegnò tantissimi brani gatteschi, antichi, divertenti e malinconici. Gorgheggiavamo insieme, io facevo il primo miagolio e lei il secondo e viceversa. Tornai a essere felice.

Quando decisi di andare al conservatorio, in Danimarca, prima di partire, la nonna mi chiamò e mi regalò delle caramelle, delle gomme speciali. Me le mise sulla zampa. Mi disse che erano come dei piccoli Otto, ma più discreti, e che li avrei potuti usare per sentirmi tranquilla, quando il rumore del mio cuore fosse stato troppo forte.

La scuola di canto che frequento è bellissima. Vivo a Copenaghen in un ghetto che è una comunità, un posto pieno di natura e di vita, dove gatti e umani respirano armonia e pace.

Ogni tanto mi viene ancora la tentazione di nascondermi, allora mastico un Otto, una delle caramelle gommose della nonna. E canto.

SESTA GIORNATA
ovvero «Non dire gatto»

GELATI, ACQUA FRIZZANTE E RINCITRULLIMENTO

Il Gatto Albert

Sono un gatto selvatico, lo ammetto. Di quelli che guardi sul ciglio del marciapiede e fissi perché ti fanno pena, belli, ma col pelo malmesso, l'espressione tra lo spaurito e il balordo, e gli occhi cisposi e dolci. Quei gatti che non si fanno avvicinare perché non si fidano, soprattutto di se stessi. Io sono così.

Ti ho vista la prima volta alla finestra dell'ultimo piano del palazzo sulla piazzetta in cui bighellono e mi sbronzo di cartoni di doppi latte. Credevo di essere ubriaco e invece eri proprio vera. Tutta bianca e soffice con dei grossi occhioni. Poi ci siamo trovati in piazza, alla stessa altezza e mi hai parlato: da te mi sono fatto avvicinare. Mi hai detto quanto fosse importante che mangiassi un gelato e dopo bevessi dell'acqua frizzante, perché mi sarebbe venuta sete, e soprattutto, guardassi *Bambi*, il cartone della Disney, quello del 1942, perché solo così sarei stato felice.

E io mi sono fidato.

L'ho visto, sai? Ero sul solito davanzale della finestra su cui mi spaparanzo, e il bambino che ci abita dentro, a un certo punto ha detto: «Oggi voglio vedere prima il *Re Leone* e poi *Bambi*, il cartone del 1942!».

Mi è venuto un colpo e, nonostante sia sempre poeticamente rallentato, per una volta, ho sgommato perché volevo fare *tutto giusto*. Mi sono fiondato davanti alla porta del gelataio, nella speranza che qualcuno non finisse il suo cono o la sua coppetta e li buttasse via non perfettamente lustrati. Ed è successo! Mi sono sentito un corsaro di pistacchio e cioccolata. E così con la mia coppetta che ancora gocciolava bontà, sono arrivato sul davanzale proprio mentre scorrevano i titoli di testa di *Bambi*.

Avevo letto il libro, a dire il vero, sono un gatto all'antica, magari poetico, ma spesso un poco triste. E quel cartone animato mi ha stregato: parla di noi, di me, della vita e del suo cerchio magico, meraviglioso e imperfetto proprio perché umano.

Una cerva mette al mondo il suo piccolo che si poggia sulle zampette e alza la coda bianca: è Bambi. Spensierato sotto lo sguardo della mamma, impara a camminare, a parlare, scopre il valore dell'amicizia. Gli occhi degli animali creano un coinvolgimento pieno, dialogano con noi senza parole, perché ci sbirciano dentro.

All'improvviso l'inverno. Uno sparo.

Tutto si rompe, il tempo si ferma. Bambi cerca la mamma, si muove nel bosco, la chiama. La sua morte avviene fuori campo, il corpo non viene mostrato e lascia il piccolo in un'atroce incertezza: è la rappresentazione più drammatica della separazione. È ciò che non si vede che fa più paura. La neve cade e pare il pianto della natura che ammutolisce tutto. Le impronte dei suoi piccoli zoccoli restano impresse sul manto, disordinate e orfane. Bambi ha perso la sua mamma per sempre e non può dirle addio.

Il cammino, triste, che compie a ritroso, lo fa imbattere nel padre, il Grande Principe della Foresta. Il piccolo è pieno di disagio e abbassa lo sguardo, intimidito dalla maestosità del genitore.

«La tua mamma non tornerà mai più! L'uomo l'ha portata via. Devi essere coraggioso, devi imparare a vivere da solo. Vieni, figlio mio!»

L'innocenza del cerbiatto è spezzata per sempre, ora Bambi deve crescere. Si incammina al fianco del padre, che è quasi uno sconosciuto.

Il lutto, tenuamente, si stinge nel trascorrere delle stagioni.

I grandi occhi azzurri e le ciglia lunghe e avvolgenti che tanto aveva amato nella sua mamma, sono gli stessi che Bambi ritrova nel volto di Faline, la cerbiatta che lo fa innamorare pazzamente. Avranno due gemellini e lui diventerà ciò che è stato suo padre: il Grande Principe della Foresta.

Bambi, alla fine, è in cima, guarda dall'alto la sua famiglia e il bosco tutto. I suoi palchi, enormi, accoglienti, ramificati, paiono reggere l'intero cielo, simili a una corona che è ciò che si poggia sul capo di un Re.

È un film che disegna il ciclo della vita: il veder la luce, il proseguire, la maturazione, la scoperta dell'amore e il raggiungimento della propria autonomia. C'è tutto. C'è la vita.

E sì, ora, mi sento felice. Grazie a te.

Effettivamente mi è anche venuta sete. L'acqua frizzante l'ho presa dalla scrivania del ragazzino. Non se n'è accorto: avevamo da pensare entrambi a un altro tipo di bagnato che ci usciva dagli occhi.

Sai Clara, c'è un momento nel film in cui si prova a spiegare cosa sia l'amore e il Gufo dice così: «Quasi tutti si "rincitrulluliscono" in primavera. Per esempio, tu te ne vai passeggiando... quando tutt'a un tratto il tuo sguardo si posa su di un musetto grazioso... oh! Ti incominciano a tremare le ginocchia, ti gira la testa, ti senti leggero come una piuma, e prima che tu te ne accorga navighi fra le nuvole! Ed è allora che cominci a fare follie e perdi completamente la testa! E questo non è tutto! Può accadere a chiunque, farete bene a stare attenti! Può accadere a te, a te, e... sì, può accadere perfino a te!»

Io sono rincitrullito e felice.

Anche quando ti fa lo sgambetto, l'amore ti salva. Sempre.

◇◇◇◇◇◇◇◇◇◇◇◇◇◇◇◇◇

SESTA GIORNATA

ovvero «Non dire gatto»

IL CIELO STELLATO FA LE FUSA

Rollone Il Vichingo

Il termine tedesco Behandlung *significa cura. In esso è contenuta la parola* Hand, *ovvero "mano".*

Sì, ho il dono delle lingue. Siamo creature superiori mica solo perché ci facciamo il bidet di fronte a quaranta persone su marmi pregiati riuscendo ad apparire assolutamente chic, mie care anime pure, sapete?

Comunque.

L'essere umano è un aggeggio il cui funzionamento è dato dall'equilibrio che si instaura tra le varie parti che lo compongono. Quando si guasta, allora, si ha quello strano effetto che voi chiamate malattia.

Spesso la definite con altri nomi delicatissimi tipo mostro, bestia, caduta, disgrazia, come un qualcosa, insomma, da epurare, distruggere, e sacrificare perché l'equilibrio divenuto sdentato possa tornare, beato, a sorridere. Se un poco vi concentraste, miei stolti umani, vi accorgereste che l'eccezionalità, la stranezza, il disviare non sta nella malattia, ma nel prodigio della salute.

Non si è mai consapevoli di essere sani e si ha, invece, sempre la coscienza della malattia.

Dominare la natura è lo scopo che vi arrogate quando, per guarire, cercate di ricreare un nuovo status, un nuovo equilibrio. Senza comprendere come non dobbiate riedificare, ma provare ad assestare quello che già avete.

Il male non tocca e decolora solamente i corpi, esso va oltre, va dentro. E così l'uomo, per curarsi e curare, deve imparare a guardarsi tutto, senza perdere nulla, deve imboccare le carni, e, soprattutto, idratare i pensieri.

Deve vedersi nell'altro. Deve essere "un guaritore ferito".

Mi pare lo dicesse Gadamer.

Curare vuol dire palpare, tastare il corpo con le zampe, pardon le mani, in modo da percepire il malessere o la fonte del dolore.

Toccare significa riconoscere, significa comprendere.

La malattia rappresenta per l'uomo l'errore, l'esclusione dal mondo della vita, e il suo rifiuto disegna i tratti della più solida delle sue paure: quella della morte.

La più grande delle umane voluntates, *difatti, è il voler vivere.*

Platone nel Fedro *– sì, mi sono spratichito anche col greco antico – fa usare a Socrate un termine meraviglioso:* hòleousìa *che significa, "totalità dell'essere" ma anche "essere sano".*

Perché è esattamente questo la salute e, quindi, la vita: un esserci, un essere nel mondo, uno stare insieme agli altri con cui condividere bellezza e patimenti.

Noi siamo la natura e la natura è noi.

E sapete, anime semplici, qual è il muscolo rosso della salute? Il linguaggio. Perché è solo tramite la parola che si fa la vita.

Il dialogo salverà il mondo.

Il sentirsi parte della natura non vi faccia, però, dimenticare quanto siete limitati e quanto sia importante allinearsi alla verità e alla simpatia, che non è pietà, ma capacità di soffrire, di provare emozioni insieme, di essere insieme agli altri.

Ora però tocca a me.

La verità è che è il mio posto preferito non è Villa Peyron. È una casetta sulla bella strada panoramica per arrivaci, piena di soprammobili, adagiati su centrini fatti a mano.

Ci abita la Delia. Una signora piena di ricette, asole, gatti e rimedi. Io, senza neanche dirlo, sono, in assoluto, il suo prediletto. Figurarsi.

È da lei che mi faccio rimpinzare di manicaretti per cui mi lecco in ogni dove, baffi, zampe rosa posteriori, anteriori, davanti e dietro.

La Delia era stata una staffetta partigiana. Una che aveva sempre saputo dove abitasse il bene.

Una domenica di maggio, ero là per desinare, mi stavo riempiendo le gote di cielo stellato – magistralmente preparato dalle sue mani d'odori – adagiato sotto il portico, accanto alla sua seggiola di vimini, e parevo la marmitta brontolona di un motorino Ciao degli anni Novanta, tanto godevo.

La Delia allora, a un tratto, dopo avermi osservato per un pochino, ridendo, aveva esclamato: «Rollone, oggi il cielo stellato fa le fusa!».

Mi sembrò una frase straordinaria, e quando ebbi ripulito il piatto mi diede modo di riflettere: accomunava me e l'umanità tutta, al piacere, alla soddisfazione, al cibo, alla bellezza, all'arte della salute di quella benedetta commedia umana che si chiama vita. In cui le differenze non devono essere mai disuguaglianze.

Quindi satollo, meditabondo e stanco per il gran lavoro, come d'abitudine, le saltai in collo, mi feci baciare e mi raggomitolai bene sul suo grembiule caldo.

Poco prima che ci addormentassimo la Delia, con un'espressione beata e gli occhi chiusi, disse: «Io, comunque, lascio la porta aperta».

Non compresi bene e dovevo riposare.

Me ne andai all'imbrunire che ancora dormiva.

Tornai il giorno dopo.

Non la trovai.

Non so dove fosse andata.

Ma la porta era aperta.

Io sono un filo d'erba
un filo d'erba che trema.
E la mia Patria è dove l'erba trema.

Rocco Scotellaro

Ecco, siate dove l'erba trema.

◇◇◇◇◇◇◇◇◇◇◇◇◇◇◇◇◇

Ringraziamenti

A Firenze, Campi Bisenzio, Napoli, Bolotana, Genova, San Giorgio a Cremano. All'Italia.

Al vecchio e al nuovo continente.

Al sugo, alla schiacciata, alle stelle e alle ciabatte. A Berlinguer, alle cene, ma soprattutto alle merende. Ai maritozzi con la panna, agli anni dell'Università, ma anche a quelli dell'asilo.

A ciò che m'ha toccato, fatto frignare, ispirato, che m'ha punto e abbracciato. A tutti i minuzzoli che ho raccattato e che son diventati filoni.

A Penna, Saba, alla Vicinelli, a Braibanti, Bellezza, alla Cavalli, a Reta, a questa poesia che non s'ascolta perché la verità, spesso, t'ammutolisce.

A Elena Radicchi, la mia Bolla, che è e sarà sempre l'altra parte di me.

Ad Andrea Bacchetta, perché anche se va tutto male, alla fine, io e te siamo ancora qui.

Ad Alessandro Novolissi, per le incredibili storie, che solo TU potevi donarmi... maledetta!

A Vicky Satlow, sorella, tutto deriva da te! Amen!

A Lorelei, la balorda, Maria Bonita, Ernesto il Pavido, Cocò, Hermes-Divaaas, Nej Nej e a quel porco di Rollone. Felini.

Ai gatti.

Alle bestie tutte.

Alle Americhe, ma anche alle Sicilie.

Agli incantesimi e alla verità.

Alla Francia, ai suoi sbuffi e alle sue rivoluzioni.

A Daria Figari che mi lascia gli imperfetti che mi garbano tanto.

A Gioia Levi.

Ad Aimar amicah.

Alla Svezia e ai vichinghi.

Alla mi Cinelli, la provincia impera!

A Laura Chiatti, perché sa, che a volte, c'è bisogno dello scontro per essere consolati.

A Piero Giordi.

Alla Lydia Salerno!

Al mio Rossano De Cesaris, Rouge.

A Nicola Pau, Fabrizio Tarvis, "piccolo".

A Caterina Sulas che mi dette Mara e un pezzo della sua Sardegna.

A Jun Ichikawa, così bella.

Ad Antonia Liskova che dice di riuscire a vedermi.

Ai Francini, allo zio Nilo, alla nonna Orlanda-l'Orlanda

furiosa, a Danilo, al nonno Quirino e alla nonna Giuliana, alla zia Manuela e al giovane Claudio.

Alle stronche, le Malatesti, a Feiby.

Alla mia assai amata Rita Nobile.

A Luca Ussia caro, sempre.

Ai fiumi, ai ruscelli e ai cartoni animati. All'inverno, all'autunno, all'arancione e a maggio. Che è il mese in cui mi succede sempre qualcosa di devastante.

A Pietro. Che c'è. Tutto.

Al Natale e ai miei due alberi di Natale, che sì, tengo fissi in casa e accesi da quindici anni. Perché mi danno felicità, che è l'unica ragione per cui si deve stare al mondo.

A Lorena P. e a tutti i campi a maggese che devo diventare.

Alla Daniela D'Argenio, amatissima perfida. Alla Lea! La Landucci!

A R. Proia, sul più bello.

Al Santa, Marco Santambrogio, ispiratore.

Alla pizza. All'adolescenza e all'amore che ti fa caldo alla pancia. Al salame e alla finocchiona. Ai corridoi e ai bagni del liceo "Dante" di Firenze. Ma anche a quelli della scuola media "Felice Matteucci".

A chi sta sui banchi. Agli insegnanti. Ma soprattutto agli alunni.

Al mio Alessandro Federico e a Pierfrancesco Pisani... che mi merita!

Al Teatro della Limonaia.

Al teatro tutto. A voi.

Al cinematografo. A quello italiano. A quello fatto di ciccia.

A Chiara Lagani, Luigi De Angelis e Andrea Argentieri. Perché la ricerca, alla fine, ti ritrova sempre!

Ai timidi e apertamente disagiati che son più fascinosi e vivi dei semplici farlocchi.

"Alla leggerezza che non è superficialità, ma planare sulle cose dall'alto e non avere macigni sul cuore."

A Fredrik da cui tutto nasce e che tutto move.

Alla mia piccola Ludovica Coscione.

Al mio carissimo Mario Sesti.

A Paolo Isoni, che mi sa in ogni cm che possiedo.

Ad Alessandro Gabriele, che mi colorò il nido.

A Naso!

A Massimiliano Palmese, amó!

A Matteo Benedetti.

A B.b. e a Silvia Salis, cuori.

A Mario B. amicah e fonte copiosa.

A Silvia Locatelli che da sempre mi scruta.

A Simo Ercolani, faro "comunque".

Alla mia Flora Coluccia.

A Luca Caddia, "vu vu vu".

A Marisa Deimichei, donna straordinaria.

Ai Tofani, giovani e meno, alla Giovenca, alla Marisa, alla Rachele e ai Sequi.

A M. Virgilio, per l'erba che trema.

A R. Chiattelli che mi produce bellezza.

A Alessio R. e al barrino di Santa Maria. Alle Are, Sara Cecchi e Ilaria Colzi. Alla Daniela Rastrelli.

A Franca Leosini, adorata.

Ad Antonella Bussi.

A, Nipi, Annalisa Passigli, perché rendi la mia vita calda e colorata, a Stefano Bartezzaghi che sa ogni cosa!

A Emiliano F. perché... fanno giri immensi e poi ritornano.

A Mara Tanchis, sorella, il mio pulcino nero, conoscitrice di tutta la Chiara che ho.

A Francesco Maddaloni, aff... ti vedo sai? Senza te nulla è a fuoco. Nulla è bello e possibile. Sei nel mio cuore. No, tu sei il mio cuore.

A Sara e a Giancarlo, detto Pudyboy, la mia unica mamma e il mio babbo: ogni cosa fatta è per voi soli. Da sempre.

Alla cazzimma che ci vuole per andare, quando si sanguina una volta al mese.

A chi sanguina.

Alle Marchese e ai marchettari. Al caffellatte.

Al luogo che sta tra il sonno e la veglia, dove ti ricordi ancora che stavi sognando.

A lui che è il posto in cui si ama per sempre.

Alla vita.

Indice

TERZA GIORNATA
ovvero Di ciò che è giusto e da farsi e di ciò che no

QUARTA GIORNATA

ovvero «Ognuno vede quel che tu appari,pochi sentono quel che tu sei»

QUINTA GIORNATA

ovvero «A fin di bene»

SESTA GIORNATA
ovvero «Non dire gatto»